Des Meisters Bartel verlorener Ring

Eine historische Familiengeschichte
in einer fränkischen Kleinstadt

Thomas Spyra,

Jahrgang 1948, lebt und arbeitet seit 20 Jahren in Bad Windsheim.
Als Bau- und Projektleiter der Kommune kommt er mit der Geschichte der Stadt Bad Windsheim buchstäblich auf Schritt und Tritt in Berührung. Historische Spuren, die über 1000 Jahre in die Vergangenheit reichen, müssen bedacht in die Stadtentwicklung einfließen. Mit seinem ersten Roman verbindet Thomas Spyra berufliche Aufgaben und private Interessen. Es lag nahe, die über Jahre gesammelten, reichhaltigen, historischen Informationen in der autonomen literarischen Form des Romans zu bündeln. Sie ermöglicht es einerseits historische Zusammenhänge methodisch genau aufzuzeigen und andererseits die fehlenden Details frei auszuschmücken, um lebendige Geschichte zu zeichnen.

1. Auflage 11/2009
2. Auflage   3/2010
Copyright © 2009 cristom-kunstverlag, Bad Windsheim
Druck: Delp Druck + Medien GmbH, Bad Windsheim

Printed in Germany
ISBN 978-3-00-028908-8

Titelbild:	Nach einem Kupferstich (Ausschnitt),
	von Johann Adam Delsenbach (ca. 1731)
	der den Stadtbrand Windsheims zeigt.
Innentitelseite:	Foto vom Siegelring des Andreas Christoph Bartel,
	der im Jahre 2000 bei den Ausgrabungen auf dem
	Marktplatz von Bad Windsheim gefunden wurde.

Es ist besser zu genießen und zu bereuen,
als zu bereuen,
dass man nicht genossen hat.

Giovanni Boccaccio (1313-1375)

In Liebe meiner Frau Christl gewidmet,
die so viel Geduld mit mir hatte.

Des Meisters Bartel verlorener Ring

Eine historische Familiengeschichte in einer fränkischen Kleinstadt

Thomas Spyra

cristom-kunstverlag Bad Windsheim

Inhalt

Prolog

Samstagnachmittag schellte das Telefon schrill durchs Haus. Das gemütliche Kaffeetrinken im Wintergarten wurde dadurch jäh unterbrochen.

Archäologisch interessierte Bürger hatten, bei den am Freitag durchgeführten Probeschürfen auf dem Marktplatz, Mauerreste und Knochen gefunden, teilte mir der Anrufer mit.

Als Bau- und Projektleiter sollte ich den Marktplatz der Stadt Bad Windsheim neu gestalten. Dazu wollten wir an einigen Stellen die genaue Lage der Versorgungsleitung feststellen und hatten die Schürfgruben mit dem Bagger angelegt.

Und jetzt? Der Albtraum eines jeden Bauleiters. Archäologische Funde! Auf der einen Seite war es natürlich auch spannend. Was findet man da, was kommt dabei heraus?

Bei meiner anderen großen Baustelle, der Spitalkirche, hatte ich es im Moment auch schon mit archäologischen Ausgrabungen zu tun. Hier lernte ich auch die Mauerstrukturen aus dem Mittelalter kennen.

Auf dem Marktplatz angekommen, umringten bereits mehrere Dutzend Leute die Grabungslöcher. Auch die Presse war bereits vor Ort. Mit einem Blick sah ich, dass die Mauerreste in etwa die gleichen Strukturen wie die in der Spitalkirche aufwiesen und die Knochen menschliche Überreste waren. Die zum Vorschein gekommenen Mauern mussten gründlich untersucht werden.

Am darauffolgenden Montag bat ich den Mittelalterarchäologen Wolfgang Steeger, der bereits die Grabungen in der Spitalkirche leitete, sich die Funde auf dem Marktplatz einmal anzusehen. Wie es sich dann herausstellte, waren dies tatsächlich Überreste aus dem frühen Mittelalter.

Anschließend folgte mit mehreren Archäologen und vielen freiwilligen Helfern eine halbjährige Grabungskampagne. Im Laufe dieser Zeit wurden Mauerreste aus dem 11. bis 14. Jahrhundert und über 45 Skelette aus dem 9. bis 10. Jahrhundert freigelegt.

Die Sensation für so eine kleine Stadt war perfekt. Die Bevölkerung zeigte großes Interesse und belagerte die Baustelle von früh bis spät.

Mithilfe vieler Spenden von Bürgern, Vereinen, Firmen und Institutionen konnte dann das Archäologische Fenster zur Stadtgeschichte verwirklicht werden.

Im September 2001 wurde der neu gestaltete Marktplatz mit dem Archäologischen Fenster feierlich der Bevölkerung vorgestellt.

Bei der Einrichtung des kleinen Museums tauchten immer wieder Fragen zu einzelnen Fundstücken auf:

Wie kam der Siegelring aus Messing an den Brunnenrand auf dem Marktplatz?

Wer verbirgt sich hinter den Buchstaben ACB?

Anno 1724

Lauf, Reifen, lauf

»Lauf, Reifen, lauf«, laut schreiend rannte Kunigunde Magdalena Bäumer, von allen nur kurz Lena genannt, hinter ihrem Bruder Albrecht her. Der schlug den Reifen, einen alten Eisenring vom großen Handwagen und tobte daneben her. Lena klatschte in die Hände und feuerte ihren Bruder mit rot glühenden Wangen an.

Das war ein lustiges Spiel, aber es war ein Bubenspiel. Mädchen sprangen nicht so mit fliegenden Röcken umher, Mädchen übten sich daheim im Haushalt oder gingen sittsam in ihrer Gasse spazieren.

Aber die Bäumer-Kinder waren schon immer etwas anders. Beide zierlich, schlank und rotblond wie ihre Mutter, waren etwas Besonderes!

So trug Lena zu ihrer rostfarbenen Kittelschürze aus grobem Leinenstoff knallrote Schuhe aus weichem Ziegenleder. Die hatte ihr der Vater nach langem Betteln und Bitten selbst genäht. Das war schon etwas Außergewöhnliches, die rote Farbe. Und Schuhe besaßen eigentlich nur die Kinder der reichen Patrizier.

Ihr Vater, der Zeugmacher- und Schneidermeister Johann Georg Bäumer, war daneben auch für die Ausstattung der Stadtwache und der Bürgerwehr in der Stadt Windsheim zuständig.

Zu der Zeit gab es in der Stadt viele Handwerker, die sich mit der Herstellung von Tuch beschäftigten. Die Meisten waren indes Wollweber, Tuchmacher oder

Leineweber, und verarbeiteten Baumwolle, gemischte Wolle, Leinen oder Seide.

Meister Johann Georg Bäumer hatte – wie sein Sohn Albrecht jetzt bei ihm – bereits als Kind bei seinem Vater, dem Zeugmacher Johann Adam Bäumer, viel mithelfen müssen und so allerhand über dessen Handwerk erfahren. Zeugmacher waren Weber und Tuchmacher die nur reine, gekämmte Schafwolle verarbeiteten. Später ergab sich für ihn die Möglichkeit, beim Vater seines Freundes Merklein in die Lehre zu gehen. Bei ihm lernte er das Schneiderhandwerk von Grund auf. Und nun hatte er sich zusätzlich darauf spezialisiert Uniformen anzufertigen.

Die Bäumers wohnten schon in der dritten Generation in der Stadt. Der in Nürnberg geborene Großvater blieb nach seiner Wanderzeit in der kleinen Reichsstadt Windsheim. Es gefiel ihm sehr gut hier und er richtete sich eine Werkstatt als Zeugmacher gleich hinter der Stadtmauer beim Seetor ein.

Die kleine, über 400 Jahre alte Freie Reichsstadt Windsheim lag im weiten fruchtbaren Aischgrund, eingebettet zwischen dem Steigerwald im Norden und der Frankenhöhe im Süden. Fast gleich weit entfernt von Rothenburg, Würzburg und Nürnberg im Frankenland gelegen, stand sie immer im Schatten aber auch unter dem Schutz der großen Stadt Nürnberg. Hier kreuzten sich einige Handelswege und so erhoffte sich Bäumer, dass seine neue Werkstatt genug für ihn einbrachte.

Lenas Vater, ein großer, etwas beleibter, glatzköpfiger Mann, hatte ihr eine kleine Puppe aus Leder genäht. Diese zeigte sie allen voller Stolz, ließ aber

14

kein anderes Mädchen damit spielen. Die Kinder beneideten sie sehr und hänselten sie. Ihre Puppe war fast schwarz, gerade so wie die Mohrenkinder auf dem Bild, welches ihnen der Pfarrer in der Sonntagsschule gezeigt hatte.

Jeden Sonntag nach der Sonntagsschule trafen sich, wenn das Wetter es zuließ, die Jungen zum Reifen schlagen auf dem Markt. Und dann ging es um die Wette hinunter zum Wirtshaus *Zur Sonne* am Kornmarkt oder zum Brunnen am Weinmarkt. Zum Wirtshaus war die Straße glatter und es lagen weniger Steine da herum. Hier sprang der Reifen nicht so weit weg, wenn er auf einen Stein traf. Dabei tat sich Albrecht immer hervor, obwohl er noch nicht zu den großen Knaben zählte.

Er war erst in der vierten Klasse, die Erste hatte er wiederholen müssen, und hatte noch zwei ganze Schuljahr vor sich. Für was waren das Lesen, das Schreiben und das Rechnen schon gut? Er konnte gut reden und das Geld zählen konnte er auch. Außerdem wollte er einmal mit seinem Freund Johann Michael auf der Baustelle dessen Vaters arbeiten, da muss man nicht so studiert wie ein Stadtschreiber sein, dachte er sich.

Albrecht flitzte dem Reifen hinterher, er sauste so schnell er konnte, sah weder nach rechts noch nach links. Die dralle ältere Schankmagd Anna trat gerade mit drei Krügen aus dem Wirtshaus und schritt zu den drei Freunden, die an dem Tisch neben dem Brunnen auf dem Kornmarkt saßen und auf ihr Bier warteten.

Die Drei hatten sich auf ihrer Walz im Sommer 1714 zufällig in Bozen im Wirtshaus getroffen. Bäumer und Merklein stammten aus Windsheim und der Krauß aus Steben, einer kleinen Stadt nördlich im Coburger Land.

Seit sie dann hier in Windsheim sesshaft geworden waren und nun auch jeder eine eigene Werkstatt hatte, trafen sie sich jeden Sonntag früh nach der Kirche zum Stammtisch, meist im Wirtshaus oder im Sommer auch draußen am alten Brunnen. Der bestand aus einem grob gefassten Schacht und war mit einem Schwingbaum als einfacher Ziehbrunnen konstruiert.

Johann Nikolaus Krauß war ein großer, schwarzhaariger, sonnengebräunter Mann. Man konnte ihn glatt für einen Südländer halten. Eine etwas derbe Erscheinung, aber gutmütig. Er kannte fast alles und jeden in der kleinen Stadt.

Seit fast 15 Jahren arbeitete er nun als Stadtmaurermeister in Windsheim. Damals in Bozen war er auf dem Weg nach Florenz. Dort in Südtirol hatte er schon fast zwei Jahre verbracht und vor allem den Umgang mit dem Granit aus den umliegenden Bergen erlernt.

Bozen war eine alte Handelsstadt an der Grenze zwischen dem Deutschen und Italienischen. Große mächtige Häuser standen hier auf dem Markt, ganz anders als in den kleinen Städten Frankens. Sein Meister gab ihm noch ein Empfehlungsschreiben für eine Werkstatt in Florenz mit. Er wollte dort noch einiges über den italienischen Barock lernen, vor allem aber auch über den Umgang mit dem herrlichen weißen Marmor.

Der andere Mann war der Schneidermeister Franz Jakob Merklein, damals auf dem Weg nach Mailand. Ein eleganter Herr, nicht mehr so ganz jung mit schütterem Haar und immer gepflegt mit einer Perücke nach der neuesten Mode, wie die großen Herren.

Die Stadt Mailand war früher und ist auch heute noch, die Modestadt. Für einen Schneidergesellen war dies sicher die Krönung seiner Wanderjahre. Er wollte damals bald nach Hause zurück. Seit über zwölf Jahren war er nun schon unterwegs. Davon drei Jahre im Welschenland und trotzdem hatte er immer noch Probleme mit der italienischen Sprache.

Der Dritte im Bunde, Schneidermeister Johann Georg Bäumer, war zu jener Zeit bereits wieder auf dem Heimweg. Er hatte ein Jahr in Verona, beim dortigen Padrone dell' arma, dem Waffenmeister und Uniformschneider der Stadtwache von Verona, seinem Handwerk den letzten Schliff gegeben.

Seit sie sich in der Fremde getroffen hatten, waren die Drei besonders gute Freunde geworden.

»Halt, halt«, schrie Lena immer noch. Aber zu spät. Albrecht rannte und rannte - und rannte Anna fast um. Der eine Krug Bier flog durch die Luft und zerschellte vor den Füßen seines Vaters. Die anderen Krüge konnte die Schankmagd gerade noch festhalten, aber das Bier ergoss sich über die anwesenden Meister. Alle drei schimpften wie die Rohrspatzen und wischten sich das Bier aus dem Gesicht und von den Kleidern.

Bis Albrecht sich aufrappeln konnte, hatte ihn sein Vater schon am Kragen gepackt und schlug ihm mit dem Reifenschlagstock auf den stramm gezogenen Hosenboden. Der Junge biss die Zähne zusammen, jetzt nur nicht schreien, nur nicht heulen. Die herumtollende Kinderschar würde sich köstlich amüsieren und er wäre ein für alle Mal bei Allen, und besonders bei den Buben, unten durch. Lena schrie und klammerte sich am Bein des Vaters fest.

»Aufhören, aufhören«, bettelte Lena. Der Vater schüttelte sie ab. Sie hatte Angst um ihren Bruder. Vater konnte sehr kräftig zuschlagen, wie sie aus eigener Erfahrung wusste.

»Lass es gut sein, das reicht, Meister Bäumer«, rief Meister Krauß.

Bäumer zog seinen Sohn an den Tisch der Männer.

»Entschuldige dich sofort. Du wirst das verschüttete Bier natürlich bei jedem von uns abarbeiten. Beim Braumeister Joseph Seeg fängst du für den kaputten Krug gleich an«, schrie er Albrecht an.

Der Braumeister und Wirt, ein großer rundlicher Mann, von allen Kindern heimlich nur das Fass genannt, trat aus seiner Wirtsstube, als er das Geschrei hörte. Er schüttelte den Kopf. Schade um das Bier, dachte er bei sich.

»Aber Mutter wird gleich zum Essen rufen«, murrte Albrecht noch.

»Heute gibt es für dich nichts mehr. Ab Marsch! Ins Wirtshaus mit dir!« Bäumer ließ keine Widerrede zu.

»Seid doch nicht so streng, wir waren doch alle einmal jung und kennen so was, zum Glück können wir es uns doch leisten noch ein zweites Bier zu bestellen«, meinte sein Freund Krauß.

»Man muss den jungen Pferden schon zeigen, wo´s lang geht. Notfalls auch mit der Peitsche«, setzte Franz Jakob Merklein, der seit einigen Jahren Zunft-und Bürgermeister war, hinzu.

»Ich hab´s bestimmt und dabei bleibt es auch! Albrecht kommt für einen Tag nach der Schule zu euch und wird jede ihm zugewiesene Arbeit ausführen. Ich denke das reicht für den angerichteten Schaden«, schloss Bäumer die Diskussion.

Der Sonnenwirt brachte selbst die neuen Bierkrüge, setzte sich zu ihnen, und alle nahmen zufrieden einen tiefen Schluck von dem kühlen, dunklen Bier.

»Morgen zu Himmelfahrt, nach der Kirche, muss ich nach Rothenburg. Der Stadtrat hat mir den Auftrag erteilt genauso neumodische Uniformen für die Stadtwache anzufertigen, wie sie jetzt auch bei den Wachen in Nürnberg, Rothenburg und Dinkelsbühl üblich sein sollen. Aus dünnerem Stoff, nicht so dick wie unsere Uniformen, damit unsere Soldaten nicht mehr so schwitzen. Dass ich nicht lache, die Kerle sollen weniger Bier trinken, dann wird´s ihnen auch nicht so schnell warm«, setzte der Zeugmachermeister die Unterhaltung fort.

Von allen Türmen riefen die Glocken zu Mittag, Zeit für ein ordentliches Mahl. Die Freunde bezahlten, verabschiedeten sich, und schlenderten nach Hause.

»Bum, bum, bumdabum, bum bum ....«, hörten sie die Trommel rufen.

Der Knecht vom Wagnermeister kam ihnen ganz aufgeregt entgegengelaufen und brüllte: »Schnell schickt die Buben nach Hause, die Werber kommen.«

Die Männer rannten eilig nach Hause und nahmen ihre Kinder mit. Merklein, der einige Häuser weiter wohnte als die Bäumers, schimpfte noch:

»Seit wir dem Kaiser Soldaten geben müssen, nimmt das überhand, ständig ziehen die Werber vorbei und unser feiner Herr Oberrichter, der von Keget, lässt die auch noch rein, wahrscheinlich bekommt er für jeden Soldaten, den die Stadt stellt, ein Handgeld.«

»Beruhige dich, daran kannst du doch nichts ändern«, meinte Johann Georg zu ihm. Aber sein Freund hatte ja recht, dachte er bei sich.

»Warum kann man da nichts ändern?«, fragte ihn sein Sohn.

»Seit der Verabschiedung der Reichskriegsverfassung 1681 legen sich alle Herren, auch die mit den kleinsten Gebieten, eine stehende Armee zu. Das heißt, es gibt nun immer Soldaten, auch im Frieden. Selbst die Bürgermiliz in unserer Stadt Windsheim hat sich zwei Fahnenhaufen, einen Roten und einen Blauen, zu je zwei Hauptmannschaften, zugelegt. Du weißt ja auch, dass wir zwei Fähnriche, 10 Korporale und einen Stadtmajor haben. Im Rathaus gibt es sogar eine extra Kriegsstube, in der auch der Muster-Schreiber Quartier hat. Hier wird dann festgelegt, wie sich die Einwohner im Kriegsfall zu verhalten haben, und zu welchem Haufen sie gehören. Wir gehören zur blauen Fahne.«

»Muss da jeder hin?«

»Bei Krieg ja, aber im Frieden lässt du dich besser nicht mit dem Muster-Schreiber oder einem der Offiziere ein, sonst haben sie dich gleich am Schlafittchen. Wenn fremde Werbeoffiziere kommen, und wenn sie noch so schön trommeln, rennst du so schnell wie möglich ins Haus und lässt dich nicht mehr sehen, bis sie weg sind. Hast du einmal das Handgeld genommen, kann dir keiner mehr helfen. Dann musst du in den Krieg, oder irgendwo für einen fremden Herrn dienen und deinen Kopf hinhalten.«

Schnell schlossen sie hinter sich das große Hoftor.

Am nächsten Morgen richtete Johann Georg schon vor dem Kirchgang den Wagen her. Der neue Wagen war sein ganzer Stolz. Da hatte sich doch der Wagnermeister Strampfer schon etwas Besonderes einfallen lassen. Die Seitenwände waren aus Weiden geflochten. An sechs Stangen, die seitlich in Ösen gesteckt werden konnten, ließ sich eine Plane gegen den Regen darüber spannen. Freilich taugte dies nicht zum Mistfahren oder für andere grobe Arbeit. Aber er konnte es sich leisten einen zweiten Wagen, in dem man zusätzliche Bretter zum Sitzen einschieben konnte, anzuschaffen. Und heute sollte es zum ersten Mal weiter weggehen. Eine Tagesreise von Windsheim bis nach Rothenburg und zurück. Es wird bestimmt spät werden, dachte er. Ich muss noch mit der Wache am Rothenburger Tor reden, damit diese später noch aufmacht. Das wird ein Festausflug.

Die ganze Familie freute sich schon darauf.

Nach der Kirche, die wieder einmal viel zu lange gedauert hatte, ging er in den Stall um seine zwei prächtigen Pferde herauszuführen. Warum war der Braune heute nur so unruhig und zog das rechte hintere Bein nach. Bestimmt hatte er sich wieder etwas eingetreten, was sehr oft vorkam bei den verschmutzten Wegen. Er zog das Bein hoch und sah, dass sich sein brauner Hengst einen Dorn eingetreten hatte. Beim Versuch diesen Dorn heraus zu ziehen zuckte das Pferd vor

Schmerz zusammen und schlug nach hinten aus. Der scharfe Huf traf seine Hand, ein wahnsinniger Schmerz durchzuckte ihn. War seine Hand zerschmettert? Nun drückte das Pferd mit seinem Hinterteil auch seinen rechten Arm über die Deichsel. Er brüllte auf und das Pferd machte einen jähen Satz nach vorne.

»Au, auaaa! Hilfe! Hilf mir Maria, Anna Maria«, stöhnte er laut und krümmte und wand sich am Boden.

Seine Frau, die hinten am Wagen gerade die Decken für die Fahrt herrichtete, kam entsetzt angelaufen als sie die Schreie hörte.

»Was ist dir? Oh mein Gott. Schnell, lauf zum Bader«, rief sie nach hinten ihrem Sohn zu.

Eilig zog sie ihre Schürze aus, riss sie in Streifen und verband ihren Mann notdürftig. Die Hand hing nur noch wie eine blutige Masse am Arm. Hand und Arm waren mehrfach gebrochen. Der herbeigeeilte Bader flickte ihn so gut es ging zusammen.

Es war unerträglich, nach einigen großen Gläsern Obstler stöhnte er nur noch und merkte nicht mehr, wie sie ihn ins Haus trugen.

Vor dem Stadttor

Es war schon eine traurige Gesellschaft, die da zum Rothenburger Tor hinauszog. Vorne weg ein Hund, schmutzig und zottelig, schon lange nicht mehr gestreichelt. Zwei Buben zogen eine einfache Holzkarre. Gleich dahinter drei schwarz verhüllte Gestalten, der Größe nach könnten es eine Frau und zwei Kinder sein. Eine Handvoll Frauen, alle in ihre Kopftücher gehüllt, schlossen sich dahinter an. Sie geleiteten den in einer schwarzen, grob zusammengezimmerten Holzkiste liegenden und vor drei Tagen verstorbenen Schneidermeister Johann Georg Bäumer weit vor das Stadttor hinaus hinter den neuen Friedhof.

Hier mussten sie schon drei ihrer Kinder, alle tot geboren und ungetauft, verscharren. Zwei Weitere waren im Alter von ein und zwei Jahren und schon getauft, vorne im Familiengrab der Bäumers begraben worden.

Ob der Meister mit Absicht oder aus Versehen vom Rattengift getrunken hatte, wurde nie offenbar. Jedenfalls galt er als Selbstmörder und diese Menschen durften nicht mit den ehrbaren Toten auf dem Friedhof bestattet werden. Der Gehilfe des Totengräbers hatte schon eine Grube ausgehoben und schnell wurde der einfache Holzsarg hinabgelassen und polternd mit Erde zugefüllt. Keine tröstenden Worte, keine Lieder, nur das stille Gebet der Witwe mit ihren zwei Kindern, einem Bub und einem Mädchen. Schon musste die Trauergesellschaft wieder den Rückweg antreten. Der Rat der freien Reichsstadt Windsheim, und besonders der Pfarrherr, bestimmten dies so.

Zuhause angekommen setzte sich Frau Anna Maria mit ihren Kindern Lena und Albrecht an den großen Tisch in der Werkstatt, um zu besprechen, wie es weiter gehen sollte. Zum Totenmahl war keine Zeit und außerdem hatten sie auch fast nichts mehr zum Essen. Seit der Meister vor über einem Jahr beim Einspannen der Pferde den Unfall hatte und auch alle Hilfe im Spital erfolglos blieb, war Schmalhans ständiger Gast im Hause Bäumer.

Die Flickschneiderei, welche die Frau Meisterin nun gemeinsam mit ihren Kindern weiter betreiben musste, lag im Erdgeschoss des Bürgerhauses in der Rothenburger Beigasse, gleich neben dem Kornmarkt. Alle Arbeit, auf den wenigen kleinen Äckern hinter der Winterung, die ihnen gehörten, und im Garten vor der Stadtmauer rechts neben dem Rothenburger Tor, sehr günstig im Wallgraben am Gänsbrunnen gelegen, lagen nun schon seit Wochen in den Händen der Witwe, ihrer sechsjährigen Tochter und dem fast vierzehnjährigen Sohn.

Das Dienstpersonal und den Schneidergehilfen konnten sie sich schon im letzten Jahr nicht mehr leisten. Nur die Küchenmagd, Lisa Scheitacker, hatten sie behalten.

Laut dröhnte der Türklopfer durchs Haus.

»Wer kann das sein? Geh, Albrecht schau´ mal nach! Sag ich will jetzt keinen mehr sehen«, forderte Anna Maria ihren Sohn auf. Albrecht ging zum Öffnen und begrüßte den Schreiber des Stadtrats, einem dürren, ungepflegten Mann mit immer schwarzer Zunge und Lippen vom Anlecken der Schreibfeder.

»Grüß Gott, Herr Stadtschreiber.«

»Grüß dich Gott, ist deine Frau Mutter da? Ich komme in einer wichtigen Angelegenheit!«

»Entschuldigung, Herr Schreiber, ihr geht´s nicht so gut. Sie will heute niemand mehr sehen.«

»Das ist mir egal! Ich muss mit deiner Mutter sprechen! Und zwar sofort, der Rat hat es befohlen!«

»Dann kommt halt in Gottes Namen herein«, rief die Mutter aus dem Hintergrund, »was führt euch zu uns.«

»Der Herr Oberrichter von Keget schickt mich um euch sein Beileid zu übermitteln und mitzuteilen, dass euch die Zunft eine Frist von drei Jahren einräumt, das ist eine angemessene Zeit, meinte der Rat zum Abwickeln der Geschäfte. Wie ihr wisst, dürft ihr als Witwe den Laden und die Schneiderwerkstatt nicht weiterführen. Der Herr Oberrichter ist euch wohl gesonnen und wird euch bei der Suche nach einer Anstellung als Dienstmagd in einem der Bürgerhäuser behilflich sein.«

Der Schreiber schnaufte tief durch und fuhr fort:

»Solltet ihr dieses Angebot nicht annehmen, so bleiben euch noch diese drei Jahre, um entweder zu den Euren nach Lenkersheim zu gehen oder ihr findet einen neuen Mann. Auch da lässt euch der Herr Oberrichter ausrichten, könne er behilflich sein. Ihr seid ja tüchtig und gesund und könntet für manch ehrbaren Bürger auch noch eine ganz brauchbare Partie abgeben. Die beiden Kinder sind bestimmt kein Hindernis, in dem Alter kann man sie auch schon in Dienste geben, sollte der neue Mann sie nicht wollen.«

Frau Bäumer wusste nicht, wie ihr geschah, hatte sie doch zu dem Verlust ihres geliebten Mannes schon die Not im Haus; und jetzt drohte man ihr auch noch mit der Ausweisung aus der Stadt. Das war zu viel, ihr drehte sich alles und sie musste sich auf den Stuhl setzen.

Dem Stadtschreiber war diese ganze Angelegenheit offensichtlich unangenehm, er verabschiedete sich eilig nur mit einem leichten Kopfnicken.

Die beiden Kinder schmiegten sich an ihre Mutter und alle drei weinten sich mit knurrendem Magen in den Schlaf.

Zurück auf den elterlichen Hof? Nein! Den bewirtschaftete jetzt ihr Bruder und der hatte schon immer etwas gegen den »armen Schneider« gehabt, der ihrer doch so unwürdig gewesen sei. Eine reiche und hübsche Bauerstochter wie sie war doch nicht auf so einen Hungerleider angewiesen, sie hatte etwas viel Besseres verdient.

Ihre Eltern hatten auch schon mit einem großen Bauern aus dem Nachbardorf Ipsheim gesprochen. Das wäre eine gute Partie gewesen, der einzige Erbe. Aber er war halt schon ein bisschen alt, zu alt wie Anna Maria gemeint hatte. Sie hatte sich ihren zukünftigen Mann in ihren Träumen anders vorgestellt.

Auf der Kirchweih in Windsheim hatte sie ihren Traummann gesehen und sich sofort in den Unbekannten verliebt. Hinten am Schützenhaus sah sie ihn das erste Mal. Ein gut aussehender stattlicher Mann, vornehm gekleidet.

Antonia, eine Freundin von ihr, stellte sie einander vor. Er brachte kein Wort heraus, starrte sie nur an und stotterte seinen Namen.

»Johann Georg Bäumer aus Windsheim, ein Schneidermeister«, hatte Antonia wiederholt und beide verstehend angegrinst.

Anna Maria war sofort von ihm verzaubert gewesen. Da er schüchtern und kein großer Redner war, musste sie ihm fast jedes Wort aus der Nase ziehen.

Das kann ja heiter werden, dachte sie damals bei sich. Er hatte eine gut gehende eigene Werkstatt mit mehreren Gesellen, vom Vater, der vor einigen Jahren gestorben war, geerbt. Die Bäumers waren eine angesehene Handwerkerfamilie in Windsheim und hatten es zu einem bescheidenen Wohlstand gebracht.

Für beide war es Liebe auf den ersten Blick. Sie ließen keinen Tanz mehr aus. Georg brachte Anna Maria erst spät abends nach Hause.

Heimlich hatten sie sich dann später immer vor dem Dorf, auf halben Weg nach Windsheim, getroffen. Ihn hatte sie gewollt, sonst keinen anderen.

Aber da waren die Eltern und die Verwandtschaft. Alle hatten sie vor einem Schneider, noch dazu einen aus Windsheim, gewarnt.

Ihre Mutter hatte gewollt, dass der Vater sie enterbe, aber sie hatte dennoch eine kleine Mitgift erhalten und die Eltern waren trotzdem zu ihrer Hochzeit gekommen. Wenigstens da hatte sich ihr Vater durchsetzen können.

Die Lenkersheimer und die Windsheimer konnten sich seit Vorzeiten nicht leiden, warum, wusste allerdings fast keiner mehr so richtig. Wahrscheinlich mitgeerbt über mehrere Generationen.

Die Windsheimer Bürgerwehr hatte die damalige freie Reichsstadt Lenkersheim im Städtekrieg 1381 wegen des Raubrittertums überfallen und die Burg zerstört. Nach der Niederschlagung des Bauernaufstandes 1452, als den Lenkersheimern das Stadtrecht aberkannt wurde, hatten die Nachbarn aus Windsheim auch noch bei der Schleifung der Stadtbefestigungen mitgeholfen. Seitdem gingen sich die Bewohner der beiden Ortschaften lieber aus dem Weg, obwohl sie ja nur eine gute halbe Stunde zu Fuß auseinanderlagen.

Nein, zurück niemals! Diese Genugtuung gab sie der Verwandtschaft nicht. Dann lieber doch eine Stelle als Dienstmagd. Vielleicht nicht gerade in Windsheim. Weit weg, in Ansbach oder Würzburg vielleicht.

Anna Maria lag in dieser Nacht noch lange grübelnd wach im Bett. Was werden die Jahre ihr bringen? Wie soll´s weiter gehen?

Am nächsten Morgen, man schrieb den 28. August Anno 1725, hatten sie eigentlich alle gemeinsam zur Kirchweihe gehen wollen. Johann Georg hatte endlich wieder einmal einen großen Auftrag bekommen. Die Tücher an der Festtribüne und die Fahnen für die Wiedereinweihung der Seekapelle hatte er noch angefertigt.

Lena gehörte zu den Fahnenjungfern und hatte in ihrem weißen Kleidchen schon tagelang geprobt. Beide Kinder hatten sich schon so darauf gefreut. Und nun diese Trauer.

Schon in der Frühe kam der Schulmeister vorbei, sie solle doch mit ihren Kindern trotzdem auf das Fest kommen.

»Wir brauchen eure Magdalena, Frau Bäumer. Auch wenn es schmerzt, ich kann es ja verstehen. Lasst den Kindern doch ihre Freude. Eure Tochter singt so schön, es wäre schade, wenn sie nicht teilnehmen könnte.«

Der Lehrer war doch etwas verlegen, wusste nicht so recht, was er noch sagen sollte. Warum nicht, das Leben muss weiter gehen, seufzte Anna Maria innerlich.

»Also gut, der Kinder wegen, aber ich setze mich nicht mit vorne hin.«

»Gut, abgemacht. Bis später dann.«

Damit verschwand er schnell wieder.

Nachdem die Seekapelle in den letzten Jahren fast ganz zerfallen war, wurde sie nun wieder festlich eingeweiht. Nach längeren Bauarbeiten hatte man das Gotteshaus grundlegend renoviert. Besonders Oberrichter Georg Wilhelm von Keget, der gleichzeitig der Kirchenpfleger war, hatte es sich etwas kosten lassen und einen großen Teil der Summe für den Bau übernommen.

Orgel, Altar, Stühle und Fenster erstrahlten im neuen Glanz. Viele Stuckarbeiten hatte er nach der neuesten Mode anbringen lassen.

Nach dem Festgottesdienst und dem heiligen Abendmahl sangen die Schulkinder der deutschen Schule und des Gymnasiums abwechselnd einige Lieder zu Gottes Lob.

Die neue Kirchenfahne wurde feierlich von den Kindern hereingetragen und vom Pfarrer geweiht. Später saß man dann in gemütlicher Runde zusammen.

Aber die Bäumers waren da bereits nach Hause gegangen.

Anno 1726

Von den Bürgerrechten

Andreas Christoph Bartel, ein großer, kräftiger Mann mit glatten schwarzen Haaren, schritt schnell von der Frankenhöhe herunter. Vor ihm lag die Freie Reichsstadt Windsheim im Abendlicht. Viele Türme ragten hinter der Stadtmauer auf. Sein Meister und Freund, Herrenschneider- und Zeugmachermeister in Nürnberg, hatte ihm den Rat gegeben, doch in Windsheim zu versuchen eine eigene Werkstatt zu eröffnen. In Nürnberg gab es davon schon viel zu viele. Die Zunftherren würden sicher keinen neuen Meister, noch dazu einen Fremden, mehr zulassen.

Christoph war 1695 in Quedlinburg, der im nördlichen Harz gelegenen Königspfalz und Freien Hansestadt, geboren. Die Stadt wurde besetzt und stand nun seit 1698 unter brandenburgisch-preußischer Verwaltung.

Seit er auf seiner Wanderzeit im Fränkischen angelangt war und bei Meister Brunner seine Gesellenjahre abgedient und die Fertigkeiten eines Meisters erlangt hatte, drängte es ihn nach einer eigenen Werkstatt. Er hatte einiges ansparen können, nicht viel, aber es würde für den Anfang reichen, dachte er. Zurück nach Hause zog es ihn nicht. Das Leben in einer freien Reichsstadt fand er angenehmer. Hier herrschten keine absoluten Fürsten wie in seiner Heimatstadt. Jeder konnte sich etwas aufbauen, wenn er sich anstrengte und die richtigen Verbindungen besaß. Er musste sich beeilen, bald würde es dunkel werden und dann werden die Stadttore wie in jeder befestigten Stadt geschlossen. Er eilte auf das nächste Tor hinter einem kleinen See zu, entrichtete seinen Obolus bei der Stadtwache und fragte auch gleich nach einer geeigneten Herberge für die Nacht. Dort hinter der Kapelle Marie am See, im Gasthaus *Zum Birnbaum*, soll man billig und gut unterkommen, wies ihm einer der Soldaten den Weg.

Am nächsten Morgen, nach einem reichlichen und preiswerten Frühstück machte er sich auf und ging zum Rat der Stadt. Der Gehilfe des Stadtschreibers hörte sich sein Begehren an und brummte, er solle am nächsten Tage wieder kommen, der Herr Schreiber sei im Moment beschäftigt.

Am nächsten Tag hieß es wieder das Gleiche, der Herr Stadtschreiber sei zu beschäftigt.

Christoph hatte viel Zeit und bummelte durch die belebte und geschäftige Stadt. Der Sohn des Stadtmaurermeisters Krauß, Johann Michael, den er zufällig traf, begleitete ihn und erklärte ihm voller Stolz einiges. Er schwärmte davon, dass er später auch einmal so große und schöne Häuser bauen möchte wie sein Vater.

Windsheim, kein Vergleich zu Nürnberg, auch Quedlinburg seine Heimatstadt, sowie die Städte Leipzig, Weimar und Bayreuth, die er auf seiner Wanderschaft kennengelernt hatte, waren größer und interessanter. Doch es war ein sauberer und überschaubarer

Ort. In einer guten Stunde konnte man ihn bequem zu Fuß umrunden. Überall vor den Toren der aufstrebenden Stadt legten Arbeiter die Sümpfe trocken, bereiteten neue Äcker vor oder bauten neue Häuser.

So hatten die Bürger sich vor fast neun Jahren ein neues schlossartiges Rathaus bauen lassen. Viel zu groß für so eine kleine Stadt. Alles im neuzeitlichen Markgräflich-Ansbacher Baustil, nach italienischer Mode. Mit einem riesigen »Kaisersaal« von 27 Ellen in der Länge und 11 1/2 Ellen in der Breite und Höhe. Vielleicht kam der Kaiser ja wieder einmal vorbei. Man sparte auch nicht mit reichem Stuck und vielen Verzierungen. Nach den Plänen des bekannten Baumeisters Gabriel de Gabrieli wurde durch den Ansbacher Maurermeister Michael Aspacher und dem Graubündner Polier Giovanni Rigaglia der Bau errichtet.

Auch die Seekapelle, an der er gestern Abend vorbei kam, war wieder wunderschön instand gesetzt worden. Vor ungefähr 300 Jahren hatte man die gotische Kapelle an einem damals noch vorhandenen See errichtet.

Zwei Frauen erzählten ihm im Vorbeigehen, dass vor einem gutem Jahr erst die Wiedereinweihung gefeiert worden war. Den Turm hatte man sehr aufwendig wieder mit bunten Ziegeln eingedeckt.

Der Stadtmaurermeister hatte lange mit den Ziegelbrennern an den Farben herumexperimentiert. Wie bei einem Tonkrug wurden die Farben mit Engoben, das sind dünnflüssige Tonschlicker, aufgebrannt.

Auf seine Frage, woher der Reichtum der Stadt käme, erklärten sie ihm, dass es um die Stadt Windsheim viele Gips- und Alabastergruben gäbe. Im weiten Land ringsum wurde das begehrte teuere Baumaterial verkauft. Besonders der neue Baustil des Barock, mit vielem Stuck und künstlichem Marmor ließ die Kassen klingeln. Die Kaufmannsfamilie von Keget handelte hauptsächlich damit und wurde dadurch reich.

In Ansbach ließ der Markgraf viele neue Gebäude und ein prunkvolles Schloss erbauen. Auch in Würzburg und Bamberg gaben die Fürstbischöfe Unmengen an Geld für neue Residenzen und Paläste aus. Der Würzburger Baumeister Balthasar Neumann arbeitete gerne mit viel Stuck und Marmor aus Windsheimer Gipsgruben.

Der große Krieg war nun schon seit über 80 Jahren zu Ende gegangen und hatte viel Leid und Armut für alle gebracht. Jetzt lebten zwar wieder über 2.000 Einwohner in 510 Haushalten, aber immer noch stand etwa ein Drittel der Wohnhäuser in Windsheim leer.

Nun war wieder Überfluss vorhanden, man konnte wieder im Prunk schwelgen. Zumindest die reichen Bürger und Fürsten. Das eine oder andere Gebäude wurde abgerissen, um mehr Platz in der Stadt zu bekommen.

Die armen Bauern und Handwerker jedoch mühten sich wie jeher um ihr tägliches Brot.

Nach einigen Tagen, die Geldkatze von Christoph wurde immer schmaler, sollte er endlich zum Herrn Bürgermeister vorgelassen werden.

Wieder im Rathaus angekommen, musste er allerdings vom hochmütigen dienststeifrigen Stadtschreibergehilfen vernehmen, dass nur wohlhabende Meister das Bürger- und Zunftrecht in Windsheim erlangen könnten. 60 Gulden Bürgeraufnahmesteuer waren zu bezahlen und ein Vermögen von mindestens 600 Gulden musste nachgewiesen werden. Soviel hatte er sich bei aller Bescheidenheit in den letzten acht Jahren in Nürnberg nicht zusammensparen können.

»Wenn ihr das nicht zahlen könnt, so müsst ihr es, wo anders versuchen. Hungerleider haben wir genug in Windsheim«, erklärte ihm der arrogante Schreibergehilfe.

Mutlos verließ er das Rathaus und trank sich im nahen Brauereiwirtshaus einen gewaltigen Rausch mit dem guten, süffigen, dunklen fränkischen Bier an. Der gutmütige Wirt hatte Mitleid mit ihm und ließ ihn hinterm Stall ausschlafen. Als Fremder am Tag betrunken, da hätten ihn die Stadtschergen sicher gleich ins Gefängnis geworfen.

Am nächsten Morgen holte er seine Sachen aus dem Gasthaus *Birnbaum*, frühstückte noch ausgiebig, und machte sich wieder auf die Wanderschaft.

Mit schnellen Schritten aus der Stadt hinaus. Hinter dem Seetor bog er um den Wallgraben nach Süden ab, Richtung Rothenburg oder Dinkelsbühl, er wusste nicht so recht, wo er hin sollte. Durch Gärten und Felder kam er nach kurzer Zeit an einen Weiher. Eine Bank neben einem Steinkreuz lud hier zum Verweilen ein. Er setzte sich. Von hier hatte er einen herrlichen Blick über den See zur Stadt Windsheim.

»Hier wäre ich gerne geblieben«, murmelte er vor sich hin. Das neu errichtete Rathaus und auch der Turm der Seekapelle glänzten im Sonnenlicht. Die waren schon reich, diese Städter. Aber was soll´s? Woanders kann es auch schön sein.

Er zog sein Pfeiferl aus der Tasche hervor und spielte sich ein lustiges Lied. Nach einer kleinen Weile stand er auf und zog fröhlich seines Weges. Nach Rothenburg hatte er sich entschieden. Vielleicht wartete dort das Glück auf ihn.

Nicht weit vor ihm zog ein klappriger Gaul, an den Zügeln gehalten von einer zerlumpten Gestalt, einen eisernen Pflug hinter sich her. Die Furchen wanden sich alle krumm von einem Ende des Ackers zum Anderen. Offensichtlich beherrschte die Person das Pflügen nicht so richtig. Sein Weg führte ihn an dem Feld vorbei. Er hörte ein jämmerliches Schluchzen, nur unterbrochen von Befehlen an das Pferd. Dieses interessierte sich dafür nicht, es verfolgte stur seinen eigenen Weg.

»Was ist mit euch, kann ich euch helfen«, rief er hinüber.

»Nichts, lasst mich in Ruhe, Herr«, antwortete eine kindliche Stimme heulend.

Besorgt sprang er über den Ackerrain hinüber und sah ein Mädchen, das sich redlich mit dem Pferd und dem schweren Pflug abmühte.

»Warum pflügst du hier so alleine?«, wollte Christoph wissen.

»Jemand muss es ja machen«, brummte das Kind ärgerlich vor sich hin.

»Komm lass dir helfen, ich habe Zeit.«

Erschrocken über dieses Angebot eines Fremden, Mutter hatte immer gesagt, sie solle vorsichtig sein mit Leuten, die sie nicht kannte, wehrte sie ab.

Sie wendete den Pflug wieder und dabei fiel das schwere Arbeitsgerät um. Nun war es ganz vorbei mit ihrer Kraft. Sie ließ sich auf die letzte Ackerscholle fallen und heulte los. Der Fremde legte behutsam seinen Arm um sie. Das Mädchen zuckte zusammen. Sofort ließ er den Arm fallen und rutschte von ihr weg.

Er sah ja ganz freundlich aus mit seinen schwarzgelockten Haaren und dem verschmitzten Lächeln, aber er war halt ein Fremder, und Fremden soll man nicht trauen.

»Ich kenne euch nicht! Wer seid ihr?«, stotterte Lena zaghaft.

Mit einer eleganten Verbeugung zog er seinen Hut. Gerade so als hätte er eine große Dame vor sich, stellte er sich vor:

»Ich bin der Andreas Christoph Bartel und komme aus Nürnberg.«

»Was wollt ihr dann hier«, warf das Mädchen dazwischen.

»Ich war auf der Suche nach einer eigenen Werkstatt in Windsheim.«

Das Mädchen lachte kurz auf, dabei schaute sie ihn spöttisch an.

»Und warum wandert ihr dann hier vorbei?«

»Ging leider nicht. Euer Stadtrat verlangt viel Geld dafür. Mehr als ich besitze. – Aber sag, wer bist denn du?«

»Ich, ich bin die Kunigunde Magdalena Bäumer. Aber alle sagen nur Lena zu mir. Ich soll diesen ganzen Acker bis heute Abend pflügen, aber ich habe keine Kraft mehr, und hungrig bin ich auch«, heulte da Lena weiter.

»Hier!«

Der Fremde hielt ihr ein Stück Brot hin. Gierig nahm sie es, biss hinein, und stockte.

»Ich soll nichts von Fremden annehmen!«

»Nun iss einfach erst einmal, dann werden wir weiter sehen.«

Christoph stand auf, nahm die Zügel in die Hand und fing an zu pflügen. Ganz schön schwer, für ihn ungewohnt. Seine Eltern hatten einen kleinen Hof bewirtschaftet, da mussten sie auch als Kinder feste mit anpacken. Doch sein älterer Bruder hatte alles geerbt. Er selbst bekam genug Geld um eine fünfjährige Lehrzeit bei einem Schneidermeister zu beginnen. Wann war er zuletzt zu Hause gewesen? Leben die Eltern überhaupt noch? Über vierzehn Jahre war dies nun schon her. Ich sollte ihnen einmal schreiben, es gab ja jetzt in fast alle Städte eine Post oder einen Kurier, auch für private Briefe.

»Hü«, schrie er nach der nächsten Wendung und schon flog er im hohen Bogen in den Dreck, und der Gaul schleifte ihn über den ganzen Acker mit. Christoph pflügte mit der Nase im Dreck. Er hing mit seinem Jackenärmel am Pflug und konnte sich nicht lösen.

»Brrrr, ...Brrrrr«, vor lauter Lachen konnte Lena fast nicht schreien. Das Pferd blieb abrupt stehen und er konnte sich vom Pflug lösen. Er stand vorsichtig aber unverletzt auf, und schaute an sich hinunter. Ja wie sah er denn aus? Alles voller Dreck und Schlamm.

Zuerst kicherte Lena verlegen und dann prustete sie schallend los, und er, er lachte mit. Am nahen See konnte er sich halbwegs reinigen. Nachdem Lena fertig gegessen hatte, pflügten sie bis zum Abend gemeinsam weiter.

Sie hatten viel Spaß miteinander. Christoph erzählte lustige Geschichten. Dazwischen trällerten sie gemeinsam einige fröhliche Lieder.

Das Läuten von der Stadtkirche rief bereits zum Abendgebet, höchste Zeit um nach Hause zu gehen. Lena zögerte als sich Christoph am Wegekreuz von ihr verabschieden wollte. Sollte sie ihn fragen? Ach ja.

»Komm mit mir mit, Mutter wird sich bestimmt freuen, und ein Bett haben wir auch noch für die Nacht.«

Zögernd nahm Christoph an. Um nach Rothenburg zu kommen, war es jetzt sowieso schon zu spät.

So richtig schön recht schaffend müde zogen beide langsam in Richtung Stadt. Mit kräftiger Hand führte er das Pferd am Zaum. Lena achtete nicht auf den Weg und stieß sich öfter die Zehen an. Die Schuhe, die ihr Vater angefertigt hatte, waren schon längst zu klein, und so trippelte sie barfuß schnell hinter ihm her.

Am Tor entrichtete er nochmals den Stadtzoll an die Stadtwache.

Lena führte ihn fast bis zur Stadtmitte, nicht weit vom Rathaus entfernt, in ein schönes Haus. Zwar etwas in die Jahre gekommen, aber mit einem neuen Anstrich könnte es bestimmt wieder ein Schmuckstück werden. Das Erdgeschoss aus Steinen gemauert und verputzt, die Obergeschosse aus Fachwerk, reich verziert, mit vielen Fenstern. Über einen, mit einem großen Tor verschlossenen Hof, kamen sie nach Hinten. Das große, ziegelgedeckte Tor verschloss den Zugang zu dem Hof, der in einem kleinen Vorplatz endete. Rechts war ein bescheidenes Stallgebäude, weiter hinten eine große Scheune. An der Rückseite des Hauses war über alle drei Geschosse eine ziegelgedeckte Altane mit Treppenaufgang und in jedem Stockwerk ein Abtritt angebaut.

Sie stiegen in den ersten Stock hinauf und Lena rief ihrer Mutter zu:

»Mutter ich habe einen Gast, den Christoph, mitgebracht, er bleibt zum Essen und für die Nacht.«

»Was hast du?«, rief ihre Mutter ihr entsetzt entgegen.

Sie war alles andere als begeistert von dem fremden Mann. Nachdem Lena ihr aber erzählt hatte, wie Christoph ihr geholfen hatte und dabei in den Schmutz gefallen war, ließ sie sich erweichen und bat den Fremden herein.

»Na dann kommt herein. Lena wird euch zeigen, wo ihr euch säubern könnt, und später nach dem Kirchgang kommt ihr mit an den Abendbrottisch. Viel haben wir nicht. Aber für ein Stück Brot mit Käse für euch wird es auch noch reichen.«

»Danke, vergelts euch Gott. Ich möchte euch keine Unannehmlichkeiten bereiten. Ich kann auch ins Wirtshaus gehen.«

»Nein, nein, es macht nichts, kommt nur herein.«

Seit über einem Jahr war nun ihr Georg tot und sie war mit den Kindern allein in dem Haus. Was werden die Nachbarn denken? Na gut, für eine Nacht und es wird ja jetzt schon kalt in der Nacht. So mag er in der Werkstatt schlafen, überlegte sie sich.

Nach dem Abendgebet in der nahen Stadtkirche St. Kilian, er saß natürlich weit von ihnen weg und sie gingen auch getrennte Wege zurück, setzten sie sich gemeinsam an den Abendtisch. Das Wenige, was Anna Maria vorsetzte, ergänzte Christoph durch seinen Reiseproviant. Brot, etwas Schinken und einen Krug Bier, den Johann Albrecht im nahen Brauhaus auf Geheiß der Mutter holte. So gut hatten sie schon lange nicht mehr gegessen.

Nach dem Abendbrot gingen die Kinder bald ins Bett. Anna Maria nahm ihr Nähzeug und besserte noch einige Kleidungsstücke aus. Christoph setzte sich zu ihr und trank den Rest des dunklen fränkischen Bieres.

»Lasst mich euch helfen«, sagte er und nahm ihr den Mantel aus der Hand.

»Könnt ihr das denn? Das ist doch Frauensache.«

»Aber ja, ich bin gelernter Schneider, hauptsächlich Uniformschneider und Zeugmacher. Nähen ist mein Beruf. Meist sind die schweren Soldatensachen noch viel fester als dieser dünne Mädchenmantel.«

»Ach, ihr seid ein Schneider? Was verschlägt euch nach Windsheim, ich habe euch hier noch nie gesehen?«

»Ich komme aus Nürnberg und wollte hier meine eigene Werkstatt aufmachen. Aber der Rat der Stadt hat mich abgewiesen, da ich die geforderte Summe nicht aufbringen kann.«

»Mein Mann, Gott hab´ ihn selig, war auch Uniformschneider und gelegentlich auch Herrenschneider. Die großen Herren vom Rat und auch die Meister haben bei ihm fertigen lassen. Wir hatten ein gutes Auskommen. Unser Haus haben wir von einer Witwe gekauft, und auch ein paar Äcker konnten wir dazu erwerben. Fast alles konnten wir schon beim Oberrichter Keget abbezahlen. Bis, ja bis, mein Mann den Unfall hatte.«

Hier schnaufte die Frau tief durch, fing sich aber gleich wieder.

»Die rechte Hand und der rechte Arm kaputt, nicht mehr zu gebrauchen. Wir hielten uns einige Zeit mit Flickschneiderei über Wasser. Georg ging immer ins Spital, aber die Nonnen konnten ihm auch nicht helfen. Die Schwermut kam dazu und er ging nun immer häufiger auch ins nahegelegene Wirtshaus.

Immer öfters brachte ihn spät abends der Nachtwächter nach Hause.

Wie soll er uns versorgen? Was wird aus uns? Ständig stellte er sich diese Fragen.

Und dann, dann fand die kleine Lena ihren Vater auf dem Boden der Werkstatt liegen. Tot. Eine Flasche Rattengift daneben. Selbstmord, Unfall? Für den Pfarrer war es Selbstmord. Keine Beerdigung, unwürdig verscharrt, hinter dem Friedhof.«

Ihr liefen die Tränen übers Gesicht, gerne hätte er sie in den Arm genommen. Aber er traute sich nicht, wollte die Situation nicht ausnutzen.

»Das tut mir leid. Aber immer diese selbstherrlichen Pfarrherren. Vor Gott ist doch jeder Mensch gleich. Zumindest hat dies auch der Dr. Luther in seinen Schriften geschrieben. Ich weiß sowieso nicht wer dies entscheiden soll, ob der katholische oder der evangelische Glaube der Richtige ist. Jedenfalls steht davon in der Bibel nichts drin. Ich halte nichts von den Kirchen. Jeder kann direkt zu seinem Gott beten, so jedenfalls haben wir das in Nürnberg gemacht.«

»Ach, ihr seid ein Freigeist, gar ein Ketzer. Lasst das aber nicht unseren Pfarrer, den Herrn Dekan Johann Georg Speier, hören. Es wurde zwar vom Rat im letzten Jahr ein Erlass herausgegeben, dass die Pfarrer in ihren Reden nicht mehr auf andere Religionen schimpfen dürfen, jeder Mensch solle gleichbehandelt werden, aber von Ketzern steht da nichts drin. Er lässt euch bei solchen Reden mit Schimpf und Schande aus der Stadt jagen. Früher wärt ihr dafür bereits auf den Scheiterhaufen gekommen. Auch hier bei uns, bei den Evangelischen.«

»Nein, ich sag dies ja auch nur zu euch, ich denke ihr seid eine moderne, aufgeschlossene Frau.«

Wie er später erfuhr, hatte man in Windsheim erst vor rund 120 Jahren die letzten 25 Frauen als Hexen verbrannt.

Abrupt stand sie auf.

»Ihr könnt in der Werkstatt unten schlafen, aber macht kein Licht wegen der Nachbarn! Gute Nacht.« Schnell verschwand sie nach oben.

»Gute Nacht! Und nochmals vielen Dank, dass ich bei euch übernachten darf.«

»Ja, ja, ist schon recht so, morgen früh nach dem Garaus-Läuten, ich hoffe ihr wisst, was das ist, gehen wir erst einmal in die Kirche.«

»Ja, ich weiß, was das ist, das Ende der Nacht. In Nürnberg gilt die gleiche Zeit. Hier gehen die Uhren halt ein bisschen anders«, setzte er schmunzelnd hinzu.

Dies war eine Anspielung auf die besondere Zeiteinteilung, die es nur noch in den Reichsstädten Nürnberg, Regensburg, Rothenburg, Schwabach und Windsheim gab.

Die sogenannte *Große Uhr* oder auch *Nürnberger Uhr* war im Mittelgiebel des Rathauses in Windsheim unterhalb der astronomischen Uhr installiert worden.

Hierbei wurde der ganze Tag in 24 gleich lange Stunden eingeteilt. Die Arbeitszeit, das ist gleich die Tageszeit, dauerte von Sonnenaufgang bis Sonnenuntergang. Je nach Jahreszeit änderte sich aber die Anzahl der sogenannten hellen und dunklen Stunden. Am Ende der Nacht und am Ende des Tages wurde dann jeweils zum Ausgang groß geläutet - *den Garaus*. Danach fing man wieder bei Null zu zählen an. Zur

Sommersonnenwende waren es dann 16 Stunden Tag und 8 Stunden Nacht; zur Wintersonnenwende genau umgekehrt. Es gab genaue Tabellen, eingeteilt in die Tagleng und die Nachtleng, damit der Glöckner wusste wie er läuten sollte.

Und so läutete die Glocke jetzt im Herbst auch sechsmal zum Mittag und nicht wie in den meisten anderen Ortschaften zwölfmal.

Als er auf seiner Wanderschaft nach Nürnberg kam, hatte er am Anfang immer Probleme mit dieser eigentümlichen Zeitrechnung aus der alten Zeit. Alle anderen Städte und Dörfer hatten schon auf die neue Zeit umgestellt.

Christoph stolperte nach unten. Viel konnte er nicht sehen im fahlen Mondschein. Es war eine schöne große Werkstatt mit direktem Ausgang zur Gasse. Hier konnte die Kundschaft hereinkommen und dem Meister mit seinen Gesellen bei der Arbeit zusehen. Müde bettete er sich auf einen Haufen mit alten Kleidern und schlief sofort ein.

Anna Maria konnte lange nicht einschlafen. Sie dachte viel über ihr Leben nach. War das alles? Mit 43 Jahren alles vorbei? Wie soll es weiter gehen? Noch etwas mehr als ein halbes Jahr und sie musste eine Entscheidung treffen, wohin sollte sie?

War schon ein fescher Mann, da unten in der Werkstatt. Vielleicht etwas jünger als sie, zu jung? Wie hatte der Stadtschreiber zu ihr gesagt: *»Oder ihr findet einen neuen Mann.«*

War das die Lösung? War das Gottes Fügung? Aber ich kann ihn doch nicht einfach fragen - oder? Sie kam zu keinem Ergebnis. Was sagen die Kinder, die Nachbarn. Ach was soll´s. Morgen nach der Kirche frage ich ihn. Ich hoffe, er bleibt noch so lange.

Ein herrlicher Morgen, die Sonne lachte, obwohl es schon ziemlich kühl war, es war ja bereits später Herbst. Wahrscheinlich wird es einen frühen Winter geben.

Der Fremde hatte wieder sein Bündel geleert und teilte mit ihnen das Frühstück.

Heute war Sonntag und Markttag, Martinimarkt. Alle Glocken läuteten, riefen zum Gottesdienst. Anna Maria und Christoph stiegen gemeinsam die Treppen zum Lutherplatz hinauf.

»Ich hoffe, ihr seid auch vom rechten evangelischen Glauben, dann könnt ihr mit uns gehen, ich sage den Leuten halt, ihr seid ein entfernter Verwandter.«

»Ja freilich, und es ist schon recht so, wenn ihr es sagt. Aber am Nachmittag lade ich euch alle zu einem Marktrundgang und zu einem guten Krug Bier ein. Und dann mache ich mich auf nach Rothenburg. Ich denke, wenn ich schnell ausschreite oder vielleicht bei Jemanden mitfahren kann, komme ich noch vor dem Abend dort an.«

»Bei Bentheimer´s, drunten in der Langen Gasse, gibt es eine Postkutsche«, rief Lena dazwischen.

»Das ist mir zu teuer und ich bin es gewohnt zu laufen«, meinte Christoph.

Nach über zwei Stunden Sitzen in der Kirche tat es gut auf den Markt hinauszutreten. Der Pfarrer hatte heute über den Heiligen Martin von Tours, den Namensgeber dieses Tages, gepredigt. Vor allem soll man maßhalten und teilen, sich nicht der Völlerei hingeben. Hatte doch die Unsitte überhandgenommen das jeder,

der es sich leisten konnte, eine gebratene Gans, eine *Martinigans*, auf den Sonntagstisch brachte.

Bestimmt lud sich aber auch der Herr Pfarrer irgendwo zum Gansessen ein.

Bei den Bäumers briet die Magd schon seit dem Morgen den gerupften Vogel in der Röhre. Die Gänse hatte Anna Maria draußen im Garten, vor der Stadtmauer, groß und fett gemästet.

Auch Lena musste ab und zu einmal hüten, dabei trieb sie die drei Gänse immer in Richtung Eisweiher, allerdings nicht bis ganz hin, sonst wollten sie nicht mehr aus dem Wasser kommen. Öfters ist ihr dies schon passiert und hier nutzte dann kein Rufen und Schreien, sie holte jedes Mal Albrecht zu Hilfe.

Anna Maria konnte zwei der gemästeten Gänse gut verkaufen und die dritte Gans gab es bei ihnen heute zu Mittag.

Das würde ein Festessen geben, besonders die Kinder freuten sich schon darauf.

Nach dem Essen gingen sie dann gemeinsam zum großen Martinimarkt. Auf allen Plätzen und in vielen Gassen priesen fahrende Händler und Bauern aus den umliegenden Dörfern ihre Waren an. Was es da nicht alles gab, alles, was das Herz begehrte. Die Städter und auch die Bauern aus dem Umland deckten sich mit dem Bedarf für den kommenden Winter ein. Natürlich wurden auch viel Tand und unnützes Zeug angeboten. Und Naschwerk für die Kinder. Es war ein buntes Treiben, und überall wurde lautstark um den Preis gefeilscht.

Am Kornmarkt hatten sich offenbar zwei Männer in die Haare bekommen, und die Stadtwache musste die Streithähne trennen.

Bestimmt hatte wieder einer der Müller den Bauern um den rechten Preis betrogen. Solche Händel gingen oft für beide nicht gut aus. War das Vergehen gering, kam man mit Stadtverbot und einer ordentlichen Geldstrafe davon. Bei schweren Fällen wurden die Raufbolde dann schon mal zu Kerkerhaft verurteilt, die sie dann in dem kleinen Stadtgefängnis neben der Seekapelle abbüßen mussten.

Christoph suchte sich mit Frau Bäumer am Rande des Kornmarktes eine freie Bank aus und holte für alle einen Krug Bier. Die Kinder konnten einmal daran nippen und mussten sich sonst mit dem Wasser aus dem Brunnen zufriedengeben. Lange hielt es die Beiden sowieso nicht auf dem Platz. Es gab einfach viel zu viel zu sehen. Bartel spendierte für jeden auch noch einen Bratapfel, den ein Bauer über dem Feuer briet und feilbot.

»Setzt euch hier zu mir, ich muss mit euch reden, Herr Bartel«, forderte Anna Maria ihn auf.

Damit deutete sie direkt neben sich auf die Bank.

»Ja gerne, worüber denn?«

»Kommt etwas näher, muss doch nicht jeder gleich alles mithören können.«

Aber da bestand keine Gefahr, hier war das Markttreiben sehr laut. Außerdem hatten sie einen Sitzplatz etwas abseits von den anderen Tischen und Bänken ergattert.

»Wie ihr wisst«, begann sie stockend zu erzählen, »bin ich zwar Witwe, aber meine Ehe zählt nicht mehr für die Oberen vom Rat und vor der Kirchenobrigkeit, da mein Mann als Selbstmörder offiziell nicht existiert hat. Also brauche ich auch die vorgeschriebenen Trauerjahre nicht einzuhalten. Wenn ich binnen Jahresfrist nicht wieder verheiratet bin, muss ich die Stadt ver-

46

lassen und zu meinen Leuten zurückkehren. Das will ich auf gar keinen Fall, und in den Dienst bei einer fremden Herrschaft möchte ich auch nicht.

Ein Großteil von dem Haus und die Werkstatt gehören schon der Schneiderzunft und dem Viertelbürgermeister Franz Jakobus Merklein, unserem Nachbarn. Sie haben uns in letzter Zeit mit einigem Geld ausgeholfen. Aber hierfür findet sich bestimmt eine Lösung.«

Christoph wollte etwas einwerfen.

»Unterbrecht mich nicht«, fuhr sie ihn etwas barsch an und erschrak, »mir fällt es sowieso schon schwer genug. Ich habe euch einen Vorschlag zu machen. Also, ihr seid auf der Suche noch einer eigenen Werkstatt. Wie wäre es, wenn wir uns zusammentun? Ihr scheint ja ein ganz passabler Kerl zu sein, und ich hätte Schlimmeres zu erwarten, wenn mich der Zunftmeister wieder verheiraten würde. Heiratet mich! Wenn nicht aus Liebe, so aber zu unserer Beider Nutzen.«

Der Bartel musste jetzt erst einen großen und langen Schluck nehmen, das war zu viel und zu schnell für ihn.

»Ich hol´ noch schnell einen neuen Krug Bier, dann reden wir weiter.«

Er ließ sich Zeit zum Zurückkehren. Warum nicht, überlegte er, so schlecht sah die Frau ja nicht aus. Etwas verhärmt, von der Trauer und der vielen Arbeit. Einige Jahre älter vielleicht als er. Haus und Werkstatt waren scheinbar recht ordentlich geführt worden und ganz gut beieinander. Und so schnell kam er nicht zu einer guten Werkstatt und zu einem Bürgerrecht in einer so schönen Stadt. Vielleicht sollte er ...? Anna Maria Bäumer hatte ihm gleich gut gefallen.

»Nun gut, das sollte noch einmal gründlich besprochen werden. Lasst uns das Ganze doch heute Abend
bereden«, gab er ihr zur Antwort.

»Vielleicht sollten wir aber auch erst einmal die Kinder fragen, ich will mich nicht gleich mit ihnen herum-
ärgern müssen.«

»Die sind doch froh, wenn wir hier bleiben«, nahm
sie deren Antwort vorweg.

Am Abend saßen alle vier zusammen und beratschlagten die ganze Sache. Schnell wurden sie sich einig, fand doch jeder den anderen sehr sympathisch. Im
Frühjahr sollte dann die Hochzeit sein.

Besonders Lena war begeistert, möglicherweise half
ihr Christoph wieder beim Pflügen, denn diese Arbeit
war ihr einfach zu schwer. Und vielleicht bekam sie
dann wieder ein paar Schuhe, es mussten ja nicht unbedingt wieder rote sein, oder ...?

Anno 1727

Gottes Fügung

Seit Christoph vor knapp einem halben Jahr die Werkstatt übernommen hatte, war er nun schon mehrmals mit den Zunftmeistern zu einem längeren Gespräch im Wirtshaus zusammengesessen. Man hatte die Bedingungen, die in der Zunftordnung festgehalten waren, besprochen. Christoph sollte als Zeugmachermeister das eigene Tuch herstellen dürfen und als Schneidermeister für die Uniformen der Stadtwachen und der Bürgerwehr zuständig sein.

Vor allem wollten die Meister sich nicht an das neue Reichsgewerbegesetz halten. Dieses sollte nämlich die Autonomie der Zünfte aufheben.

Vier Wochen vor der geplanten Hochzeit wollte er zusammen mit seinem Stiefsohn und der Stieftochter die Zimmer neu streichen. Sie wollten in einem »neuen, frischen Haus«, wie Anna Maria meinte, ihre gemeinsame Zukunft beginnen.

»Albrecht geh´ doch einmal zum Meister Krauß und hole frische Kalkschlämme. Ich schau zum Maler Maucher und hole die Farben«

Damit schickte ihn Christoph mit einem großen Blecheimer los.

Seit Tagen hatten sie schon einen Teil der Milch von ihrer einzigen Kuh zu Quark verarbeitet, genau, wie ihm sein Freund Krauß erklärt hatte. Die Mischung von Quark mit Kalkbrühe würde einen wasserfesten oder zumindest wischfesten Anstrich ergeben.

Christoph machte sich zusammen mit Lena auf den Weg zum Malermeister Johann Friedrich Maucher.

Ein kräftiges Grün, Ultramarinblau und ein leuchtendes Gelb. Fröhlich sollten die Räume wirken. Anna Maria wünschte sich eine leuchtend blaue Küche, wie sie es bei Frau von Keget einmal gesehen hatte, und Christoph eine grüne gute Stube. Dieses Blau war einfach eine tolle Farbe, diese Leuchtkraft der Pigmente, kein Wunder, das es sehr teuer war. Das Gelb sollte den Gang aufhellen.

»Meister Bartel, seid ihr euch sicher, dass ihr Ultramarinblau wollt? Diese Farbe ist teurer als Gold! Die habe ich nicht vorrätig«, fragte der Malermeister nach.

»Was? Das kann ich mir nicht leisten.«

»Dann nehmt doch Kobaltblau, da müsst ihr etwas mehr Pigmente einrühren, damit es schön leuchtet, aber es ist wesentlich billiger.«

»Aber warum ist Ultramarinblau so teuer?«, fragte Lena dazwischen.

Christoph runzelte missmutig die Stirn: »Frag doch nicht immer so viel.«

»Nein, lass doch Meister Bartel! Ist doch gut, wenn sich die jungen Leute für so was interessieren. Also – dass ist so, wie der Name schon sagt: ultramarin, das heißt über das Meer und ist lateinisch. Das Farbpulver wird sehr aufwendig aus einem Halbedelstein, dem Lapislazuli, hergestellt. Den gibt es nur im Morgenland bei den Persern. Glaube ich wenigstens.

Darum ist die Farbe so teuer. Ich benutze selber nur Kobaltblau, auch Coelestinblau genannt, was so viel wie Himmelsblau heißt.

»Lena, jetzt reicht es!«, unterbrach Christoph den Redefluss vom Maucher, nachdem er merkte, dass Lene bereits zur nächsten Frage ansetzte.

»Wir nehmen die Farben, die ihr uns hergerichtet habt, Meister.«

Christoph zahlte und beide trugen ihren Einkauf nach Hause.

Albrecht erreichte ihren Hof fast gleichzeitig mit Christoph und Lena. Zusammen mit dem Gesellen Salvatore schleppte er den schweren Kalkeimer.

Salvatore De Pachino war mit dem Maurermeister Krauß nach Windsheim gekommen. Sie hatten sich vor Jahren in Florenz kennengelernt. Neben ihm gab es nur noch einen anderen italienischen Arbeiter in der Stadt, den Kaminkehrer Giacomo Minetto.

»Der Meister Krauß lässt euch grüßen und schickt den Salvatore mit. Er soll uns beim Streichen helfen, vor allem weiß er, wie die Farben richtig angemischt werden.«

»Da bin ich aber froh, ich habe noch nie eine Farbe angerührt«, meinte Christoph.

»Meister du nehmen zwei Seidla Ricotta, also Quark, gut durchrühren mit wenig Kalk und Wasser, so«, erklärte und zeigte ihm der Stuckateur, »und dann du tust das auf eine kleine Fass Kalkbrühe.«

Mit einem Stock rührten sie die Flüssigkeit solange, bis es fast wie eine Milch wirkte.

Zuerst strichen sie in allen Räumen die Decken und die oberen Ränder, auf etwa eine halbe Elle Breite von oben gemessen, der Wände weiß.

»Die Küche will meine Frau blau haben.«

»Va bene, dann wir machen blau.«

Damit rührte Salvatore die blauen Farbpigmente mit ein wenig Kalkmilch an, solange bis keine Klumpen mehr da waren.

Er kippte alles in einen großen Eimer mit Kalkmilch. Nun noch kräftig durchmischen und los kann es gehen mit dem Pinseln.

»Bella Azzuro, wie die Meer«, begeisterte sich nun auch Salvatore.

Sie trugen die Farbe vom Hof nach oben in die Küche. Diese lag, wie die ganze Wohnung, im ersten Stock über dem Laden. Sie wollten gerade mit dem Kalken beginnen, da rief der Italiener:

»No, no, so nich gut. Viele schwarze Flecken von die Ruß in die Küche.«

Salvatore schüttelte den Kopf.

»Aber wir haben doch gestern alles abgewaschen«, meinte Albrecht, »und weiß vorgestrichen!«

»Nich gut das.«

»Ja und nun?«

»Du müssen Farbe von Kuh machen.«

»Was müssen wir machen?«, riefen beide Kinder wie aus einem Mund.

»Komme alle mit.«

Alle vier gingen hinunter in den Stall. Der Geselle nahm eine Kelle mit frischem Kuhdung und verrührte diesen mit etwas Wasser in einem Eimer zu einer stinkenden Brühe.

»So, nun du tust etwas von die Kalkfarbe dazu und wir streiche erst über die Flecke.«

»Iii, stinkt das«, rümpfte Lena die Nase, »das will ich in meiner Schlafkammer nicht haben.«

»No, das du brauchst nicht, das komme nur über

die schwarze Ruß. Außerdem, rieche einmal, mit die Kalk - Kuhmist stinke nich mehr«, belehrte sie der Italiener.

Skeptisch roch Lena daran und nickte Salvatore zustimmend zu. Nachdem dieser Isolieranstrich erst trocknen musste, rührten sie die Farbe für die Stube an und begannen dort weiterzuarbeiten.

Bis zum Abend leuchteten schon einige Räume in gelben und grünen Farben.

»Allora, so nun trockne bis morgen und dann du alles noch einmal auftrage. Und übermorgen wieder. Immer schön dünn streichen, dann wird gut.«

»Aber das ist doch blöd, wenn wir die Farbe etwas dicker anrühren, dann deckt sie doch gleich, und wir brauchen nicht so oft darüber zu pinseln«, meinte Lena, die schon keine Lust mehr hatte.

»No, no, Signorina, immer ganz dünn. Dann wird gut, sonst blättert Farbe wieder ab. Also ciao.«

Damit wollte sich Salvatore verabschieden.

»Nein, hiergeblieben, erst einmal essen wir gemeinsam zu Abend«, bestimmte Anna Maria.

Nach einer Woche waren alle Anstriche aufgebracht und das feuchte, etwas windige Wetter ließ alles sehr gleichmäßig trocknen.

Was für herrliche Farben, die Küche strahlte in einem kräftigen Blau. Für die Stube hatten sie zum Grün einen Schuss Blau hinzugefügt, damit erhielten sie ein schönes Türkisgrün. Beide Räume bekamen rundherum einen schwarzen Trennstrich zwischen der Wandfarbe und dem Weiß der Decken.

Die Kammern wurden dann in verschieden kräftigen Gelbtönen und manchmal mit einem blauen oder einem grünen Abschlussstrich versehen.

»So eine schöne Küche. Da koche ich ja gleich noch mal so gerne. Vielen Dank«, mit diesen Worten fiel Anna Maria Christoph um den Hals und küsste ihn.

»Und was ist mit uns? Wir haben auch geholfen«, beschwerte sich Lena.

Die Mutter nahm ihre beiden Kinder in die Arme und alle betrachteten hocherfreut ihre neu ausgemalten Zimmer.

Auch in Windsheim hatte man von der Unsitte, einen *Blauen Montag* zu machen nicht gelassen.

»Warum heißt der Montag überhaupt blauer Montag?«, wollte Lena von ihrem neuen Vater wissen.

»Frag nicht so blöd. Der heißt so, weil die Gesellen fast immer blau sind«, fuhr sie ihr Bruder an.

»Rede nicht so einen Quatsch! Die sind besoffen oder blau, wie man sagt, weil sie zu viel freie Zeit zum Saufen haben. Der unnütze Tag gehört schon lange abgeschafft«, meinte Anna Maria energisch.

»Nun sag doch du auch mal was!«, gab sie die Frage an Christoph weiter.

»Na ja, der heißt blauer oder guter Montag, weil hier früher, vor einigen Hundert Jahren, in der alten katholischen Zeit während der Fastenzeit immer montags arbeitsfrei war. Die Kirchen und Altäre wurden dann immer mit einem blauen Tuch geschmückt. Allmählich hat sich dann der Brauch auch auf die anderen Montage im Jahr ausgebreitet. Bereits vor über 200 Jahren verboten der Kaiser und die Fürsten diese Sitte. Daraufhin streikten viele Gesellen im ganzen Römischen Reich. Die kleinen Handwerker und ihre Gesellen ließen sich nicht davon abbringen.

Besonders in den freien Reichsstädten hielt sich dieser Brauch. Auch nach der Einführung des evangelischen Glaubens in weiten Teilen des Landes konnte diese Sitte nicht abgeschafft werden. Das neue Verbot vom letzten Jahr zeigt keine Wirkung. Ich finde es gut. Gönnt doch den Leuten einen zusätzlichen freien Tag. Das ist zu mindestens eine Erklärung, eine andere besagt, dass der Blaue Montag von den Färbergesellen kommt, die hatten ….«, wollte ihnen Christoph weiter erklären.

»Jetzt reichst! Schluss damit! Wir heiraten jedenfalls an einem blauen Montag«, damit setzte Anna Maria einen Schlusspunkt.

»Dass du für das Freimachen bist, sagst du doch nur, weil du bisher noch kein Meister warst«, eiferte sich seine Zukünftige weiter. Christoph wollte noch etwas erwidern, aber Gott sei Dank klingelte es an der Ladentür.

So entschlossen sich die beiden zukünftigen Eheleute am Montag nach der Sommersonnenwende, dem 23. Juni 1727, zu heiraten.

Mit einem neuen schwarzen Rock und blauschwarzen, mit dunkelroten Rosen besticktem, Mieder, einer Schnürbrust nach der neuesten Mode, wie die feinen Leute in der Stadt, und einem ebenso farbigen buntem Tuch, hatte er seine Frau ausgestattet.

Er selbst hatte sich ein paar neumodische Kniebundhosen geschneidert. Dazu trug er ein weißes Leinenhemd mit Rüschen und eine schwarze Weste darüber.

Ein schönes Paar fanden die wenigen Freunde und Nachbarn, die sie begleiteten. Mit stolzgeschwellter Brust führte er seine hübsche Frau zum Altar.

Von der Verwandtschaft aus Lenkersheim ließ sich niemand herab, daran teilzunehmen.

Die Hochzeitspredigt an einem heißen Junitag, in der Sankt Kilianskirche hielt der Hilfspfarrer Stinzendorfer. Hatte der Dekan und Pfarrer doch noch ein schlechtes Gewissen?

Nach der bescheidenen Hochzeit zog die kleine Gesellschaft zum Zunftwirtshaus.

Hier gab es noch ein zweites Fest.

Feierlich wurde der neue Schneider- und Zeugmachermeister in die Zunft aufgenommen. Nach einem Gebet setzten sich alle Meister, viele nach der neuesten Mode mit Perücke auf dem Kopf, beim Bier im Gasthaus *Goldener Adler* zusammen und besiegelten den Bürger- und Zunftvertrag mit einem »zünftigen« Umtrunk. Christoph schwor feierlich den Eid auf die Zunftordnung.

Seine frisch angetraute Frau hatte ihm zur Feier des Tages extra einen schönen versilberten Siegelring aus Messing mit seinen Initialen »**ACB**« geschenkt. Unter den Buchstaben war noch die Abbildung eines Schneiders mit einer Schere eingraviert. Heimlich hatte sie den Ring von ihrem ersten Mann zum Gold- und Silberschmied Samuel Großmann in die Judengasse gebracht und ihn umarbeiten lassen. Für einen neuen Ring reichte das Geld nicht.

»Danke, vielen Dank, so ein kostbarer Ring«, voller Begeisterung nahm Christoph seine Ehefrau in den Arm und küsste sie. Anna Maria lief vor Verlegenheit ganz rot an.

Ein paar ältere Meister rümpften die Nase über dieses ungebührliche Verhalten in der Öffentlichkeit. Aber Christoph bemerkte es nicht und zeigte Allen voller Stolz seinen Siegelring. Es war schon etwas Besonderes, einen eigenen Ring zum Siegeln zu haben. Nur wenige reiche Meister und Bürger konnten sich dies leisten.

In der Stadt gab es schon immer zwei Zeugmeister, die für die Wachen zuständig waren. Bartel würde vor allem für die Uniformen zuständig sein. Der Kollege, ein Waffenschmied und Gürtler, für den Rest der Ausrüstung.

Die Ersparnisse des Meisters Bartel, wie er sich von nun an nennen durfte, hatten fast die gesamten Schulden gedeckt. Den Rest und auch einige Einkäufe für die Werkstatt konnten sie beim Zunftmeister binnen Jahresfrist abbezahlen.

Die Zünfte waren klein und so hatten sich hier alle Meister aus den verschiedensten Berufen zum Großen Handwerk vereinigt. Neben Bartel gab es nur noch drei Schneider, einer für die Herren und zwei für die Damen. Alle mit einer Flickschneiderei dabei, denn viele reiche Bürger und Bauern gab es in der Stadt und im Umland nicht.

Die Windsheimer bauten weiter. Christoph hatte sich ganz gut eingelebt. Er bekam den Auftrag einen Umhang, zur feierlichen Enthüllung am 13.November, für die Kaiserstatue auf dem Weinmarkt zu nähen. Hier hatte man im Sommer den neuen Brunnen errichtet. Genauso wie die Nürnberger einen hatten.

Das Wasser im alten Brunnen war immer so schnell verschmutzt, und das Denkmal für den Stadtgründer Widegast, in der Mitte des Brunnens, war aus so schlechtem Sandstein, sodass es bereits seit einigen Jahren wieder brüchig war. Der neue, sogenannte schöne Brunnen, wurde mit einem Gitter und mit einer Mittelsäule versehen auf der oben eine Statue von Kaiser Karl dem VI. platziert wurde.

Es war ein Donnerstag, die Kinder hatten sich alle mit ihren Lehrern eingefunden und sangen einige Lieder. Meister, die es sich leisten konnten, hatten sich freigenommen. Die Herren vom Rat waren alle anwesend und nahmen die Einweihung feierlich vor. Der Herr Dekan segnete den Brunnen und auch die Statue des Kaisers. Warum man unbedingt den Karl hatte darauf stellen wollen, ließ sich nicht so richtig ergründen.

Der Ratsherr von Keget hatte alles gestiftet, na ja, so konnte er auch bestimmen, wer darauf stehen sollte. Vielleicht zum Andenken, weil der Kaiser den Windsheimern ihre Stadtprivilegien vor rund zehn Jahren erneuert und bestätigt hatte.

Der Bevölkerung war dies sowieso egal. Hauptsache es lief wieder frisches, sauberes Wasser in das große achteckige Brunnenbecken.

Ein neuer Lebensabschnitt

In den fast drei Jahren, seit er nun schon hier in der Reichsstadt wohnte, war einiges geschehen.

Mehrere Blitze schlugen am 10. Mai 1728 bei einem plötzlichen und heftigen Gewitter um Mitternacht in die Spitalkirche ein. Der Dachstuhl der Kirche brannte lichterloh. Mit lautem Getöse stürzte der obere Teil des Turmes ein. Erst neigte sich die Spitze und dann brach der Glockenstuhl zusammen. Die in die Sakristei fallenden drei Glocken bimmelten ohrenbetäubend, bis sie unten zerschellten. Der Bevölkerung gelang es jedoch den Brand in der Kirche zu löschen bevor das Dach und die Decke in sich zusammenfielen.

Schlimmer noch war, dass mehrere Scheunen und Stallungen in der Nachbarschaft bis auf die Grundmauern niederbrannten. Ein Großteil der Vorräte und viele Schafe des Hospitals fielen dem Feuer zum Opfer.

Wieder einmal hatte es die Ärmsten und die Kranken der Stadt getroffen.

Besonders der Umsicht des Oberrichters Georg Wilhelm von Keget war es zu verdanken, dass viele mithalfen, die beschädigten Gebäude des Hospitals so schnell wie möglich wieder instand zusetzen. Gerade die Armen und Kranken brauchen unsere Hilfe, meinte er immer wieder.

Mithilfe vieler Spenden aus der Bevölkerung konnte der Schaden bis zum kommenden Wintereinbruch wieder behoben werden. Lediglich für eine neue Uhr und für die Glocken reichte es noch nicht.

Dank weiterer Stiftungen wurde dann im Laufe des Jahres 1729 eine neue Uhr eingebaut. Sogar für eine Orgel reichte das Geld noch. Der Orgelbauer Johann Christoph Wiegleb aus Wilhermsdorf baute eine kleine, aber sehr schöne Orgel ein. Auch die Decke wurde neu gestaltet. Johann Friedrich Maucher fertigte und vergoldete dann die herrliche neue Stuckdecke.

Am 4. und 5. Juli 1729 verwüstete ein fürchterliches Hagelwetter fast die gesamte Ernte. Nun hatten weite Kreise der Bevölkerung Hunger zu leiden. Wer keine Vorräte aus dem letzten Jahr hatte, und das waren Viele, für den wurde es bereits ein harter Sommer.

Der Rat der Stadt beschloss, für die am stärksten Betroffenen die Zehntabgaben zu erlassen und verteilte sogar Mehl und Getreide aus den städtischen Vorräten. Ab und zu konnten dann die armen Handlanger und Tagelöhner auch noch ein Stück Fleisch in der Freibank ergattern.

Langsam war es Winter geworden, ein milder Winter, Gott sei Dank. Zu Weihnachten fiel etwas Schnee, das neue Jahr kam ohne großes Spektakel daher und es ging mit Riesenschritten bereits auf den Sommer 1730 zu.

In diesem Juli stand ein großes Fest an. Vor 200 Jahren hatte die Stadt die Augsburger Konfession, das Bekenntnis zum evangelischen Glauben, öffentlich angenommen und trat damit offiziell an die Seite der evangelischen Reichsstädte und Landesfürsten.

Fast wären ja die Reichsstädte Nürnberg und Windsheim nicht mit dabei gewesen. Die Abgesandten Heppstein für Nürnberg und Hagelstein für Windsheim trafen sich in Roth, um gemeinsam zum Reichstag nach Augsburg zu reisen.
Aber irgendwie kamen sie nicht so recht voran und verfuhren sich auch einige Male.
Dem Nürnberger brach kurz vor der Stadt Abenberg mitten auf weiter Flur eine Wagenachse. Leider hatten es die Wagenlenker versäumt Ersatzteile mitzunehmen. So musste erst ein Wagnermeister mit einer neuen Achse aus Schwabach geholt werden.

In Abenberg, einer befestigten Stadt südlich von Nürnberg, hatten sie sich mit dem Vertreter der Reichsstadt Weißenburg verabredet, um dann gemeinsam weiter zu reisen. Dies war in solch unruhigen Zeiten bestimmt ein großer Vorteil.
Über Eichstätt und Neuburg nach Augsburg ins Schwäbische sollte es dann weitergehen.
Als sie nach einer regnerischen Nacht aufbrechen wollten, gab es ein neues Problem.

Der Burgvogt von Abenberg, ein Lehnsmann des Markgrafen von Ansbach, verlangte einen hohen Wegezoll für die Überquerung eines kleinen Flusses, der nur an der südlichen Brücke passierbar war. Man wurde sich nicht einig. Endlich konnte der Ritter den Vertretern von Reichsstädten eins auswischen. So lange schon hatte er auf so eine Gelegenheit gewartet.
Die Freie Reichsstadt Nürnberg hatte vor einigen Jahren seinem Vater einige Besitzungen entrissen und

ihn nur geringfügig dafür entschädigt. Meinte er zumindest, die Nürnberger waren da ganz anderer Ansicht. Sein Vater soll einer der gefürchtetsten Raubritter gewesen sein der die Handelszüge der Nürnberger Patrizier immer wieder überfiel, und so hatten sie sich doch nur das geholt, was ihnen als Entschädigung zustand.

Aber das half den Bürgermeistern nur wenig. Der Weg nach Süden war versperrt, und so mussten sie einen Umweg von fast einem Tag über Windsbach und Spalt in Kauf nehmen. Von den Schergen des Bischofs, nahe der Stadt Eichstätt, wurde dann der Tross an der Weiterfahrt gehindert. Der katholische Bischof wollte die evangelischen Vertreter von, in seinen Augen, abtrünnigen Städten daran hindern, rechtzeitig auf dem Reichstag zu erscheinen. Nur mit List und unter Zahlung von einigen Gulden setzte sie ein Flößer bei Nacht über die Altmühl.

Nach diesen vielen Hindernissen kamen dann die Vertreter der drei Städte erst zehn Tage nach der Übergabe der Confession in Augsburg an. Allerdings waren auch die Abgeordneten der Städte Heilbronn und Kempten zu spät gekommen. Der kaiserliche Minister ließ sie alle ermahnen, sich auf keinen Fall mit den anderen protestierenden Ständen zu vereinigen. Die Gesandten der fünf Städte ließen sich aber nicht abbringen und unterzeichneten nachträglich die Erklärung im Beisein des Kaisers und der übrigen Stände.

Der Windsheimer Rat gab nun heute aus diesem Anlass zur Erinnerung drei verschiedene Medaillen heraus, eine große für die Honoratioren, eine mittlere für die Gymnasiasten und eine kleine für die Schüler der deutschen Schule. Die Große zeigte auf der Vorderseite eine Stadtansicht und die Umschrift in Lateinisch: *Herrliche Dinge werden in dir gepredigt, du Stadt Gottes (Psalm 87, Vers 3)* und das Datum 15. Juli 1730. Auf der Rückseite reichten sich zwei Frauen die Hände, die Eine stellte die *Wahrheit* und die Andere die *Stadt Windsheim*, mit Bürgerkrone und Reichsadler auf dem Schild, dar. Die anderen Medaillen waren nicht ganz so aufwendig gearbeitet.

Albrecht und sein einige Jahre älterer Freund Michael waren ganz stolz auf ihre Medaillen, die sie vom Schulmeister überreicht bekamen. Natürlich hatten sie nur die Kleine erhalten. Vorne mit dem Windsheimer Adler und die Zahl 1730, hinten mit soviel lateinischen Abkürzungen, die sie nicht lesen konnten. Der Herr Lehrer hatte es ihnen zwar erklärt, aber bereits zu Hause hatten sie es schon wieder vergessen.

Auf alle Fälle ging es um die Confessio Augustana.

Am Morgen des 24. Juni, das war ein Samstag, der Rat hatte für alle arbeitsfrei und Kirchgang angeordnet, begann das Fest mit viel Glockengeläute. Der Hospitalpfarrer Georg Seyboth hielt die Predigt in der Stadtkirche St. Kilian. Er sprach über Matthäus 10, die Verse 26 und 27,

»Darum fürchtet euch nicht vor ihnen. Es ist nichts verborgen, was nicht offenbar wird, und nichts geheim, was man nicht wissen wird. Was ich euch sage in der Finsternis, das redet im Licht; und was euch gesagt wird in das Ohr, das predigt auf den Dächern.«

Ein Thema über Menschenfurcht und Gottesfurcht über das sich recht gut predigen ließ, noch dazu an so einem Tag. Nach einigen Luther-Liedern setzte der

Dekan Johann Georg Neubauer noch einmal eine Predigt aus Römer 1, 16 und 17 drauf:

»Denn ich schäme mich des Evangeliums nicht; denn es ist eine Kraft Gottes, die selig macht alle, die daran glauben, die Juden zuerst und ebenso die Griechen. Denn darin wird offenbart die Gerechtigkeit, die vor Gott gilt, welche kommt aus Glauben in Glauben; wie geschrieben steht: „Der Gerechte wird aus Glauben leben.« Das Evangelium als Kraft Gottes.«

Die Gemeinde sang daraufhin einige Lieder begleitet von Pauken und Trompeten und anschließend wurde das heilige Abendmahl gefeiert.

Es dauerte wieder einmal viel zu lang. Nach drei Stunden wurden fast alle etwas unruhig. Von sieben Uhr bis acht Uhr läuteten dann alle Glocken der Stadt.

Albrecht beschwerte sich bei seiner Mutter, dass das Geläute viel zu laut sei, ihm tue schon sein Kopf weh. Zugegeben, es war schon ein gewaltiges *Gwerch*, aber schön war´s doch.

Zu Mittag fand ein großes Festgelage auf dem Markt statt. Die Ratsherren hatten für alle Bratwürste und Bier gestiftet. Der Brauer hatte dafür ein besonderes Festbier gebraut, etwas billiger. Wahrscheinlich leichter als sonst, heller.

Auch der pompöse Ratssaal, sonst für das einfache Volk geschlossen, konnte heute besichtigt werden. Der Stadtschreiber und die Wache achteten sorgsam darauf, dass niemand etwas anfasste.

An der Stirnwand hing auch das ungefähr zweieinhalb mal viereinhalb Nürnberger Ellen große Bild von Andreas Herneisen, dem bekannten Nürnberger Maler, dass die Stadtväter sich 1601 für acht Gulden gekauft

64

hatten. Der Hilfspfarrer Engelein erklärte jedem der es sehen wollte anhand der Bilder den evangelischen Glauben. Hier war auch darauf zu sehen, dass sich der Windsheimer Vertreter in Augsburg ganz hinten eingereiht hatte.

Das Bild war der ganze Stolz der Windsheimer Bürgerschaft. Zeigte es doch, dass auch die kleine Reichsstadt am großen Weltgeschehen teilgenommen hatte.

Christoph schüttelte den Kopf, was für ein Aufwand. Viele der ehrbaren Meister und Gesellen hatten bis zum Abend ein bisschen zu tief in den Becher geschaut. Christoph, der sich zu den befreundeten Meistern gesellt hatte, musste sich erzählen lassen, was die Windsheimer in den letzten 200 Jahren alles durchgemacht hatten.

Man hatte sich damals auf die Seite der anderen Reichsstädte geschlagen und war auch sehr schnell evangelisch geworden. Die kleine Stadt trat an der Seite der großen und mächtigen Stadt Nürnberg dann auch dem Schmalkaldischem Bund bei. Damit waren sie im Verlauf der kriegerischen Auseinandersetzungen, besonders auch in dem großen 30 Jahre währenden Krieg immer wieder von kaiserlichen katholischen Truppen oder evangelischen Bündnistruppen bedroht. Die meisten Soldaten machten keinen Unterschied, ob man Feind oder Freund war. Hauptsache sie wurden ausreichend versorgt.

Gott sei Dank war die Stadt nie richtig geplündert worden. Meist konnte der Rat die Windsheimer Bürger durch Zahlung einer etwas größeren Summe an Silber davon verschonen. Daher sagt man heute noch, dass viele der Generäle und Offiziere von der *Silbernen Kugel* getroffen wurden.

Auch Gustav Adolf, der schwedische König, welcher für die Evangelischen kämpfte, zog mehrmals mit seinen Truppen vorbei und verlangte Unterstützung für die gerechte evangelische Sache. Dies bedeutete, die Stadt musste sich immer wieder freikaufen und Einquartierungen hinnehmen, was sie nur durch die Hilfe der reichen Stadt Nürnberg schaffte.

In den dreißiger und vierziger Jahren des letzten Jahrhunderts wütete dann auch noch der Schwarze Tod in der Stadt und im Umland. Teilweise starben täglich zwischen 60 und 70 Personen. Wegen der durchziehenden Truppen fielen einige Ernten aus. Es gab fast nichts mehr zu essen. Und das Wenige, was es noch gab, fraßen die Soldaten.

Die Menschen waren schwach und sehr anfällig für Krankheiten. Nur so lässt es sich erklären, dass so viele der Pest zum Opfer fielen.

Auch der Amtmann auf Hoheneck, einer Burg, die damals dem Nürnberger Burggrafen gehörte, starb in dieser schlimmen Zeit mit seiner ganzen Familie an den Folgen der Pest, und wurde in der Spitalkirche begraben. Viele Namenlose und die einfachen Bürger wurden vor der Stadt auf dem neuen Friedhof in Massengräbern bestattet. Die Einwohnerschaft der Stadt waren auf ein Drittel geschrumpft.

Aber dann ab den achtziger Jahren ging es, Gott sei Dank, wieder bergauf.

Endlich wieder einmal ein großes Fest. Grund zum Feiern hatten sie alle.

»Prost!« »Prost!«, schallte es von überall her. Es wurde viel getrunken, gelacht und gesungen.

Die Frauen und die Stadtwachen hatten zu tun die angetrunkenen Männer bis zum Einbruch der Dunkelheit nach Hause zu bringen.

Auch Christoph und sein Stiefsohn Albrecht stützten sich gegenseitig auf dem Nachhauseweg.

Die Nachtwache wurde sogar angewiesen den Zechern noch eine Frist, bis zu zwei Stunden nach Sonnenuntergang, zu gewähren.

Die Saat auf den Feldern stand gut. Die Ernte würde dieses Jahr besonders reich ausfallen. Der Bürger- und Zunftmeister Franz Jakobus Merklein war letzte Woche verstorben, und die Stadträte und Bürgermeister sollten einen Vorschlag für einen neuen Bürgermeister beim Inneren Rat einreichen. Die Wahl fiel auf Georg Strampfer, dem Wagnermeister in der Stadt, mit dem Meister Bartel sich inzwischen angefreundet hatte.

In seiner Werkstatt stand es sehr gut. Christoph konnte die restlichen Arbeiten vom Meister Bäumer fertigstellen und viele neue Aufträge waren dazu gekommen.

Besonders aber in seiner neuen Familie hatte er sich gut eingelebt. Lena vergötterte ihn, mit dem Knaben kam er leidlich aus. Dieser trauerte besonders seinem Vater nach, aber den wollte er ihm auch nicht ersetzten. Gut Freund wollte er ihm sein.

Albrecht hatte, wie auch seine Schwester die deutsche Schule, gleich hinter St. Kilian, nicht weit von zu Hause, besucht. Hier wurden die Kinder der Meister und Bürger unterrichtet, welche sich nicht die teure Lateinschule leisten konnten. Die Mädchen durften nur bis zur vierten Klasse zur Schule gehen, die Buben allerdings hatten sechs Jahre Unterricht.

Der Rat der Stadt ordnete für alle Bürgerkinder bereits vor einigen Jahren die Schulpflicht an.

Besonders gute Schüler der Lateinschule bekamen manchmal sogar ein Stipendium, so wie der Sohn vom Kantor und Organisten, Georg Wilhelm Steller, der in Wittenberg Theologie studierte.

Nachdem Albrecht nun schon einige Jahre in der Werkstatt von Christoph mitgeholfen hatte, wurde es Zeit sich um eine Lehrstelle für den Jungen bei einem der Meister zu bemühen. Der Umgang mit Steinen schien das richtige zu sein für Johann Albrecht Bartel, wie der Sohn des Bäumer nun hieß, oder sollte er ihn doch selbst als Lehrling nehmen? Ich muss mich einmal mit dem Stadtmaurermeister Krauß unterhalten, überlegte sich Christoph. Der wohnte gleich hier am Kornmarkt und sie unterhielten sich öfters über ihre Kinder. Die Buben vom Krauß waren mit Albrecht zusammen zur deutschen Schule gegangen.

Seine Angetraute bereitete ihm viel Freude. Sie kamen sehr gut miteinander aus. Anna Maria verstand es Haus, Hof und Garten in Ordnung zu halten. Oft äußerte sie eigene Gedanken und gab manchmal sogar in Anwesenheit von Gästen politische Meinungen von sich.

Sogenannte »gute Freunde« meinten ja, er solle seine Frau besser in Zaum halten. Es schickte sich nicht.

Eine Frau hatte öffentlich keine Meinung und schon gleich gar nicht einen politischen Standpunkt zu vertreten. Aber Christoph hatte damit keine Probleme. Er war ein freiheitlich denkender Mensch und dazugehörte auch, dass jeder Mensch seine Ansicht sagen durfte, auch die Frauen.

Außerdem war sie guter Hoffnung. Nun endlich. Er freute sich sehr und erhoffte sich einen Stammhalter. Anfang Dezember sollte es so weit sein, hatte sie ihm neulich abends mitgeteilt.

Alles in allem, er konnte mit sich und der Welt zufrieden sein.

Anno 1730

Die neue Allee

Der Meister Andreas Christoph Bartel genoss nun schon großes Ansehen in der Stadt. Man hatte ihn vor drei Wochen zum Feldgeschworenen gewählt, nachdem einer aus dem Kreis der Sieben gestorben war.

Diese sieben Männer wachten über die Grenzen in der Stadt. Setzten die Marksteine und wurden bei kleineren Streitigkeiten über die Aufteilung der Felder und Wiesen hinzugezogen. Das eigenmächtige Verändern der Grenzen stand unter schwerer Strafe. Nur die Feldgeschworenen oder auch Siebener genannt durften die Grenzsteine versetzen.

Die hohen Herren vom Rat beschnitten in letzter Zeit immer mehr die Rechte der Bürger und Meister. Besonders die Zunftordnungen waren der Obrigkeit ein Dorn im Auge. Selbst vom Kaiser kamen Edikte, welche die Auflösung der Zünfte forderten.

Wieder einmal saß der Schneider mit einigen anderen Meistern im Wirtshaus und sie schimpften auf den Rat. Hatte doch der Oberrichter Keget wieder mal eine neue Idee. »Wir sollen eine Allee pflanzen, im Norden vor der Stadt, auf dem Weg zum Weinberg zu. So ein Blödsinn. Noch dazu soll eine allgemeine Fron dafür ausgerufen werden«, regte sich der Meister Strampfer darüber auf, und seine Tischgenossen stimmten ihm zu.

»Du musst alle Zunftmitglieder zu einer Besprechung zusammen rufen, und dann verfassen wir eine Resolution«, forderte Krauß ihn auf.

»Das kannst du nicht machen, das ist Rebellion gegen die Obrigkeit«, meinte Bartel.

»Aber, was dann?«, rief der Kantor und Organist Johann Jakob Steller dazwischen.

»Lasst mich doch ausreden«, unterbrach sie Strampfer, »Alle Ratsherren haben doch gleich ihre Bedenken angemeldet, dass es böses Blut geben könnte unter den Meistern und Gesellen. Darum hat nun Keget eingelenkt. Er ist bereit die Bäume zu stellen und jede Familie soll einen Baum pflanzen. Alle die an der Pflanzaktion teilnehmen bekommen eine Brotzeit und Freibier.«

In dem Durcheinander das nun entstand versuchte Bürgermeister Strampfer sich durchzusetzen:

»Jetzt hört mir doch einmal zu! Der Rat hat weiter beschlossen den nächsten Montag, an dem sowieso immer blaugemacht wird dafür herzunehmen. Und jeder Haushalt, der daran teilnimmt, bekommt zusätzlich noch zwei Groschen bezahlt.«

Nun beruhigten sich die Gemüter etwas.

«Also gut. Lasst uns das Beste daraus machen. Feiern wir doch ein großes Fest, wenn der Rat schon den Tag bezahlt«, damit hatte der Stadtphysikus allen aus der Seele gesprochen.

Steller, der sich häufig bei seinem Kollegen in Ansbach aufhielt, meinte dazu, dass es sich in so einer Allee sehr schön promenieren ließ.

»Wer hat von uns schon Zeit zum Promenieren? Das ist etwas für die feinen Herren oder für so einen Musikus wie ihr einer seid, Herr Kantor Steller. Prost meine Herren!« Damit trank Strampfer allen Anwesenden zu und das Thema war beendet.

Am kommenden Montag trafen sich alle Stadtbewohner zu einem großen Pflanzfest. Das war eine Gaudi. Ein richtiges Fest, fast wie eine Kirchweih, sogar mit Verkaufsständen für Naschereien. Einige Wirte schenkten Bier und Wein aus. Die Metzger brieten Bratwürste und Fleisch am offenen Feuer. Und die Bäcker boten Schneeballen, Küchle und Brezen an.

An verschiedenen Stellen spielten Musikanten auf und alle trällerten mit. Aber wozu man eine Allee brauchte, das konnte ihnen keiner so richtig erklären, doch wenn die hohen Herren alles bezahlen, was soll´s, so leicht hatten sie noch nie ihr Geld verdient.

Die zehn Stadtwachen benötigten jeder ein neues Wams, ein großer Auftrag vom Rat der Stadt. Auch für die Bürgermiliz sollten neue Uniformen hergestellt werden. Diese Bestellung konnte Christoph aber auf das nächste Jahr verschieben. Er hätte sonst noch weitere Gehilfen einstellen müssen. Die zwei Gesellen die er nun seit einem halben Jahr beschäftigte sollten im Moment genügen.

Deshalb musste nun auch die ganze Familie mit anpacken. Besonders Lena half ihm gerne bei der Arbeit. Es war immer so lustig mit ihm. Er sang sich immer ein *Liedla* dabei, davon kannte er eine ganze Menge, auch erzählte er immer wieder Geschichten aus aller Welt. Besonders die aus dem Welschenland hatten es Lena angetan und sie wollte sie immer wieder hören.

»Erzählt noch einmal, wie ihr über den Reschen gekommen seid«, forderte sie ihn wieder einmal auf.

Eine Geschichte, bei der es in wilder Fahrt vom Berg ins Tal ging.

»Aber du kennst die Geschichte doch schon. Die habe ich schon so oft erzählt.«

»Macht nichts, ist doch so lustig.«

»Na gut! Wir rasten also so im vollen Galopp den Weg Richtung Imst hinunter. Der Kutscher, der mich mitnahm, und seine Familie schienen dies öfters zu machen und hatten einen Heiden Spaß an der wilden Jagd. Mir wurde es himmelangst. Hin und her schwankte der Wagen, sprang über Steine auf und ab. Ich klammerte mich krampfhaft an der Seite fest. Hätte doch lieber laufen sollen, dachte ich mir dabei. Immer wilder wurde es.

Kurz vor Imst ging es in einer Kurve auf eine schmale Brücke über den Inn zu. Wir hatten so viel Schwung, dass der Wagen leicht zur Seite kippte und alle in hohem Bogen durch die Luft sausten und in den Fluss flogen. Ich schrie auf, dann ging ich in dem reißenden Wasser unter und dachte, jetzt hat mein letztes Stündlein geschlagen. Wild fuchtelte ich mit den Armen umher und bekam plötzlich wieder Boden unter die Füße. Endlich konnte ich stehen. Das Wasser ging mir nur bis kurz über den Bauch. Gott sei Dank! Der Inn war hier nicht so tief. Nachdem wir uns alle aus dem Wasser gerettet hatten, saßen wir am Ufer und waren froh, heil davon gekommen zu sein.

Auf der Brücke stand viel einfaches Volk und lachte und johlte. Wir lachten aus Erleichterung kräftig mit und konnten uns so von unserem Schreck lösen. Erst später erfuhr ich, dass mein Kutscher der Landeshauptmann von Tirol, der Vertreter des Kaisers, höchstpersönlich gewesen war. Na ja, wer den Schaden hat, der braucht für den Spott nicht zu sorgen.

Seitdem habe ich mir die Fuhrknechte immer gut

angesehen, bevor ich zu einem auf den Wagen geklettert bin.«

Lena jauchzte und klatschte vor Übermut und tanzte durch die Werkstatt.

»So nun aber genug erzählt. Hurtig weiter gearbeitet, damit wir bis zum Feierabend fertig werden«, ermahnte Christoph alle, denn auch die Gesellen hatten der Geschichte gelauscht.

»Sing uns ein Lied, bitte«, bettelte sie ihren Vater an, »dann läuft die Arbeit viel leichter von der Hand.«

»Also meinetwegen. Ich singe dir heute ein neues Lied. Das habe ich von einem fahrenden Sänger gelernt, der aus dem Niederdeutschen kam und letzte Woche im Wirtshaus Rast eingelegt hatte:

Ännchen von Tharau ist's, die mir gefällt,
Sie ist mein Leben, mein Gut und mein Geld.
Ännchen von Tharau hat wieder ihr Herz
Auf mich gerichtet in Lieb und in Schmerz.
Ännchen von Tharau, mein Reichthum, mein Gut,
Du meine Seele, mein Fleisch und mein Blut!

Käm alles Wetter gleich auf uns zu schlahn,
Wir sind gesinnet bei einander zu stahn.
Krankheit, Verfolgung, Betrübnis und Pein
Soll unsrer Liebe Verknotigung sein.
Ännchen von Tharau, mein Reichthum, mein Gut,
Du meine Seele, mein Fleisch und mein Blut!

Recht als ein Palmenbaum über sich steigt,
Je mehr ihn Hagel und Regen anficht;
So wird die Lieb' in uns mächtig und groß
Durch Kreuz, durch Leiden, durch allerlei Noth.
Ännchen von Tharau, mein Reichthum, mein Gut,
Du meine Seele, mein Fleisch und mein Blut!

74

Würdest du gleich einmal von mir getrennt,
Lebtest, da wo man die Sonne kaum kennt;
Ich will dir folgen durch Wälder, durch Meer,
Durch Eis, durch Kerker, durch feindliches Heer.
Ännchen von Tharau, mein Reichthum, mein Gut,
Du meine Seele, mein Fleisch und mein Blut!

Ännchen von Tharau, mein Licht, meine Sonn,
Mein Leben schließ' ich um deines herum.
Was ich gebiete, wird von dir getan,
Was ich verbiete, das lässt du mir stahn.
Ännchen von Tharau, mein Reichthum, mein Gut,
Du meine Seele, mein Fleisch und mein Blut!

Was hat die Liebe doch für ein Bestand,
Wo nicht ein Herz ist, ein Mund, eine Hand?
Wo man sich peiniget, zanket und schlägt,
Und gleich den Hunden und Katzen begeht.
Ännchen von Tharau, mein Reichthum, mein Gut,
Du meine Seele, mein Fleisch und mein Blut!

Ännchen von Tharau, das wolln wir nicht tun;
Du bist mein Täubchen, mein Schäfchen, mein Huhn.
Was ich begehre, begehrst du auch,
Ich lass den Rock dir, du lässt mir den Brauch.
Ännchen von Tharau, mein Reichthum, mein Gut,
Du meine Seele, mein Fleisch und mein Blut!

Dies ist dem Ännchen die süßeste Ruh',
Ein Leb' und Seele wird aus Ich und Du.
Dies macht das Leben zum himmlischen Reich,
Durch Zanken wird es der Hölle gleich.
Ännchen von Tharau, mein Reichthum, mein Gut,
Du meine Seele, mein Fleisch und mein Blut!«

Nachdem Christoph dieses Lied voller Inbrunst mit
seinem Bass gesungen hatte, merkte er erst, dass ihm

alle gebannt gelauscht hatten und keiner mehr arbeitete.

Stürmisch klatschten Lena und die Gesellen.

»Was für ein schönes Lied, das musst du mir lernen«, meinte seine Tochter.

»Gerne, aber erst am Sonntag nach der Kirche und jetzt wird weitergeschafft.«

Herbst, wieder einmal großer Martinimarkt, viel fahrendes Volk war in der Stadt, alle Scheuern, Keller und Dachböden waren voll, eine reiche Ernte lag hinter ihnen. So gut ging es den Leuten in der Stadt schon lange nicht mehr. Sie feierten ausgelassen auf allen Plätzen.

Auf dem Kornmarkt, gleich neben dem Nachbarhaus, hatte man eine Theaterbühne aufgebaut, eine Commedia sollte es geben. *Das fliegend Schweyn*, eine Commedia aus dem letzten Jahrhundert über Hexen und Hexenmeister. Ob das etwas für die Städter war und für die Kinder? In Windsheim hatte man 1597 die letzten Hexen verbrannt, und bei vielen Familien war die Erinnerung daran noch über Generationen weiter gegeben worden. Der Rat beriet sich, ob man dies erlauben solle. Nachdem aber der Prinzipal Geraldino von Brück, einer der zur Zeit berühmtesten Theaterdirektoren und die Schauspieler versichert hatten, dass das Stück harmlos und auch für Kinder geeignet sei, und bereits in Nürnberg und in Rothenburg gespielt worden war, stimmten sie schließlich zu. Allerdings durften alle Kinder unter acht Jahren nicht zuschauen. Die Stadtwache wurde angewiesen, dies zu kontrollieren und notfalls auch bei ungebührlichen Aufführungen der Schauspieler die Sache abzubrechen. Aber nach einigen Krügen Freibier an die Wachen war man sich sicher, dass die Stadtbüttel hier nicht einschreiten würden.

Das waren schon lustige Brüder, die zwei, die das *Schweyn* fliegen gesehen haben wollten. Die schöne Musik dazwischen, besonders der Musikant mit dem roten Barett gefiel Lena gut. Aber grausig war´s schon, als das Blut floss und gefoltert wurde, oder als der Fürstbischof das *Schweyn* exkommuniziert hatte.

»Wie gut, dass wir keinen Fürstbischof mehr haben«, flüsterte Lena leise ihrer Mutter ins Ohr.

Aber am Ende ging alles gut aus. Jeder bekam was und wen er wollte. Und alle hatten dabei einen riesen Spaß gehabt.

Auf dem Heimweg war sich Lena sicher, sie würde Schauspielerin werden. Was für ein Leben, jeden Tag in einer anderen Stadt, so viele Leute die da zusehen, vielleicht würde sie ja sogar berühmt werden.

»Verdient man da viel Geld«, fragte sie Christoph.

»Ich weiß nicht«, antwortete der, »jedenfalls ist es kein ehrbarer Beruf, besonders nicht für kleine Mädchen, und am besten machst du einen großen Bogen um dieses fahrende Volk. Trau vor allem nie einem Musikanten, besonders nicht, wenn er bunt gekleidet ist und ein Barett aufhat.«

»Für dich finden wir sicher einen guten Meister oder Gesellen zum Heiraten«, bemerkte ihre Mutter noch dazu.

»Ich will nicht heiraten, und schon gar nicht einen fremden Mann«, schrie Lena wütend und lief davon.

»Musste das jetzt sein«, tadelte Christoph seine Frau.

Aber wie immer hatte sie bestimmt recht, dachte er.

»Wir sollten uns nach einem recht schaffenden Mann für sie umsehen. Sie kommt jetzt bald aus der Schule und da wird es Zeit für sie«, meinte Anna Maria nachdenklich.

»Geben wir sie doch einfach erst einmal zu einem der uns bekannten Meister in Stellung. Oder sie soll bei mir in der Werkstatt mithelfen. Und du kannst, wenn jetzt das Kind kommt, bestimmt auch noch eine Hilfe im Haus gebrauchen.«

Am Sonntag nach Martini besprach sich Christoph mit Stadtmaurermeister Krauß.

»Ich glaube der Sohn vom Bäumer eignet sich besser zum Maurer als zum Schneider. Er ist geschickt bei den Reparaturen am Haus und hilft auch gelegentlich bei den Nachbarn. Könntest du ihn in die Lehre nehmen? Ich zahle dir auch das geforderte Lehrgeld. Wohnen kann er noch daheim.«

»Mm, also gut, aber dafür nimmst du mir meinen Zweiten in die Lehre, er ist einfach nicht kräftig genug für eine Arbeit auf der Baustelle. Meinen Ältesten, Johann Michael, habe ich ja nun schon über vier Jahre bei mir dabei und er macht sich sehr gut, er kann später einmal meine Werkstatt übernehmen. Aber die beiden Brüder verstehen sich nicht besonders gut und da ist es besser, wenn der Willibald etwas anderes lernt. Abgemacht? Finanziell wäre uns beiden geholfen. Keiner zahlt dem anderen ein Lehrgeld und beide Buben wohnen noch zu Hause. Schlag ein.«

Er hielt Christoph die Hand hin und dieser schlug ein und besiegelte somit die Abmachung.

Anno 1730

Feuer unterm Dach

Seit fast vier Monaten arbeitete Albrecht als Lehrling bei dem Stadtmaurermeister, dem Vater seines Freundes. Er konnte nun endlich mit Michael zusammenarbeiten. Der Sohn des Maurermeisters hatte bereits vor über vier Jahren mit seiner Lehre begonnen. Beide waren seit ihrer Kindheit die besten Freunde, trotz des Altersunterschiedes. Sie wurden meist auf verschiedenen Baustellen eingesetzt, jeder ging mit einem anderen Altgesellen zur Arbeit.

Aber nun hatte der Meister einen großen Auftrag. Gegenüber vom neuen Haus des Oberrichters Keget sollten sie mehrere kleine Häuser abbrechen und ein neues Wirtshaus, *Zum roten Rößlein*, errichten. Ein schönes Gasthaus im neuen Baustil wünschte sich der Wirt Hans Willibald Zenker.

Stadtbaumeister Krauß fertigte die Pläne an, nach denen seine Leute auf der Baustelle das Gebäude errichten sollten. Sieben Maurergesellen, davon auch schon ein paar Altgesellen, fünf Handlager und drei Tagelöhner, zusätzlich noch zwei Lehrlinge, die er neu eingestellt hatte, und sechs Altlehrlinge, wurden auf der großen Baustelle eingesetzt.

In der Bauwerkstatt wurden auch zwei Capos beschäftigt. Sie waren für alles verantwortlich und leiteten die Arbeiten auf den Baustellen.

Der Eine, Hans Georg Lenkersheimer, von allen nur Jockel gerufen, war auch für die Beschaffung des Baumaterials zuständig. Obwohl er den Namen nach der, neben Windsheim gelegenen, ehemaligen Stadt hatte, kam er aus Frankfurt, einer großen Stadt drüben im Hessischen.

Albrecht und Michael arbeiteten in seiner Kolonne.

Alle Steine kamen aus den Gipsbrüchen, welche rund um die Stadt gelegen waren, und wurden je nach Bedarf gehauen und angeliefert.

Den Sand für den Mörtel mussten sie sich aber selber holen. Das war immer ein schöner Tag. Gab es doch nahe bei Windsheim keinen Sand. Sie holten ihn immer von der Grube bei Jobstgreuth. Den Besten gab es zwar bei Obernzenn, aber da müssten sie durch den Markt Ickelheim und die verlangten immer einen teuren Wegezoll. Nach Jobstgreuth konnten sie an allen Dörfern vorbeifahren, ohne dass sie die Maut entrichten mussten. Auch der Sand war hier billiger, gehörte doch dem Meister ein Anteil an der Sandgrube.

Früh beim Sonnenaufgang fuhren sie mit den Fuhrwerken hinaus, gute zwei Stunden Fahrt mit dem großen Wagen. Dann hieß es schnell die Schubkarren voll Sand schaufeln, über eine Rampe zu den Fuhrwerken karren und abkippen. Nach einer Stunde war alles beladen und es ging wieder zurück nach Windsheim. Obwohl sie nun bergab fuhren, die Gruben lagen südöstlich von Windsheim auf der Frankenhöhe, dauerte es länger. Die Sandfuhrwerke waren sehr schwer, und das Bremsen den Berg hinunter kostete viel Zeit. Wenn sie gut arbeiteten, erreichten sie zur Mittagszeit die Baustelle. Schnell wurde abgeladen, hier halfen dann alle mit, und zügig ging es wieder los, eine neue Fuhre holen. Wenn sie Glück hatten, waren sie vor dem Abendläuten wieder zurück. Manchmal schafften sie es nicht. Dann wurde der Meister zornig und zog den zusätzlichen Nachtzoll, den er an den Stadttoren zahlen musste, vom Lohn der Gesellen und Fuhrleute ab.

Das Kalklöschen war eine Arbeit, die Albrecht überhaupt nicht mochte, hatte er doch schon beim ersten Mal einige Kalkspritzer auf die Hände bekommen, und das hatte fürchterlich gebrannt.

Die Brocken des Brandkalkes wurden zerschlagen und in eine Grube geworfen, dann mit Wasser übergossen. Sofort begannen die Kalkbrocken zu zerspringen und wurden sehr heiß, es kochte und brodelte. Dabei musste man besonders aufpassen, keine Spritzer abzubekommen. Mit der Haue wurde dann die entstehende Kalkschlämme so lange verrührt, bis alles ein glatter, einheitlicher Teig war.

Nach einigen Tagen konnte schließlich der Mörtel gemischt werden. Dazu wurden ungefähr fünfzehn Schaufeln Sand mit drei Schaufeln Kalkteig in den Bottich geworfen und kräftig durchgemischt. Die Handlanger merkten an der Geschmeidigkeit, ob die Mischung stimmte und je nachdem kam noch etwas Sand, Kalk oder Wasser hinzu. Albrecht durfte hierbei das erste Mal mitarbeiten.

»Nicht zu weich, aber auch nicht zu trocken musst du den Mörtel anrühren, sonst rutschen dem Maurer die Gipssteine auseinander. Die schimpfen dann und schreien herum oder schmeißen dir gleich den Mörtel mit der Kelle nach«, erklärte ihm ein älterer Handlanger zum wiederholten Male.

Diese ewige Schaufelei hatte er jetzt schon satt, obwohl er noch am Anfang seiner Lehrzeit stand.

Im November war es endlich soweit. Die Zimmerleute richteten den Dachstuhl auf. Der Zimmerermeister hielt den Richtspruch und wünschte dem Bauherrn viel Glück, Gottes reichen Segen und viele durstige Kehlen für sein neues Gasthaus. Der Wirt Zenker vom zukünftigen *Roten Rößlein* richtete einen ordentlichen Richtschmaus aus.

Für Albrecht war dies sein erstes Richtfest. Es gab einige Fässer Freibier und Essen so viel man wollte. Der Lehrling ließ sich nicht lumpen und langte kräftig zu.

Obwohl sie alle am nächsten Tag einen schweren Kopf hatten, von dem vielen Freibier, ging die Arbeit zügig weiter. Immer wieder diese elende Plackerei.

Mit der Kraxe, einem Gestell aus Holz, das mit zwei Riemen auf den Rücken gehängt wird, wurden die Steine zu den Maurern getragen. Solange es gebrannte Ziegel oder behauene Gipssteine waren, konnte man diese ja schön schlichten, bei grob behauenen Brocken war das schon schwieriger.

Auch die Mörtelbütt, meist ging hier mehr als ein Eimer hinein, wurde mit der Zeit sauschwer.

»Einfacher wird es dann schon, wenn wir weiter nach oben kommen. Dann werden wir den Mörtel und die Steine mit der Seilrolle oder dem Kran, nach oben ziehen«, meinte Michael zu Albrecht, »bei noch größeren Bauten, wie einem Rathaus oder einer Kirche, lässt dann mein Vater schon mal einen Balkenkran aufbauen.«

Aber Albrecht gefiel diese Arbeit auch nicht, zog er sich doch dabei oft Blasen an den Händen zu, wenn das Seil scheuerte oder rutschte.

»Stell dich nicht so an«, schnauzte ihn der Capo an, »Lehrjahre sind keine Herrenjahre. Wer kein geschickter Handlanger wird, der wird dann auch kein gescheiter Maurer.«

»Ab dem zweiten Lehrjahr kannst du schon mal hin und wieder das Mauern probieren«, bemerkte der gerade vorbeikommende Meister schmunzelnd zu ihm.

Albrecht schnaufte tief durch, nahm seine Bütt auf, und kraxelte über das Gerüst in den ersten Stock, hinauf zu den Maurern.

»Blöd daherreden kann jeder, aber ich muss die schwere Arbeit machen«, maulte er vor sich hin.

Solange das Wetter hielt, wollten die Handwerker noch das Dach zudecken, damit der Winterregen und der Schnee dem neuen Haus nichts mehr anhaben konnte. Der kommende Frost würde für die Trockenheit im Haus sorgen, und so kann dann im Frühjahr weiter gearbeitet werden.

Die Gesellen, Handlanger und Tagelöhner wurden wie jedes Jahr um diese Zeit entlassen. Sie mussten sich für den Winter eine andere Arbeit suchen. Meist verdingten sie sich bei den reichen Bauern und Bürgern zum Holz schlagen. Einige betätigten sich als Korbmacher und verkauften ihre Körbe auf dem Markt.

Johann Nikolaus Krauß behielt nur seine zwei Capos und die Lehrlinge für eventuell dringend notwendige Reparaturarbeiten.

Sein Capo, der Italiener Salvatore de Pachino, führte gewöhnlich in der Werkstatt Vorarbeiten für das kommende Frühjahr aus. Er zog zum Beispiel Stuckprofile aus Gips. Einige der Lehrlinge halfen ihm dabei. Das war angenehm. In der Werkstatt brannte immer ein Feuer, und so konnte man sich ab und zu etwas aufwärmen. Außerdem lernte man wieder etwas Neues dazu.

Der Capo Lenkersheimer war zusammen mit einigen Lehrlingen für die Reparaturen im Innern der Häusern zuständig. Dieses Mal mussten sie den gebrochenen Gipsestrich auf dem Dachboden des Rathauses ausbessern.

Gestern waren sie damit fertig geworden und heute sollten sie nur noch aufräumen. Der Lenkersheimer ließ die Beiden, Albrecht und Michael, alleine.

»Ich will mit dem Schreibergehilfen noch das Aufmaß für die Arbeiten in der letzten Woche besprechen«, und schon verschwand der Vorarbeiter. Nun war er schon den ganzen Tag fort. So etwas kam bei ihm öfters mal vor, und meistens kam er dann mit einem gewaltigen Rausch zurück.

Es war schon sehr kalt an diesem Samstag, dem 2. Dezember 1730. Morgen würde dann das neue Kirchenjahr mit einem festlichen Adventsgottesdienst beginnen. Auch Michael und Albrecht freuten sich schon darauf. Die Beiden kehrten den Dachboden vom Rathaus aus und beseitigten alle Reste von den vergangenen Arbeiten.

»Immer diese blöde Aufräumerei, und noch dazu bei dieser Kälte«, rief Michael Albrecht zu, und wollte gerade einige Lattenreste die Treppe hinuntertragen.

»Halt, ich habe eine Idee, wir werfen die Holzreste auf diesen Sandhaufen und machen uns ein kleines Lagerfeuer«, rief Albrecht ihm hinterher.

»Das ist toll, abgemacht. Aber nichts meinem Vater erzählen. Der Capo kommt bestimmt nicht mehr zurück, der hat wahrscheinlich schon Feierabend gemacht. Dann brauchen wir das Holz auch nicht nach unten tragen.«

Gesagt, getan.

In einer Ecke, nahe dem Turmeinstieg zu St. Kilian, schlichteten sie die Holzabfälle auf den Sand und zündeten sie an. Erst wollte und wollte es nicht brennen. Michael schlich sich daraufhin in das Stockwerk darunter und organisierte vom Büro des Stadtschreibergehilfen etwas Papier. Mit Hilfe von einigen Sägespänen, die sie in einer Ecke des Dachbodens fanden, brachten sie das Feuer endlich zum Brennen. In einer Stunde war sowieso schon Feierabend, und so lange konnten sich beide am Feuer wärmen.

Die Glocke vom nahen Rathausturm schlug achtmal. Feierabend! Aber das Feuer brannte noch sehr stark. Was tun? Sie hatten kein Wasser! Michael hatte eine Idee. Er pinkelte aufs Feuer und sein Freund tat es ihm gleich. Nun qualmte es nur noch ganz leicht.

»Seid ihr fertig geworden«, rief ihnen Meister Krauß entgegen, als sie in die Werkstatt kamen.

»Nicht ganz«, stotterte sein Sohn, »nächste Woche noch ein paar Stunden.«

»Faule Kerle! Das werdet ihr am Montag nachholen, da könnt ihr dann eben nicht blaumachen! Es war doch nicht mehr viel zu tun, ihr hättet leicht damit fertig werden können. Immer das Gleiche mit euch faulen Kerlen«, sichtlich verärgert rauschte der Maurermeister davon.

Albrecht verabschiedete sich hastig und rannte nach Hause. Heute war Samstag und da gab es immer ein Festessen am Abend. Wenn er Glück hatte, bekam er dazu vielleicht ein kleines Bier vom Stiefvater. Der ließ sich immer einen Dreiliter-Krug mit dunklem Gebräu von ihm holen. Und manchmal, wenn die Ge-

85

schäfte gut gelaufen waren, schenkte er Albrecht auch ein wenig davon ein.

Aber was war bloß los. Alle liefen aufgeregt umher.

»Das Kind soll kommen«, erklärte ihm seine Schwester, »aber die Hebamme meint, es kann noch ein bis zwei Stunden dauern. Mutter hat aber große Schmerzen.«

»Hier«, rief ihm Meister Bartel zu, »besorge heute einen großen Krug Bier.« Und er schnippte ihm ein Geldstück zu. Der große Krug stand bereits auf der Küchenkommode, und bereitwillig holte er das Gebräu aus dem Wirtshaus schräg gegenüber.

Lena bereitete das Abendessen vor, große fränkische Bratwürste, dazu gekochtes Sauerkraut und ein kräftiges, selbst gebackenes Schwarzbrot.

Zu dritt setzten sie sich an den Tisch. Mutter lag in der Kammer nebenan. Zwei Nachbarinnen und ihre Dienstmagd Lisa kümmerten sich um sie.

»Hier, nimm einen kräftigen Schluck. Heute wirst du noch einen Bruder oder eine Schwester bekommen«, damit schob Christoph ihm einen Maßkrug hin.

Was? So viel Bier hatte er noch nie bekommen. War schon ein besonderer Tag heute.

Es wurde Nacht, alle gingen sie zu Bett, und das Kind ließ sich Zeit, viel Zeit. Christoph wurde immer nervöser, konnte er in diesem Fall doch überhaupt nichts tun.

Aber die Nacht verging, und als der Morgen graute, war noch immer nichts geschehen. Der neue Erdenbürger ließ auf sich warten. Christoph schickte seine Kinder und die Dienstboten zur Kirche. Es war der erste Advent. Sie sollten alle recht fleißig für eine schnellere und unkomplizierte Geburt beten.

»Hier Lena! Stifte eine große Kerze für den Heiligen Kilian.« Christoph reichte seiner Tochter einen viertel Gulden.

Nach dem Mittag wurde auch der Himmel unruhig. Vom Westen zog ein Wetter auf, es stürmte schon heftig, dazu blitzte und donnerte es fürchterlich am Horizont.

Jetzt im Winter? Da gab es selten Gewitter. Hoffentlich wird es kein schweres Unwetter geben.

Der Abend kam, und weder das Wetter noch das Kind schien es eilig zu haben.

Zügig ging die Dämmerung in das Dunkel der Nacht über. Der Wind, ein trockener, eisiger Westwind, jagte alle Menschen von den Gassen in die Häuser. Er steigerte sich zu einem richtigen Sturm. Die Kälte kroch durch alle Ritzen der Fachwerkwände.

Da! Plötzlich läuteten die Glocken.

»Feuer, Feuer!«, tönte es von draußen. Erschrocken fuhr Christoph vom Stuhl auf und hastete nach unten. Auf der Gasse kamen ihm schon einige der Nachbarn entsetzt entgegengelaufen.

»Feuer, es brennt! Es brennt überall! Hilfe es brennt!«

»Das Spital und das Rathaus stehen schon in Flammen, schnell kommt alle zum Löschen, bringt Eimer mit.«

Es brannte bereits in der ganzen Stadt. Das Feuer im Spital wurde vom Wind die Gassen hinauf zum Rathaus getrieben.

Christoph lief noch einmal ins Haus und kam mit einigen Eimern und in Begleitung von Albrecht, zurück. Beide rannten die Gasse hinauf zum Marktplatz.

Hier keuchten gerade einige Männer mit der neuen Feuerspritze, die sie aus dem nahegelegenen Spritzenhaus im ehemaligen Klosterchor geholt hatten, den Berg herauf.

Die Bürgermeister Knörr und Strampfer übernahmen das Kommando. Schläuche wurden gelegt und einige Männer pumpten das Wasser aus dem Stadtbrunnen. Mit dem Druck konnten sie sogar bis zum ersten Stock des Rathauses hinauf spritzen. Auch wurden einige Leitern an das Rathaus gelehnt und über mehrere Menschenketten wurden die Eimer, gefüllt mit dem Wasser aus dem Stadtbrunnen am Marktplatz, hinauf gehangelt und in die Flammen geschüttet.

Jetzt machten sich die sehr große Kälte und der eisige Wind bemerkbar. Überall fror das Wasser fest. Schläuche froren ein. Löschspritzen funktionierten nicht mehr. Lappen und Handschuhe, die sich die Männer um die Hände gewickelt hatten, waren sehr schnell durchnässt und gefroren zu Klumpen. Auf den Gassen verwandelte sich das verschüttete Wasser zu einer Eisfläche, und die Männer mussten aufpassen, dass sie nicht ausrutschten.

Im Umkreis der brennenden Häuser herrschte eine glühende Hitze, und der Wind fachte das Feuer immer wieder an.

Leider reichten die Schläuche nicht bis zur Kirche, sodass diese bereits lichterloh brannte. Ein paar Männer versuchten mit langen Stangen die einstürzenden Wände nach innen zu stoßen, damit sich der Brand nicht weiter ausbreiten konnte. Überall loderte und qualmte es. Vor lauter schwarzem Rauch konnten sie fast nichts mehr erkennen. Viele der Leute husteten und schnappten, wie Karpfen in einem zu warmen Teich, nach frischer Luft.

Michael Krauß und sein Freund Albrecht Bartel standen nebeneinander in der Reihe.

»Sag nichts, ich bin der festen Überzeugung das Feuer war aus gewesen, vielleicht war´s ein Blitz«, rief er ihm entsetzt zu.

Albrecht presste die Lippen zusammen und blieb still, er sah nur schockiert nach oben. Der ganze Dachstuhl vom Rathaus war ein einziges Flammenmeer. Mit ihren paar Eimern hatten sie keine Chance mehr. Was hatten sie angestellt!

»Hörst du nicht! Was ist das?«, schrie Michael Albrecht ins Ohr.

Aus dem oberen Fenster schrien der Stadtschreibergehilfe und seine Familie um Hilfe. Waren die noch
nicht heraus?

»Da, da oben, dort ist noch jemand. Schnell wir
müssen helfen!«

Ein kurzer Blick zu Michael und schon hetzte Albrecht zum Eingang des Rathauses, schnappte sich im
Vorbeirennen von einem Mann noch schnell eine nasse
Pferdedecke und hechtete mit seinem Freund zusammen die Treppe hinauf. Teils getrieben vom schlechten
Gewissen, teils aber, weil er die Tochter des Schreibers
schon immer gern gesehen hatte.

Nahe dem Treppenhaus des ersten Stockes waren
schon die Deckenbalken entflammt. Die Burschen versuchten durch den großen Kaisersaal zu den Zimmern
des Schreibers zugelangen.

Zwar brannte der ganze Dachstuhl, aber die Decken
zu den darunterliegenden Stockwerken hielten länger
stand. Hatte man doch bei der Errichtung des Rathauses schon nach neuester Bautechnik gearbeitet und die
Fehlböden bereits mit Sand und nicht mit Roggenspel-
zen gefüllt. Gerade jetzt im Brandfall konnte dann das
Feuer nicht so schnell überspringen.

Allerdings war hier bereits alles voller Rauch. Ein he-
runtergefallener Balken versperrte den Weg. Gemeinsam räumten sie ihn zur Seite und öffneten die Tür.
Flammen schlugen ihnen entgegen. In den Räumen
wütete das Feuer überall, besonders die vielen Papiere
fachten es immer wieder an. Es war unerträglich heiß.
Schnell stülpte Michael dem Schreiber und seiner Frau
die Decke über den Kopf und drängte sie nach unten.
Albrecht warf der Schreiberstochter Klara seine Jacke
über und schob sie hinaus aus dem Zimmer. In diesem
Moment stürzte die Decke ein und ein Balken traf ihn

an der Schulter. Mit letzter Kraft konnte er sich nach unten retten. Die Schulter zerschlagen, Haare und Gesicht versenkt, hustend, so taumelte er, Klara vor sich herschiebend, aus dem Rathaus.

Die Männer fingen ihn auf, führten ihn nach hinten, und setzen ihn am Stadtbrunnen ab. Christoph, der hier gerade mit den Eimern beschäftigt war, ließ alles stehen und liegen, kümmerte sich um Albrecht und schrie nach dem Bader.

»Kümmere du dich um ihn, ich muss nach den Meinen schauen, unten am Kornmarkt brennt auch schon alles«, bat er den Bader Franz, als er gesehen hatte, dass Albrecht nur leicht verletzt war, und schon rannte er davon.

»Hier her«, rief Maurermeister Krauß, der vor dem Stadtschreiberhaus mit einer Stange versuchte, die Balken nach innen zu drücken, »die Mauer stürzt sonst in die Gasse.«

Einige Leute liefen zu ihm hin, aber zu spät. Mit lautem Krachen stürzte die Wand ein. Krauß sprang gerade noch rechtzeitig zur Seite.

Die herabstürzenden Teile und der Funkenflug setzten das Haus des Tuchmachers Johann Albert Hellmuth an der Ecke vom Markt, gleich neben dem Haus vom Keget, in Brand. Der Tuchmacher schlug die Hände vor das Gesicht, jammerte und sprang schreiend umher:

»Meine ganzen teuren Stoffe, mein ganzes Vermögen. Alles dahin!«

»Sei froh, dass du und deine ganze Familie heil aus den Flammen gekommen sind!«, schrie ihn jemand an.

Schockiert kauerte er sich vor dem gegenüberliegenden Haus zusammen, starrte zu seinem brennenden Haus hinüber, und heulte still vor sich hin.

Ja was war denn das? Kam doch da der hochwohlgeborene Oberrichter von Keget aus seinem Haus gerannt, ohne Perücke und im Hausmantel. Der hatte es aber sehr eilig.

»Schnell kommt her, hier fehlt Wasser, beeilt euch, sonst brennt mein neues Haus auch noch«, schrie er gleich die Ersten, die ihm in den Weg kamen, an. Einige Männer mussten die Arbeiten am Rathaus einstellen, zum Nachbarhaus vom Keget laufen und hier löschen, damit der Brand nicht auf das Haus des Oberrichters übergreifen würde. Vorsorglich hatte man beim Neubau, vor etwa 25 Jahren, bereits eine über einen Meter breite Feuergasse zwischen den Häusern gelassen, damit ein Übergreifen von Feuer verhindert werden konnte.

Aber trotzdem mussten die Männer sich gewaltig anstrengen, und die brennenden Trümmer des Gebäudes vom Tuchhändler Hellmuth einreißen, um ein weiteres Ausbreiten des Feuers zu verhindern.

Überall brüllten die Leute durcheinander, keiner wusste mehr so richtig, wo man zuerst löschen sollte.

Turm und Schiff von St. Kilian standen in hellen Flammen. Das Kirchenschiff stürzte mit einem fürchterlich lauten Krachen ein.

Da am Altar, was war das? Es sah aus, als ob Jesus am Kreuz zu weinen anfinge. Die Hitze löste die Farbe auf und dicke Tränen liefen dem Herrn übers Gesicht. Und schon züngelten von unten die Flammen am Kreuz empor und über den Körper des Gekreuzigten. Die Männer starrten hinauf und sprangen entsetzt zur Seite, denn mit einem Aufheulen stürzte der Altar in sich zusammen. Nun fiel auch die Decke des Chores herab und begrub alles unter sich.

Es half nichts mehr, alles war zu heiß, die Männer konnten nicht mehr löschen, hatten kein Wasser mehr, kamen nicht mehr an alle Brunnen heran. Sie hatten keine Chance, das Niederbrennen der Stadt zu verhindern. Hilflos mussten die Bürger zusehen, wie ihre schöne Stadt in Schutt und Asche fiel.

Viele der Bewohner rafften ihre wichtigste Habe zusammen und flohen trotz eisiger Kälte vor die Stadt. Sie mussten hilflos mit ansehen, wie die Flammen immer höher schlugen, und sich immer weiter in die trockenen Gebälke fraßen.

Die Menschen fielen auf die Knie und beteten, etwas anderes konnten sie nicht mehr tun.

»Was soll das Beten helfen? Sucht die Schuldigen!«

»Das waren die Juden! Wie immer! Die sind an allem Schuld!«

Wütend kamen die Rufe aus der Volksmenge. Im Handumdrehen rotteten sich die Menschen zusammen und zogen in Richtung eines kleinen Haufens von Juden, die sich ebenfalls aus der Stadt geflüchtet hatten, und nun abseits der großen Masse verharrten.

»Schlagt die Juden tot!«

»Ja! Tod schlagen! Tod schlagen!« Knüppel schwingend zog der Pöbel los.

»Haltet ein! Seid ihr wahnsinnig!«, mehrere Frauen, unter ihnen Frau von Keget, Frau Strampfer und auch Francesca Maria De Pachino, stellten sich der aufgebrachten Menschenmenge entgegen.

»Das sind doch auch nur arme Leute, die um ihre Habe bangen«, rief Frau Seyboth dazwischen.

»Ach halt´s Maul! Juden waren noch nie arme Leute! Schon der Doktor Luther hat geschrieben, dass die Juden an allem Schuld haben.« Ein großer kräftiger, in Lumpen gekleideter Mann, tat sich als Sprecher hervor.

»Halt Stopp! Er hat aber nicht gesagt, dass wir sie totschlagen sollen. Es steht schon in der Bibel: Du sollst nicht töten!« Dekan Seyboth ging mit ausgebreiteten Armen auf die anrückende Menschenmasse zu.

»Genau, und warum bist du nicht bei den anderen Männern zum Löschen? Du bist doch groß und kräftig! Bist du ein Feigling und gehst lieber auf Frauen und Kinder los?« Francesca schleuderte die Sätze zu dem Aufrührer hinüber. Die umstehenden Leute fingen an, schadenfroh zu lachen.

»Was? Das muss ich mir von einer Ausländerschlampe nicht bieten lassen.«

»Nun gebt endlich Ruhe, Ruprecht! Ihr seid doch Ruprecht Seidel, der Gassen- und Scheißeräumer, oder? Ich lass euch sonst von meinem Mann hochkantig aus der Stadt jagen!« Frau von Keget sprach jetzt ein Machtwort und scheuchte mit einer Handbewegung die aufgebrachten Menschen zurück. Gemeinsam, mit dem Herrn Dekan, gelang es den Bürgermeisterfrauen die Leute zu beruhigen.

Bis nach Nürnberg und Würzburg soll man das Leuchten des Feuers gesehen haben, erzählte man sich später.

Es blitzte und krachte wieder fürchterlich. Dann fing es wie aus Eimern zu schütten an. Der Himmel hatte ein Erbarmen und half das Feuer einzudämmen.

Dem Herrn sei Dank, dieses Stoßgebet hatten bestimmt viele auf den Lippen.

Christoph musste einen Umweg, vorbei am *Schönen Brunnen*, über die Rothenburger Gasse laufen. Gott sei Dank, seinem Haus war nichts geschehen.

Er stürmte ins Haus, wollte schnell erzählen, was passiert war. Aber er kam nicht dazu. Lena stürzte ihm entgegen: »Schnell, lauf zur Hebamme, sie muss ganz schnell kommen. Die Nachbarn sind heim, wegen des Feuers und ich bin allein mit der Mutter und Lisa.«

Der Meister rannte, so schnell es bei der Eisglätte ging, los. Immer wieder rutschte er aus. Einmal zog es ihm die Füße regelrecht unter dem Körper weg und er fiel rückwärts in den Matsch. Dem Herrn sei Dank, er verletzte sich nicht, er rappelte sich auf und hastete so gut es ging weiter.

Die Hebamme wohnte nicht weit weg, gleich neben der Spitalkirche. Aber alles Klopfen und Rufen half nichts. Sie war nicht da. Was sollte er machen. Er spurtete wieder nach Hause. Da kam ihm an der Kammertür Lena über das ganze Gesicht strahlend entgegen. Sie hatte ihrem kleinen Bruder auf die Welt geholfen. Bartel war völlig fertig mit den Nerven und brauchte erst einmal einen Schnaps. Dann lief er zum Nachbarhaus, um die Frauen zu Hilfe zu holen. Galt es doch die Wöchnerin zu versorgen und den kleinen Kerl zu baden und herzurichten.

Was für eine Nacht! Was für Prachtkinder! Albrecht hatte den Stadtschreibergehilfen samt Familie mit aus dem brennenden Rathaus gerettet. Lena hatte ihrer Mutter bei der Geburt beigestanden. Und der Kleine war gesund und munter und schrie wie am Spieß, weil er Hunger hatte.

»Ich richte euch jetzt den Wagen her, und ihr begebt euch zu unserer Feldscheune vor der Stadt. Fahrt aber durchs Seetor hinaus. In der vorderen Rothenburger Gasse brennt es noch.«

»Warum bleiben wir nicht einfach hier?«, wollte seine Frau wissen.

»Es ist viel zu gefährlich. Immer wieder facht der Wind das Feuer an oder weht Heu- und Strohballen über die Dächer. Fahr du mit den Kindern, den Mägden und dem Lehrling zu den Anderen, die bereits draußen vor der Stadt sind. Nimm nur das Nötigste mit. Albrecht und ich wir helfen wieder löschen. Los jetzt macht schnell, bevor es zu spät ist!« Damit trieb Christoph das Gesinde an.

Der Brandgeruch und das Geschrei machten die Pferde nervös. Als das Fuhrwerk über den Weinmarkt fuhr, verabschiedete sich der Meister, und eilte zurück zum Marktplatz.

Noch zwei Tage dauerten die Löscharbeiten. Trotz Regen, Schnee und Kälte flackerte das Feuer immer wieder an verschiedenen Stellen auf. Unter den in sich zusammengestürzten Häusern befanden sich große Glutnester.

Endlich war das Feuer gelöscht. Die Menschen strömten zurück in ihre Häuser, zumindest die, welche verschont geblieben waren. Auch Anna Maria kam mit ihren Kindern zurück.

Christoph eilte zu seiner Frau und drückte sie sanft an seine Brust. Sie reichten sich die Hände und dankten Gott für ihr Glück.

»Dein Ring! Wo ist denn dein Siegelring?«, fragte sie ihn bestürzt nach einiger Zeit. Er besah sich seine Finger, der Ring war weg.

»Oje, den habe ich wahrscheinlich beim Löschen auf dem Marktplatz verloren.«

»Der schöne Ring, so etwas gibt es nicht so schnell wieder. Echt versilbert, der war noch von meinem ersten Mann«, jammerte Anna Maria.

»Der ist doch jetzt unwichtig! Wenn du sehen könntest, was unsere Nachbarn alles verloren haben. Viele

Häuser sind niedergebrannt. Einige stehen vor dem Nichts.

Hauptsache bei dir ist alles gut gegangen, unser Jüngster ist gesund und munter, und unser Haus ist vom Feuer verschont geblieben. Was ist da schon der Verlust eines Ringes. Ich werde ihn mit den Kindern Morgen suchen«, beruhigte sie Christoph.

Er nahm sie in den Arm und beide betrachteten sie stolz ihren jüngsten Sohn.

Christoph fand den Ring am nächsten Tag, trotz eingehender Suche mit seinen Kindern, nicht. Die meiste Zeit hatte er sich in den vergangenen Nächten am Stadtbrunnen aufgehalten. Er hatte immer die Wassereimer von der Winde genommen. Zwecklos, das Suchen hatte keinen Sinn mehr. Zu viele Menschen waren hier die letzten Tage und Nächte kreuz und quer herumgelaufen. Bestimmt hatte irgendjemand den Siegelring in den aufgeweichten Boden getreten.

Was soll´s, was war der Verlust eines Ringes gegen das Ausmaß der Schäden, die er bei seinen Nachbarn sah. Hier war Hilfe angesagt und er packte mit an, die rauchenden Trümmer zu beseitigen und aufzuräumen.

Es hatte zwei Hauptbrandherde gegeben. Der Eine am Markt, der Andere im Spital. So ganz sicher über die Brandursache war man sich nicht. In einer Scheune des Spitals entstand das Feuer wahrscheinlich. Hier brannten die Scheunen, die Amtsstube, verschiedene Werkstätten und Stallungen nieder. Fast alle Vorräte gingen dabei verloren.

Aufliegende brennende Heuballen trieb der starke Wind bis zum Marktplatz. Besonders schwer traf der Feuerregen die Stadtkirche. Acht der zehn Glocken schmolzen in der großen Hitze, die anderen beiden fielen herab und zerbrachen.

Beide Lehrlinge atmeten erleichtert auf, als sie dies am nächsten Tag hörten. So waren sie doch unschuldig an der Brandkatastrophe.

Auch die Wunden von Albrecht waren im Nachhinein nicht der Rede wert, eine ausgerenkte Schulter und einige Schürfwunden. Er war jung und kräftig, da heilten so ein paar Kratzer schnell.

Der Brandwächter, welcher in Windsheim auf dem Turm der Kirche seinen Ausguck hatte, und über das Feuer wachen sollte, hatte den Brand zu spät entdeckt. Entweder war er in einem anderen Winkel der Stadt unterwegs gewesen oder er hatte, wie schon des Öfteren, irgendwo ein Nickerchen gemacht. Als er dann den Rauch gerochen hatte, schlugen bereits die Flammen aus dem Rathaus.

Gott sei Dank gab es keine Toten und Verletzten, außer dem Bürgermeister Georg Christoph Eckardt, der im hohen Alter von 86 Jahren vor Schreck tot umgefallen war. Im Hospital waren jedoch 30 Kühe und 26 Schafe verbrannt.

Nachdem der Eisregen das Feuer gelöscht hatte, und die Menschen wieder zurück in der Stadt waren, rief der Dekan zu einem Gottesdienst in die unversehrte Seekapelle. Er dankte Gott, dass die Stadt vor Schlimmerem bewahrt worden war, und spendete den Opfern Trost. Zum Schluss appellierte er an die Nächstenliebe und forderte zur tatkräftigen Hilfe auf.

Anno 1731

Große Not

Der Rat der Stadt tagte am nächsten Mittag im Wohnhaus des Oberrichters von Keget, einem großen imposanten Gebäude, das ganz im markgräflichen Barock, gleich neben dem Rathaus, vom Großvater des jetzigen Hausherrn vor ein paar Jahren errichtet worden war. Sie hatten auch einige Handwerksmeister mit dazu eingeladen.

Wie sollte es weiter gehen? Vierzehn Bürgerhäuser mit einigen Nebengebäuden und Scheunen waren zerstört, das Rathaus bis zum ersten Stock in Schutt und Asche, die Kirche mit den Türmen bis auf die Grundmauer niedergebrannt. Insgesamt hatten sie dennoch großes Glück gehabt. Der Herr zeigte sein Erbarmen und ließ das Feuer durch den Regen und Schnee löschen. Aber trotzdem bedurfte es aller Anstrengung, diese vielen Schäden und die Not wieder zu beheben. Einige brauchten schnell wieder ein Dach über dem Kopf. Der Winter stand vor der Tür, und der war hier im Fränkischen meistens sehr streng.

Alle Haushalte in der Stadt, die keinen Schaden erlitten hatten, sollten eine Sondersteuer zahlen. Die allgemeine Bürgerfron wurde ausgerufen. Jeder musste mithelfen. Die Familien, deren Wohnhaus niedergebrannt war, sollten bei Verwandten unterkommen oder von den Nachbarn aufgenommen werden. Die Zunftmeister kamen überein, dass sie alle beim Aufbau der Wohnhäuser mithelfen würden. Der Rat versprach, für die Geschädigten kostenlos Bauholz im Wald bereitzustellen.

Ein Schneesturm, der eisig von Osten wehte, hatte die Stadt mit tiefem Pulverschnee bedeckt. Gespenstisch ragten die Ruinen in den kalten Winterhimmel. Schwarze, verkohlte Balken von St. Kilian zeigten wie mahnende Finger Gottes aus dem weißen, stillen Schnee nach oben.

Trotz der bitteren Kälte begannen die Arbeiten. Erst einmal mussten die abgebrannten Teile und Gebäudereste entfernt oder gesichert werden. Aufgrund der Witterungsverhältnisse begnügten sich die Windsheimer mit dem Aufräumen und Sichern. Teilweise wurden provisorische Unterkünfte und Abstellräume geschaffen.
Auch hierbei zeigten die beiden Lehrlinge des Stadtmaurermeisters einen enormen Tatendrang. Von frühmorgens bis spätabends schufteten sie gemeinsam mit den vielen Helfern aus der Bevölkerung.

Sobald es das Wetter zuließ, fing man mit den eigentlichen Bauarbeiten an den Wohngebäuden an. Der Wiederaufbau des Rathauses und der Kirche sollte vorerst zurückgestellt werden. Dies löste zwar den Protest des Herrn Dekan aus, aber es nützte nichts, dafür war jetzt kein Geld da. Hatte man doch noch Schulden vom Aufbau der Gebäude am Hospital, die im vorletzten Jahr in einem Flammenmeer untergegangen waren, abzubezahlen.

Am Morgen des Neujahrtages, wieder waren viele Neugierige aus den umliegenden Dörfern und Städten gekommen, um die abgebrannte Stadt zu besichtigen, klopfte es bei den Bartels an der Tür. Die Magd führte einen gut gekleideten Herrn herein.

»Ja, Adam, wo kommst denn du her«, rief Meister Bartel und umarmte den Gast.

»Ich komme geradewegs aus Nürnberg. Wir haben von eurer großen Not gehört. Der Nürnberger Rat schickt mich, ich soll einmal bei euch nachsehen, wie wir euch helfen können. Und da dachte ich, schau ich doch gleich einmal bei meinem alten Freund Christoph vorbei.«

»Hol´ schnell einen Krug Bier«, rief dieser seiner Stieftochter zu, »einen großen!«

Die Beiden hatten sich lange nicht mehr gesehen und es gab viel zu erzählen. Die Werkstatt von Johann Adam Delsenbach lag neben der von Christophs ehemaligem Meister, als dieser noch in Nürnberg gearbeitet hatte. Delsenbach war ein, weit über Franken hinaus bekannter, Kupferstecher.

»Wie können wir euch helfen?«

»Für das Erste und auch für einen Teil der Wohnhäuser hat die Stadtbevölkerung zusammengelegt. Alle helfen mit beim Wiederaufbau. Der Rat hat eine allgemeine Fron erlassen. Aber für das Rathaus und die Kirche da reicht das Geld nicht.«

»Ich muss mir das erst einmal ansehen und dann bereden wir das mit euren Bürger- und Zunftmeistern, wie die Stadt Nürnberg euch helfen kann.«

Sie tranken und plauderten noch lange über die alten Zeiten.

Einige Tage streifte der Kupferstecher zwischen den abgebrannten Gebäuden umher und skizzierte immer wieder etwas in sein kleines Buch. Eine ganze Herde Kinder lief ihm hinterher. Jeder wollte einen Blick auf die Zeichnungen erhaschen. Einen Bildermaler bekamen die Buben und Mädchen selten zu sehen.

»Besuchen wir gemeinsam doch mal euren Bürgermeister Strampfer und Oberrichter von Keget«, meinte Adam nach zwei Wochen zu Christoph, »ich habe den Herren vom Rat einen Vorschlag zu unterbreiten.«

Christoph sandte Albrecht zum Stadtschreiber, damit dieser einen Termin vereinbaren konnte.

Man traf sich im Wirtshaus Zum Goldenen Adler in der Rothenburger Gasse, gleich neben den abgebrannten Scheunen des Spitals. Hier im Hinterzimmer wurden seit dem Brand vorübergehend auch Besprechungen und Sitzungen abgehalten.

Dies hatte einen großen Vorteil für die Herren, konnte man sich doch gleich eine kühle frische Maß Bier beim Wirt bestellen. Mit einem Bierkrug auf dem Tisch ließ es sich doch viel leichter diskutieren.

Nachdem Meister Bartel seinen berühmten Freund Johann Adam Delsenbach aus Nürnberg vorgestellt hatte, begrüßten sich alle recht herzlich.

»Eure Hochwohlgeboren, Herr Oberrichter von Keget, werte Herren Bürgermeister, ihr Herren vom Rat, ich möchte, wenn sie es gestatten, euch einen Vorschlag unterbreiten. Ich könnte von der Ansicht der niedergebrannten Stadt Kupferplatten anfertigen. Damit werden dann Bilder gedruckt, die einer meiner Lehrlinge auch noch bunt bemalen kann. Diese Bilder können sie dann an alle befreundeten Reichsstädte mit der Bitte um Hilfe senden. Vielleicht kommt dann etwas Silber in eure Kasse für den Wiederaufbau des Rathauses und der Kirche. Es wird euch nichts kosten, nehmt dies als meinem Beitrag zum Wiederaufbau.«

Alle applaudierten dem Meister.

»Gerne nehmen wir eure großzügige Hilfe an«, meinten die Ratsherren.

»Wir werden euch die Kupferplatten bezahlen, damit sie besonders schön werden. Und die Kost und Logis für die Dauer eurer Arbeit werden wir ebenso übernehmen«, zeigte sich hier der Oberrichter großzügig.

»Die Platten ja, da sage ich danke. Verpflegung und Unterkunft habe ich bereits bei meinem Freund hier«, mit einem Seitenblick sah er zu Christoph, »eurem werten Meister Bartel genommen. Später wäre es gut, wenn mich einer von euch nach Nürnberg begleiten würde und eure Bitte dem Rat der Stadt vortragen könnte.«

»Also gut, so soll unser Meister Bartel mit nach Nürnberg fahren und die Grüße und Bitten der Stadt Windsheim eurem Stadtrat vortragen. Wir werden ihm ein Bittschreiben des Rates mitgeben.«

Alle anwesenden Ratsherren begrüßten einstimmig diese Entscheidung des Oberrichters.

»Die Stadt wird auch euch eine angemessene Entschädigung für die Reise gewähren«, versprachen sie Christoph, der nun mit seinem Freund die Sitzung verließ.

Noch am selben Tag begann Delsenbach an seinem Kupferblech zu arbeiten. Bartel hatte ihm einen Platz in seiner Werkstatt freigeräumt. Nahe am Fenster, damit er genug Licht hatte.

Immer wieder rannte Meister Bartel hinaus und scheuchte die Meute Kinder weg, die ihre Nasen an der Scheibe neugierig platt drückten und sehen wollten, wie so ein Bild entsteht.

»Lass sie doch, die haben doch so etwas noch nicht gesehen«, beruhigte ihn sein Freund, »mich stört es nicht.«

»Wie machst du das eigentlich mit dem Kupfer«, fragte Albrecht, der diese Woche wegen des vielen Eises und Schnees nicht arbeiten musste, Johann Adam Delsenbach eines Abends.

»Die Oberfläche der dünnen Kupferplatte wird vor der Gravur sorgfältig geschliffen und glatt poliert. Du kannst mir später dabei helfen. Auf diese Fläche wird dann die seitenverkehrte Zeichnung, die ich vorher angefertigt habe, mit verschiedenen Grabsticheln, das sind diese Metallstifte hier, übertragen.«

Adam zeigte ihm mehrere verschiedene spitze und scharfe Stahlstifte.

»Linie für Linie wird dann in das Metall eingeschnitten. Da größere Flächen nicht aus der Metallplatte herausgestochen werden können – wie etwa beim Holzschnitt – ritze ich zahlreiche, ganz dicht beisammenstehende Linien, die dann eine flächenähnliche Wirkung erzielen, in die Platten. Ich zeige dir das dann, wenn wir so weit sind.«

Er hielt Albrecht verschiedene Werkzeuge und Platten immer wieder hin und zeigte darauf, während er ihm dann weiter referierte:

»Mit einem Kupferstich wird durch die Feinheit und schraffierende Überlagerung der Striche eine viel schönere Wiedergabe des Dargestellten geschaffen. Damit ist ein Detailreichtum möglich, der – verglichen mit dem Holzschnitt – eine größere Formenvielfalt erlaubt.

Aber das ist viel Theorie, schau mir doch einfach in den nächsten Tagen zu. Es gehört viel Ausdauer und Geduld zu dieser Arbeit und nur wenige schaffen es bis zum Meister.«

Die Technik war sehr arbeitsaufwendig. Adam benötigte einige Tage für sein Kunstwerk. Er zeigte Albrecht die Arbeiten und ließ diesen einige Platten auf Hochglanz glätten und polieren.

Des Öfteren schaute er auf die Gasse oder den Markt, um die Zeichnung zu überarbeiten.

»So, nun bin ich fertig. Schicke deinen Sohn doch einmal zum Papiermacher, um feines Papier für den Kupferdruck zu holen«, bat er Christoph eines Tages.

Der Junge brachte dann später das Papier.

»Solches wie ihr gewünscht habt hat er nicht«, meinte Albrecht, »er hat mir hier sein bestes Papier mitgegeben und hofft, dass ihr es gebrauchen könnt.«

Delsenbach erwärmte die Platte, färbte sie ein, wobei durch die Erwärmung die Druckerschwärze bis in die feinsten Linien drang. Anschließend wurde die Platte wieder gesäubert, sodass nur noch in den Linien Farbe zurückblieb. Schließlich erfolgte der Druck mit dem angefeuchteten Papier. Mit einem Brett drückten die beiden Meister das Papier an, denn sie hatten keine geeignete Tiefdruckpresse auftreiben können.

»Für einen Probedruck mag dies genügen«, mit diesen Worten breitete Adam den ersten Abdruck auf dem Tisch aus. Er und die Familie Bartel starrten fasziniert auf das Blatt.

»Aber was ist denn das? Soviel ist doch gar nicht abgebrannt! Einiges davon steht doch noch! Und wieso konntet ihr eine Zeichnung während des Brandes anfertigen? Ihr wart doch da gar nicht dabei!«, rief Lena völlig außer sich. Sie konnte es gar nicht fassen - die Bilder logen.

»Jetzt beruhige dich doch, man zeichnet nicht immer alles so, wie es aussieht. Die Leute in den anderen

Städten sollen doch sehen, wie schlecht es euch geht. Und je mehr Schäden darauf sind umso mehr spenden sie. Das Spital war doch abgebrannt, oder?«

Lena nickte.

»Na siehst du, darum habe ich alle Schäden, auch die des letzten Jahres, auf diese Blätter gezeichnet und graviert«, meinte Adam, »aber es wird bestimmt mit dem richtigen Papier und einer richtigen Tiefdruck-presse noch schöner werden. Das fertigen wir dann bei mir in Nürnberg in der Werkstatt.«

Sie zeigten die Blätter dem Rat der Stadt, und der versprach, so schnell wie möglich die Bittschrift zu verfassen. Diese wollte Delsenbach dann in Nürnberg drucken lassen und seine Kupferstiche beifügen. Christoph sollte sie dann dem Rat der Stadt Nürnberg überreichen.

Beide Herren sollten auch noch einen Geleitbrief für die sichere Reise ausgehändigt bekommen.

Beide Meister bereiteten sich sofort auf die lange Reise vor. Christoph hatte kein Reitpferd und so wollte er den schönen Korbwagen, der noch vom Bäumer in der Scheune stand, dafür herrichten.

Zusammen mit Albrecht spannte er die Plane über den Wagen und sie schmierten noch einmal alle Achs-teile. Die Wasserfässer befestigten sie seitlich und die Proviantkisten bauten sie unterm Wagenboden ein. Er wollte so weit wie möglich unabhängig sein und not-falls auch unterwegs übernachten könnten, wenn keine Herberge vorhanden war.

Ganz aufgeregt sprang sie von einem Eck ins Ande-re, überall wollte sie mithelfen. Das würde bestimmt spannend werden. Ihre Mutter war nicht sehr begeistert gewesen, als ihr Christoph erklärte, er wolle das Mädchen mitnehmen, damit sie einmal etwas von der großen weiten Welt sehe, ehe sie verheiratet werden würde. Die Jungen hatten es da schon etwas besser, meistens gingen sie ja auf Wanderschaft oder sie studierten in einer fernen Stadt.

Dann zum Schluss willigte Anna Maria doch ein, gegen so viel Begeisterung und Vorfreude konnte sie nicht ankämpfen. Und Christoph hatte ja recht. Hauptsache, sie würden bis zur Taufe in drei Wochen rechtzeitig zurück sein.

Der Silber- und Goldschmied und Geldhändler Samuel Großmann schlich sich abends nach Einbruch der Dunkelheit heimlich zu den Bartels.

Der Kontakt mit Juden war immer noch keine Selbstverständlichkeit. Die letzten Pogrome lagen erst etwa 60 Jahre zurück. Damals hatte wieder einmal die Pest gewütet. Bußgeißler und andere falsche Besserwisser hatten den Juden die Schuld an der Seuche gegeben. Massenwahn und Todesangst taten das Übrige, und die aufgestachelte Masse der Bevölkerung hatte wieder einmal auf die Juden eingeschlagen. In manchen Städten wurden sie sogar gänzlich aus der Stadt vertrieben. Auch beim großen Stadtbrand im letzten Monat hatten viele Bürger miterlebt, wie schnell der Pöbel aufgebracht werden konnte und man unschuldige Leute totschlagen wollte.

Seine beiden Lehrlinge, Noah Lewis und Isaak Beck, sollten bei ihren jüdischen Verwandten in Nürnberg ihre Ausbildung im Goldschmiedehandwerk vervollständigen. Er bat für beide um eine Mitfahrgelegenheit.

»Ja, freilich können eure Lehrlinge mitfahren. Wir haben noch Platz im Wagen«, sofort war Christoph damit einverstanden.

Der Goldschmied bot ihm an, gut für die Reise zu bezahlen. Sie bauten für einige Schmuckstücke, die sie mitnehmen sollten, als Versteck einen doppelten Boden in den Wagen ein.

»Aber das sind doch Juden«, meinte Lena ängstlich. »Na und, das sind doch auch Menschen wie wir. Und Jesus war auch ein Jude! Außerdem bezahlt der Meister mir eine schöne Stange Geld für die Fahrt. Du setzt dich doch sowieso zu mir vor, und die beiden Lehrlinge werden hinten auf dem Wagen sitzen.«

Auch von einigen ihrer Nachbarn und befreundeten Meistern bekam Christoph Aufträge. Manchen sollte er etwas aus Nürnberg mitbringen. Wieder Andere gaben ihm verschieden Sachen mit, die sie in Ortschaften abgeben sollten, durch die sie unterwegs kamen.

Unter anderem auch der Steinmetz Eckard, der zwei Alabasterfiguren für den Reichsfreiherrn von Seckendorff-Aberdar in Obernzenn mitschickte. Dieser hatte in der letzten Zeit sein Schloss neu renovieren und nach der neuesten Mode im markgräflichen Barockstil umbauen lassen.

Nachdem Meister Bartel auch von der Stadt Windsheim Reisegeld bekam, waren seine Unkosten fast gedeckt.

Mit so einer wertvollen Fracht beladen, war es besonders wichtig eine sichere Reiseroute zu wählen. Auch wollten sie nicht alleine fahren, sondern sich immer mit anderen Reisenden zu mehreren Wagen zusammenschließen.

Von Windsheim aus zogen oder kamen regelmäßig Handelszüge aus allen vier Himmelsrichtungen. Im Gasthaus *Zum Storchen* trafen sich gewöhnlich die Fremden und die Fuhrknechte. Hier stellten sie dann den Treck zur Weiterreise zusammen.

Der nächste Wagenzug Richtung Nürnberg sollte in vier Tagen starten. Allerdings sollte ein Umweg über Obernzenn genommen werden. In der letzten Zeit mehrten sich die Nachrichten und Gerüchte, dass der kürzere Weg über Hoheneck durch den Schußbachwald nicht mehr sicher sei.

Immer wieder sollen Räuber im Wald Reisende überfallen und ausgeraubt haben. Der Amtmann von Hoheneck, Freiherr Johann Albrecht von Reitzenstein, sollte zwar für das sichere Geleit sorgen, aber man munkelte, dass er an den Überfällen beteiligt sei oder sich zumindest für ein ordentliches Handgeld blind stellte.

Große Fuhrwerke mit Gipssteinen und auch ein paar Kaufleute, die hier in Windsheim Garne, Tuchwaren und Teppiche eingekauft hatten, wollten sich dem Treck anschließen.

Die Schafwolle, die im Winter gefärbt und zu Garn und Tuch verarbeitet wurde, war jedes Jahr für die Windsheimer Tagelöhner und Tuch- und Zeugmacher ein sehr guter Zuverdienst.

Einige der Tuchhändler zogen auch regelmäßig zu den großen Messen und Verkaufsbörsen, die immer im Frühjahr in den größeren Reichsstädten stattfanden.

Anno 1731

Erste Reise nach Nürnberg

Anfang März, früh morgens nach dem Garausläuten, konnte es losgehen. Es war für die Jahreszeit noch sehr frisch. Dick eingemummt saßen Christoph und Adam auf dem Kutschbock. Für Lena hatten sie gleich dahinter noch einen extra Sitz eingebaut. Sie wickelte sich richtig in die schweren Decken ein. Adam hatte sein Reitpferd am Wagen angebunden.

In der Gasse zum Rothenburger Tor stellte sich der Treck auf. Sie waren rechtzeitig da und konnten gleich hinter dem Führungsfuhrwerk einen Platz ergattern. Das war vorteilhaft, besonders wenn die Wege und Straßen trocken waren. Eine Wagenkolonne wirbelte sehr viel Staub auf, den bekamen die hinteren Fuhrknechte viel stärker ab als die Vorderen.

Allerdings bestand im Moment dazu keine Gefahr. Hatte es doch erst gestern sehr stark geregnet und auch für heute sah das Wetter nicht besser aus.

»Hü, ho«, überall brüllten die Kutscher und die Pferde zogen an.

Hinaus zum Rothenburger Tor und dann nach Süden, am neuen Friedhof und der Winterung vorbei. Hier im Umkreis der Stadt waren die Wege noch in einem einigermaßen guten Zustand. Weiter draußen auf der Flur ging es schon holperiger zu. Hatte doch, wie überall, die Unsitte der Bauern überhandgenommen, alle zusammengeglaubten Steine aus den Äckern in die Löcher der Wege zu werfen. Die Räder sprangen so immer über die großen und kleinen Steine und schüttelten die Reisenden kräftig durch.

Christoph kannte von den Fahrten aus seiner Jugendzeit schon alte gepflasterte Römerstraßen, auf denen es sich gut und schnell reisen ließ. Aber hier im fränkischen Hinterland gab es so etwas nicht.

In der Stadt Windsheim hatte man vor einigen Jahren erst angefangen, die Gassen zu pflastern. Zuerst den Marktplatz und die umliegenden Hauptgassen. Man nahm dazu Kalk-und Gipssteine, die meist nach dem Winter wegen der vielen Frostschäden wieder ausgebessert werden mussten. Auch hatte man Rinnen in der Mitte der Gassen für das Abwasser angelegt. Hier floss das Wasser dann entlang bis zum Stadtgraben, manchmal konnte es auch an die Abwasserkanäle mit angeschlossen werden.

In einigen Gassen gab es unterirdische, gemauerte Kanäle für das Eiswasser. In diese leitete man das viele Schmelzwasser aus den Kellern, die unter den Häusern und Gassen in den Gipsfelsen geschlagen waren, ab. Die Keller reichten manchmal sogar bis zu einer Tiefe von zwei Stockwerken unter die Häuser. Hier bewahrten die Bewohner ihre Vorräte auf, insbesondere das Bier und den Wein. Im Winter, wenn es gefroren hatte, holten dann alle gemeinsam Eisbrocken aus der Winterung und dem Eisweiher südlich vor der Stadt. In extra dafür angelegten Abwurfschächten ließen sie das Eis in die Keller rutschen. Die Männer schichteten es dann zwischen den Fässern und Kisten auf. So kühlte das Eis den Keller bis zum nächsten Herbst.

Bartels besaßen keinen Eiskeller, ihr Anwesen lag am Fuße der Windsheimer Erhebung. Die Anlage solcher Keller war nur im Bereich des Marktplatzhügels möglich. Sie hatten zwar einen Keller, der teilweise in den Fels gehauen und teilweise mit Gipssteinen als Gewölbe gemauert war, aber Eis konnten sie da nicht einlagern, da das Wasser nicht ablaufen konnte. Manch einer, besonders die Bierbrauer, machte da ein gutes Geschäft. Sie vermieteten ihre Keller, zumindest Teile davon, gegen eine Gebühr.

Die schweren Wagen, am Ende des aus etwa 15 Fuhrwerken bestehenden Zuges, zuckelten langsam den Hügel hinauf. Von Weitem sahen sie bereits Ickelheim. Der Ort gehörte früher zum Deutschen Orden und hatte im Schloss den Amtssitz gehabt. Nun war hier nur noch eine Vogtei. Das Dorf war gut befestigt mit zwei, erst vor ein paar Jahren neu errichteten, Toren. Hier mussten sie zum ersten Mal Zoll bezahlen. Bartel und Delsenbach kamen günstig davon, sie hatten fast keine Waren dabei, die Händler mussten da schon tiefer in die Tasche greifen.

Dieser Wegezoll wurde seit dem Krieg im letzten Jahrhundert fast überall gefordert. Die Taschen der Städte und Dörfer waren leer und so bedienten sie sich bei den Reisenden.

Das Dorf Ickelheim war am 16. März 1648 zwar von den evangelischen, schwedischen Truppen unter Generalfeldmarschall Wrangel niedergebrannt worden, konvertierte dann aber trotzdem bereits 1649 zum evangelischen Glauben. Die Bewohner bauten aber immer noch an ihren, im Krieg beschädigten, Gebäuden.

Leider gab es meist keine geeigneten Wege, um die Ortschaften zu umfahren. Wenn sich ab und zu eine solche Möglichkeit ergab, dann hatten der zuständige Rat oder die Verwalter dort bestimmt eine Zollstation eingerichtet.

Plötzlich stoppte der ganze Wagenzug auf Höhe der Kirche. Die Gasse machte eine große Linkskurve, sodass sie den Grund dafür nicht sehen konnten. Vor ihnen versperrten einige große Ochsengespanne, eines anderen Wagenzuges, den Weg. Alle hatten schwere Gipssteine geladen.

Wahrscheinlich wieder einmal eine Ladung für den Markgrafen in Ansbach, der ständig an seiner neuen Residenz baute.

Gabriel de Gabrieli, einer seiner Baumeister, benutzte gerne die Windsheimer Steine. Die waren sehr preiswert und ließen sich gut bearbeiten.

Auch einige Fuhrwerke mit fertig gemahlenem Gips waren dabei. Hatten sich doch schon einige Windsheimer Grubenbesitzer Brennöfen für die Gipssteine bauen lassen. Die dort gebrannten Steine wurden in Fässer gefüllt und entweder zu den Steinmühlen zum Mahlen gebracht oder erreichten als Stückgips, so nannte man die bis zu einer Faust großen Brocken, die Baustellen. Jedoch durfte der Inhalt der Fässer nicht nass werden, sonst fing der Gips an zu löschen. Damit bezeichnete man den Vorgang, wenn der gebrannte trockene Gipsstein oder auch das Gipsmehl mit Wasser übergossen wurde. In beiden Fällen gab es eine Reaktion, der Gips nahm unter Entwicklung von großer Hitze das Wasser auf und quoll zu einem Gipsteig. Diesen konnte man dann entweder mit Sand zu einem Mörtel mischen oder als Stuck verarbeiten. Nach dem Trocknen wurde die Masse wieder hart wie Stein.

Die Windsheimer handelten mit allen Arten von Gips, mit Rohsteinen zum Mauern, gebrannten Steinen, Gipsmehl oder auch fertig gelöschtem Gipsteig. Das Material war sehr begehrt und brachte Reichtum in die Stadt, zumindest für einige der Grubenbesitzer.

»Was ist los?«, schrie jemand weiter vorne.

Der Fuhrknecht Petrus Hübner im Wagen vor Ihnen sprang schon vom Bock.

»Ich geh einmal vor und schau, nach was los ist«, rief er ihnen zu.

Auch Lena sprang vom Wagen und wollte mit nachsehen.

»Halt, hier geblieben, das ist nichts für kleine Mädchen«, wollte Christoph sie zurückhalten.

»Lass nur, ich nehme sie mit«, beruhigte ihn Petrus und schon lief Lena hinter ihm her.

Beide kamen kurz darauf zurück.

»Es geht nicht vorwärts. Ein Ochsengespann ist am Tor hängen geblieben und hat sich verkeilt. Die Tiere brüllen und sind ganz nervös. Sie werden nun erst einmal ausgespannt und dann wird der Wagen mit den schweren Gipssteinen zurückgezogen«, informierte sie Lena.

Man hörte das Gebrüll der Ochsen und der Männer.

»Hoffentlich dauert es nicht so lange.«

Nach über einer Stunde und lauten Verhandlungen setzte sich der Tross wieder in Bewegung. Ihr Wagenzug konnte das obere Tor zuerst passieren. Die Fuhrknechte mit den Ochsengespannen und schweren Steinfahrzeugen ließen ihnen, für ein kleines Trinkgeld versteht sich, den Vortritt. Bei dem anschließenden Weg auf die Frankenhöhe hinauf hätten sie sich sonst hinter die, sehr langsam fahrenden schweren Karren einreihen müssen. Es gab hier keine geeignete Möglichkeit zum Überholen. Von der Anhöhe konnte man bis nach Ickelheim schauen und es war üblich, dass die von oben kommenden Fuhrwerke warteten, ob ihnen jemand entgegenkam, denen sie dann den Vortritt ließen.

Die Wagen quälten sich über eine Stunde den gewundenen Bergweg hinauf. Eigentlich wollten sie um diese Zeit bereits in Obernzenn sein.

Als der Wagenzug nach einer Kurve stehen bleiben musste, um auf die Nachzügler zu warten, fuhr Bartel zum ersten Fuhrwerk auf.

»He, Alexander, um den Zug nicht unnötig weiter aufzuhalten, werde ich nach der nächsten Kurve schneller voreweg fahren. Der Weg ist von dort aus gut überschaubar. Ihr habt am Berg bei den Fingalshöhlen noch länger zu tun. Wir fahren zum Schloss voraus, laden ab und erwarten euch dann am Ausfahrtstor in Richtung Nürnberg.«

»Ja, ist gut so, vielleicht können wir dann etwas von der verloren gegangenen Zeit einholen«, rief ihm der Treckführer entgegen.

Nach der nächsten Kurve ging es nun in voller Fahrt Richtung Obernzenn. Von Weitem spitzte bereits die Kirchturmspitze über die Hügel.

Meister Eckard, der zwei Tage vorher nach Obernzenn geritten war, hatte schon alles in die Wege geleitet und vorgesorgt. Sie wurden am Tor von den Knechten des Freiherrn erwartet und zum Bauernhof neben dem Schloss geleitet. Innerhalb einer halben Stunde waren die Gipsfiguren entladen und sie warteten neben dem Osttor des Marktfleckens auf den Treck aus Windsheim.

Die schweren Gipsfuhrwerke scherten hier aus und fuhren nun in Richtung Ansbach weiter. Zwei Händler aus Rothenburg, die auf eine Mitfahrgelegenheit gewartet hatten, schlossen sich ihnen an. Mit jetzt zehn leichteren Fuhrwerken kam der Treck viel schneller vorwärts.

Es war bereits Mittagszeit, als sie Unternzenn erreichten. Sie wollten eigentlich in Langenzenn, einem befestigten Ort gut einige Stunden das Tal abwärts, Nachtquartier nehmen, hatten aber bereits einige Zeit verloren. Und um diese Jahreszeit wurde es schon recht bald dunkel und dadurch auch viel zu gefährlich.

»Wir verzichten auf eine Mittagsrast. Bis Neuhof können wir noch durchfahren und dann machen wir eine kleine Pause«, gab Alexander Richling, der Treckführer, die Anweisung an alle Wagenlenker durch.

Zwischen Unternzenn und Trautskirchen kamen sie zügig voran.

Kurz vor Trautskirchen mussten sie die Zenn überqueren, doch die morsche Holzbrücke war eingestürzt. Auch hier residierte auf dem erhöht über dem Ort errichteten Schloss eine Linie der Herren von Seckendorff. Dieses alte Rittergeschlecht hatte im Fränkischen, zwischen Aisch, Zenn, Rannach und Altmühl, viele Besitzungen.

Mehrere Tagelöhner waren gerade dabei, den Schaden zu beheben. Leider blieb ihnen nur die Möglichkeit entweder zu warten, bis die Reparatur fertig war, und das konnte bis zum Abend dauern, oder durch die Furt einige Meter unterhalb der Brücke weiter zu fahren.

Ihre Wagen waren leicht und so wagten sie die steile Abfahrt. Der kleine Fluss führte sehr viel Wasser und so wurden einige Ladeflächen überspült.

»Warum dauert das so lange«, jammerte Lena, die neben der Furt stand, ungeduldig.

Alexander erklärte ihr, dass man auf Reisen immer mit so etwas Unvorhergesehenem rechnen musste.

Am späteren Nachmittag erreichten sie endlich den Marktflecken Neuhof an der Zenn.

Auf dem Marktplatz hielten sie eine kurze Rast. Im Gasthaus konnte sie sich einen kühlen Schluck Bier kaufen. Christoph schimpfte, das Bier war dünn und schmeckte schal, es war halt doch kein Windsheimer Gebräu.

»Sei doch froh, dass du überhaupt ein Bier bekommen hast, hättest ja auch Wasser trinken können«, frotzelte sein Freund.

Von einem Wagenzug, der von Nürnberg aus unterwegs war, erfuhren sie, dass der Weg bis Langenzenn in einem guten Zustand sei, und sie den Ort bestimmt noch vor dem Abend erreichen konnten.

Ohne weitere Zwischenfälle erreichten sie dann zügig den ehemaligen Königshof an der Zenn, der seit einiger Zeit, wie auch Neuhof, zum Markgrafentum Brandenburg-Bayreuth gehörte.

Der Wachoffizier wies ihnen, nachdem sie bezahlt hatten, einen Stellplatz für die Nacht gleich hinter der Stadtmauer neben dem Gasthaus *Zum Deutschen Haus* zu.

Die meisten der Fuhrknechte versorgten ihre Tiere und legten sich dann hundemüde unter ihre Wagen zum Schlafen. Die beiden Burschen, die bei Christoph mitfuhren, boten sich an, die Tiere zu versorgen.

»Herr, geht ihr nur mit den Euren ins Wirtshaus«, teilten sie ihm mit, »für uns Juden ist das nichts, wir haben unsere koschere Wegzehrung dabei.«

»Was ist das?«, wollte Lena wissen.

»Das erklär ich dir morgen auf der Weiterfahrt«, antwortete Isaak.

Und so begaben sich Adam, Christoph und Lena zusammen mit den Kaufleuten und Händlern in das Wirtshaus um etwas zu Abend zu essen.

An einem großen Tisch im Hintergrund des geräumigen Saales konnten sie sich einen Platz ergattern. Lena strahlte über das ganze Gesicht, war es doch das erste Mal, dass sie von zu Hause fort und in einem Wirtshaus zum Essen war. Für einige wenige Kreutzer bekamen sie schwarzes, nach Kümmel duftendes Brot und kaltes, fettes Bratenfleisch vom Schwein, dazu einen Krug kühles Bier und einen großen Becher Ziegenmilch für Lena.

»Schau nur Vater, da sind die Musikanten, die im letzten Jahr bei uns auf dem Markt waren«, rief das Mädchen auf einmal ganz aufgeregt.

Begeistert verfolgten sie, wie die Truppe der Bruderschaft der *Menestreuns de la Lorraine*, ein wilder Haufen Musikanten aus dem Lothringischen, mit einem lauten Saltarello singend und tanzend in den Saal stürmte.

Als der Sänger Alphonse Tournier dann das Tourdion, ein sehr bekanntes Trinklied aus dem letzten Jahrhundert anstimmte, grölten alle mit:

»...*Vivat, singt und trinkt und leert die Becher bis zum Grunde, singt und trinkt mit uns den Wein, schenket ein!* ....«

Immer wieder wiederholten sie den Refrain und leerten die Becher. Die Magd kam fast nicht mit dem Einschenken nach.

Singend und in die Hände klatschend tanzte Lena zu der Musik. Sie drehte sich, bis ihr fast schwindelig wurde. Immer wieder, immer schneller, bei jedem Lied. So viel Spaß hatte sie schon lange nicht mehr gehabt.

»Heda, Mann«, rief ein gut gekleideter Herr dazwischen zu Bartel, »das ist kein geziemender Ort für ein kleines Mädchen.«

»Ihr habt recht Herr, aber lasst dem Kind doch die Freude, nach der Mahlzeit werden wir uns dann sowieso niederlegen«, entgegnete dieser.

Bald darauf schlenderten sie sehr müde und vollgefressen zu ihrem Wagen und legten sich mit ihren groben Decken auf dem Wagenboden schlafen.

Es schlug vom Turm fünfmal als sie am nächsten Morgen erwachten. Hier in Langenzenn gingen die Uhren offensichtlich anders als daheim in Windsheim, es dämmerte gerade erst. Nach einem kurzen Frühstück setzten sie ihre Reise fort.

In der Ortsmitte, auf dem Marktplatz, staute es sich bereits das erste Mal. Am Abend vorher waren viele Exulanten aus der Oberpfalz und der Steiermark angekommen.

Diese Menschen flüchteten mit ihrer gesamten Habe ins Fränkische und hofften hier eine neue Heimat zu finden. Wegen ihres evangelischen Glaubens mussten sie die katholischen Länder verlassen.

Die Leute hatten sich mit ihren etwa zwanzig Wagen über den ganzen Marktplatz ausgebreitet, und es war kein Durchkommen mehr. Die Stadtwache scheuchte die lagernden Flüchtlinge in eine Ecke des länglichen Platzes, um die vielen Fuhrwerke vorbeizulenken.

Christoph kam mit einem der Männer ins Gespräch.

»Wo wollt ihr hin?«

»Nur weiter, bis es eine neue Bleibe für uns gibt, wo wir in Frieden unseren Glauben leben können. Die Langenzenner gewähren nur drei Familien das Bleiberecht.«

»Nun, dann versucht es doch einmal bei uns in Windsheim. Das liegt eine gute Tagesreise westlich, immer das Tal hinauf. Da gibt es noch einige freie Häuser. Vielleicht habt ihr Glück und der Rat nimmt euch auf und ihr könnt bleiben, vielleicht wenigstens einige von euch.«

»Habt dank Meister für den Rat, vergelte euch Gott.«

Ihr Zug kam wieder in Bewegung und es ging endlich weiter Richtung Nürnberg. Sie hatten gerade das Stadttor von Langenzenn passiert als Lena das Gespräch vom Vorabend wieder aufnahm.

»Was ist nun das komische Essen? Du hast gesagt, dass du es mir erklärst«, forderte sie Isaak auf.

Die Männer lachten.

»Koschere, nicht komisches Essen! Das bedeutet, das Essen wird nach dem jüdischen Gesetz und den Reinheitsgeboten entsprechend, zubereitet.«

»Wieso? Kocht ihr anders? Nicht am Feuer?«

»Nein, wir kochen schon überm Feuer, aber - wie soll ich das jetzt erklären?« Isaak suchte nach Worten.

»Das jüdische Leben soll in seiner Gesamtheit ein Zeugnis vor Gott sein. Die umfassende und wortgetreue Befolgung von Gottes Wort gilt dem jüdischen Frommen als sittlich gebotenes Minimum; der Einzelne ist verpflichtet die Gebote strenger zu beachten, als es vom Wortlaut vorgeschrieben ist.«

Half ihm sein Freund Noah in belehrendem Ton weiter.

»Ja, aber das müssen wir doch auch, die Gebote und Gottes Wort halten«, unterbrach ihn Lena.

»Jetzt lass ihn doch einmal ausreden!«, tadelte sie Christoph.

»Also das heißt, die Reinheits- und Speisegebote dienen dabei der Heiligung des Lebens und gehören zur jüdischen Identität, wobei sich die Bedeutung und Befolgung der Kaschrut, vom hebräischen Wort Kascher, das heißt tauglich oder koscher, ableitet.«

»Das verstehe ich jetzt nicht. Was bedeutet das?«

Die in der Schule beim Rabbi gelernten Sätze von Noah waren für Lena einfach zu kompliziert.

»Nun, das bedeutet konkret, wir sollen zum Beispiel kein Schweinefleisch essen. Das Tier ist für uns unrein«, antwortete Isaak.

»Na und, ich mag auch kein Schweinefleisch und bin deswegen noch lange keine Jüdin. Und außerdem sind Schweine schon ganz schön schmutzig.«

»Aber Lena, das hat damit, nichts zu tun. Jetzt lass doch die beiden jungen Herren nun endlich einmal ausreden.«

Christoph wurde langsam unwirsch.

»Also gut, erklärt weiter.«

»Das ist damit nicht gemeint, könnte aber ohne Weiteres daher seinen Ursprung haben. Gott gab Mose diese Gebote, welche er dann in seinen Büchern aufschrieb. In diesen Geboten wird uns erklärt was wir essen dürfen und wie wir uns verhalten müssen. Und ein gläubiger Jude hält sich daran«, fuhr Isaak fort.

»Ich glaube nun ist es genug. Lass dir das alles vom Pfarrer im Sonntagsunterricht erklären. Der soll euch einmal den Unterschied der Religionen beibringen«, meinte Adam.

»Na, ich weiß nicht, ob das so eine gute Idee ist«, zweifelte Christoph.

»Wieso nicht?«, wollte Adam wissen.

»Naja, die Juden und auch die Mohammedaner glauben an den gleichen Gott wie wir. Der Ursprung aller Religionen geht auf Abraham zurück. Und trotzdem führen wir Krieg gegeneinander. Wir schaffen es ja nicht einmal richtig Frieden zu schaffen zwischen den

Christen, geschweige denn zwischen den Religionen. Und alles nur, weil jede Kirche für sich behauptet, den richtigen Glauben zu haben. Viele wurden und werden immer noch wegen ihres Glaubens verfolgt. Ihr konntet die Menschen in Langenzenn ja sehen. Ob da der Pfarrer der Richtige ist, dies zu erklären, bezweifle ich.«, damit wollte Christoph die Diskussion beenden.

»Wieso seid ihr dann keine Christen, wenn ihr an den gleichen Gott glaubt?«, nervte Lena weiter.

»Lena! Jetzt reicht es!«

Und damit setzte Christoph nun endgültig den Schlusspunkt.

Lena nahm sich ganz fest vor bei passender Gelegenheit mit Noah und Isaak weiter zu reden und die brennenden Fragen zu klären.

»Ja gut, Herr Vater, ich frage den Herrn Pfarrer, wenn ich wieder nach Hause komme. Vielleicht kann er mir das dann so erklären, dass ich es auch verstehe.«

Damit war das Thema im Moment für Lena erledigt und sie wandte sich wieder der vorbeiziehenden Landschaft zu. Sie kamen flott vorwärts und konnten fast alle Ortschaften umfahren. Nur in Stein mussten sie Zoll bezahlen, denn hier war eine der wenigen Möglichkeiten, gefahrlos über die Rednitz zu kommen. Es gab zwar noch eine Furt weiter oben, wie der Treckführer ihnen erklärte, aber der Fluss war tückisch, und so wollten sie lieber den Brückenzoll bezahlen, als so kurz vor dem Ziel noch ihre Waren zu verlieren.

Anno 1731

Die Freie Reichsstadt Nürnberg

»Oh, schau nur, schau hin, so viele Türme!«
Lena stand auf dem Kutschbock und hatte Mühe
nicht herunterzufallen. So eine große Stadt hatte sie
noch nie gesehen.

Nürnberg war die größte Handelsmetropole hier im
Fränkischen. Die Handelszüge der Nürnberger Patrizier kamen in der ganzen Welt herum. So fuhren sie
bis hinauf zu den Hansestädten im Norden, an den
großen Meeren, und hinab in den Süden bis Venedig
und Konstantinopel. Einige kamen sogar bis Russland
im Osten und Spanien im Westen.

Nürnberg war eine der mächtigsten freien Reichsstädte im ganzen Heiligen Römischen Reich deutscher
Nationen. Alle anderen Städte im Umkreis waren wesentlich kleiner. So jedenfalls schilderte ihnen Adam in
blühenden Farben die Bedeutung von Nürnberg. Und
mit Windsheim brauchten sie es erst gar nicht zu ver-
gleichen.

»Ich glaube Nürnberg hat über 50.000 Einwohner«,
meinte Adam, »und Windsheim?«

»Wir sind etwa 200 Bürger. Zusammen mit den Kindern, dem Gesinde und den Tagelöhnern sind es ungefähr 2.000 Menschen, aber vor dem Krieg waren es
noch mehr.«

Christoph wusste es nicht so genau, er hatte sich
noch nie Gedanken darüber gemacht. Sie näherten
sich zügig der Stadt, Lena wurde immer unruhiger vor
Freude und hüpfte auf dem Wagen hin und her.

»So was, na so was, dass ich so was einmal sehen kann«, schüttelte sie ihren Kopf.

»Du wirst in deinem Leben bestimmt noch mehr sehen, wer weiß, was auf dich noch alles zukommt«, meinte Adam lachend.

Am Stadttor angekommen, begrüßten die Wachen den Herrn Delsenbach.

Adam muss aber ein berühmter Meister sein, dachte sich Lena. Denn sie wurden weder kontrolliert, noch mussten sie Zoll bezahlen.

Sie zogen durch das Spittlertor in die Stadt, verabschiedeten sich von den anderen Treckreisenden, und bogen dann gleich nach Norden ab, Richtung Burgberg. Hier wohnte in der oberen Weisgerbergasse nahe der Pegnitz der Meister Delsenbach.

War das ein Hallo und eine Freude, nach über zwei Monaten, kam der Hausherr endlich wieder heim. Seine Frau und seine Kinder begrüßten ihn stürmisch. Scheu musterten die Kinder die Fremden.

»Das hier«, damit klopfte Adam Christoph auf die Schultern, »ist mein Freund, Meister Bartel mit seiner Tochter Lena. Liebe Rosina du kennst ihn sicherlich noch aus früheren Zeiten, als er bei uns immer einkehrte. Er war beim Nachbarn, Meister Brunner, als Geselle in Dienst. Die beiden hier«, dabei zeigte er zu den zwei jungen Burschen, die gerade ihre Sachen vom Wagen nahmen, »sind Noah Lewis und Isaak Beck, zwei Goldschmiedelehrlinge und Wegbegleiter.«

»Grüß Gott, seid herzlich willkommen in Nürnberg. Aber nun kommt erst einmal herein«, begrüßte sie die

124

Hausfrau und rief gleich nach den Knechten und Mägden, die dann die Tiere versorgten und den Wagen in eine Hofecke schoben. Alle halfen schnell beim Entladen mit.

Die beiden Gold- und Silberschmiedelehrlinge machten sich nun auf den Weg zu ihren Verwandten.

»Der Herr segne euch, Meister Bartel und Meister Delsenbach, für eure Freundlichkeiten auf der Reise. Wir kommen morgen Nachmittag mit unserem Onkel vorbei und holen unsere restlichen Sachen ab.«

Damit packten sie ihre persönlichen Bündel und gingen in den Abend hinaus.

Lena wurde gleich von den Töchtern des Meisters, Klara, Barbara und Helena mit auf ihre Kammer genommen. Die Mädels verstanden sich gleich auf Anhieb.

»Lena, langsam, du kannst doch nicht ...«, wollte Bartel seine Tochter zügeln.

»Aber so lasst sie doch«, rief ihm Frau Anna Rosina Delsenbach dazwischen.

Bald nach dem Abendessen verabschiedete sich Christoph von seinen Gastgebern, die beiden Eheleute hatten sich bestimmt viel zu erzählen.

»Gute Nacht, ich lege mich hin, die Reise war doch anstrengend.« Mit diesen Worten stieg er in den obersten Stock des stattlichen Hauses. Hier hatte ihm Adam eine kleine Kammer zugewiesen. Seine Sachen waren bereits alle heraufgebracht worden.

Am nächsten Morgen weckte Christoph ohrenbetäubendes Glockengeläute von der nahen Sebalduskirche. Sein Fenster und die Schallläden der Kirche lagen sich fast auf gleicher Höhe gegenüber.

Lena war bereits aufgestanden und bereitete mit den neuen Freundinnen das, heute ausnahmsweise besonders großzügige, Frühstück vor. Frau Delsenbach scheuchte die Mädchen so lange hin und her, bis alles an seinem Platz lag. Der Meister Delsenbach war ein reicher Mann, es gab zum Frühstück frisches, weißes Brot und Gelee aus den Orangen, die einer der Händler aus dem fernen Sizilien mitgebracht hatte. Lena träumte - hier könnte sie für immer bleiben.

»Nach dem Frühstück schicke ich meinen Gesellen Dieter zum Magistrat, er soll einen Termin für dich mit einem der Bürgermeister von Nürnberg vereinbaren«, verkündete der Hausherr, »Ich muss erst einmal in meiner Werkstatt nach dem Rechten sehen. Du kannst ja solange Lena die Stadt zeigen. Nimm meine Jüngste, die Helena mit, dann wird es vielleicht etwas lustiger für deine Tochter.«

»Und wir?«, riefen die beiden anderen Mädchen wie aus einem Munde.

»Ihr geht in die Schule so wie jeden Tag, und für den Schulmeister gebe ich euch ein Schreiben mit. Damit entschuldigt ihr eure Schwester.«

Schmollend zogen die beiden ab. Beschwerten sich zwar noch bei ihrer Mutter, aber es half nichts, sie mussten zur Schule gehen.

Der Stadtrundgang war sehr anstrengend, Dutzende von Kirchen, Märkten, besonders der Hauptmarkt, voller Marktbuden. Ihnen taten die Füße weh. Als Trost schenkte Meister Bartel den beiden Mädchen je ein kleines Halstuch, welche er von einer der Marktweiber billig erstanden hatte.

Es läutete Mittag, sechsmal wie in Windsheim, hier gingen die Uhren wieder so wie daheim. Schnell marschierten sie zurück zum Hof des Kupferstechers.

Überall bemerkten sie, dass die Frauen und Mägde das Mittagsmahl vorbereiteten. Wie das roch, einfach herrlich. Als sie in den Hof der Delsenbachs einbogen, umströmte sie auch hier ein herrlicher Duft nach gebratenen Würsten. Bratwürste zum Mittag? Ihr Lieblingsessen! Heute an einem ganz normalen Arbeitstag? Das gab es zu Hause nie, dachte Lena.

»Ich möchte gleich zwei Bratwürste«, rief sie schon von Weitem, ihr Hunger war riesig groß. Da fingen die Kinder und auch einige der Gesellen an zu lachen.

»Bei uns sind die Würste nicht so groß wie bei euch in Windsheim, Lena, schau mal, nur so wie dein kleiner Finger, bei uns isst man ein halbes Dutzend oder ein Dutzend«, klärte sie Frau Anna Rosine auf.

»Gut, dann nehme ich bitte ein halbes Dutzend, also sechs so kleine Bratwürste. Und mit Kraut bitte«, entschied sich Lena nachdem sie auf die Platte und den dampfenden Topf in der Mitte des Tisches geschaut hatte.

Nachmittags erschienen dann Noah und Isaak mit ihrem Onkel, um ihre restlichen Sachen und den Schmuck abzuholen.

»Herr, meine Neffen haben mir erzählt wie freundlich ihr wart«, sprach der Goldschmiedemeister Süßkind den Meister Bartel an.

»Nein, nein das war doch nichts. Das war ein ganz normaler Umgang, wie mit jedem anderen Menschen auch«, unterbrach ihn Christoph.

»Doch, doch, uns Juden begegnen die Leute nicht oft so freundlich. Wir gelten halt meist nicht als ganz normale Menschen, wie ihr zu sagen pflegt. Ich möchte euch nur anbieten, wenn ihr einmal etwas braucht oder wenn ihr einmal Geld zu versenden habt, so wendet euch an mich.«

Christoph winkte ab.

»Ich bin zwar Goldhändler, aber wir machen auch Geld- und Kreditgeschäfte. Die beiden jungen Herren hier«, damit deutete er auf seine Neffen, »haben mir erzählt, dass ihr in den Reichsstädten Spenden sammeln wollt. Nun seht ihr, da braucht ihr einen sicheren Weg um das Geld nach Windsheim zu transferieren.«

»Mm, vielen Dank für das Angebot. Bestimmt komme ich bei Gelegenheit einmal darauf zurück.«

Nach mehreren Verbeugungen und dem Versichern des gegenseitigen Wohlwollens verabschiedeten sich die drei Juden von Christoph.

Die kleine Karawane zog ab, und Bartel begab sich zu Delsenbach in die Werkstatt.

»Hier, schau, die ersten guten Bilder«, damit zeigte dieser seinem Freund verschiedene frisch gedruckte Kupferstiche.

»Da wird der Rat der Stadt staunen, wenn er das sieht.« So echt hatte Delsenbach das Grauen und das Unglück in Windsheim dargestellt, dass es Christoph richtig kalt über den Rücken lief.

Da morgen Sonntag war, hatte der Stadtschreiber ausrichten lassen, solle Bartel am Montagvormittag um vier Uhr Nürnberger Zeit beim Magistrat vorsprechen.

Gemeinsam mit seinem Freund ging er nach der Kirche zum Sonntagfrühschoppen in den Gasthof *Zum Weißen Schwänlein*. Hier saßen einige bedeutende Meister und diskutierten über die neuen Lehren.

In der Stadt waren Schriften von einem Johann Jakob Breitinger und dem Leipziger Professor Johann Christoph Gottsched im Umlauf:

Von der Freiheit jedes Christenmenschen, der aufgeklärte Mensch benutzt erst seinen Verstand bevor er den Pfaffen etwas glaubt. Der Gläubige sucht Gott gefühlsmäßig zu erfahren und verzichtet auf kirchliche Vermittlung. Diese Art religiöser Bindung aktiviert die emotionalen Kräfte, indem sie den Blick auf das eigene Innenleben richtet. Die Gefühlskräfte erhalten jetzt den gleichen Rang wie der Verstand.

Erstaunt hörte Christoph den Nürnberger Meistern bei ihrem Disput zu.

Da reichte ihm einer der Meister ein Traktat und er konnte darin lesen:

Allgemein hält man an Gott als Schöpfer fest. Nach der mechanistischen Auffassung hat er den Weltengang auf die Gesetzmäßigkeit von Ursache und Wirkung gegründet und wie ein Uhrwerk in Bewegung gesetzt.

Freiheit, Gleichheit, Brüderlichkeit sind die Ziele eines jeden Menschen. Nur die Freiheit macht den Menschen zum Ebenbild Gottes.

Was für Ideen, eine große Aufregung, der Rat versuchte aller Traktate und Flugschriften habhaft zu werden und verbot das Reden darüber. Aber vergebens. Die Schriften wurden als direkter Angriff gegen den Rat, gegen Kaiser und Kirche angesehen.

Die Gleichsetzung von Heiliger Schrift und Wort Gottes wurde hier nicht mehr aufrechterhalten.

In einem Schreiben unternahm die Theologie der Aufklärung, wie diese Zeit nun auch genannt wurde, den Versuch, den Menschen mit einem neuen, naturwissenschaftlichen Weltbild zu konfrontieren. Damit sich die Menschen ihrer Fähigkeit zur Welterkenntnis und Weltgestaltung bewusst würden. Der Glaube sollte allen in einer zeitgemäßen Auslegung nahe gebracht werden. Rationalismus und Aufklärung waren die prägenden Schlagworte an fast allen Stammtischen und vor allem in den Studentenkneipen der Universitätsstädte.

Adam und Christoph waren begeistert angesichts dieser neuen Denkweise und diskutierten miteinander noch bis in den späten Abend.

»So nun ist aber Schluss für heute. Morgen früh ist die Nacht um. Wir haben alle ein anstrengendes Tagewerk vor uns.«

Anna Rosina blies die Kerzen aus, und so mussten sie wohl oder übel schlafen gehen.

Am Morgen des nächsten Tages waren Adam und Christoph ins neue Rathaus der Stadt Nürnberg bestellt. Der Stadtschreibergehilfe Samuel Christoph Rohleder empfing sie wie lästige Fliegen. Erst als er den Meister Delsenbach erkannte, buckelte er vor ihnen her.

»Der Herr Bürgermeister von Tüncher erwartet euch schon. Folgt mir bitte«, damit geleitete er sie ins Amtszimmer des Bürgermeisters, im ersten Stockwerk des Rathauses.

»Grüß euch Gott, meine Herren Meister«, begrüßte sie Tüncher.

»Mit Entsetzen haben wir von eurem Unglück gehört und sandten deshalb unseren Meister Delsenbach zu euch«, wandte er sich an Bartel, »Wir möchten euch gerne helfen. Wissen wir doch aus eigener Erfahrung, wie viel Kosten entstehen, wenn eine Stadt oder ein Stadtviertel abbrennt. Sagt uns, wie wir euch helfen können.«

»Vielen Dank, Herr von Tüncher, dass ihr mich empfangt. Der Rat der Stadt Windsheim sendet euch durch mich seine Grüße und bittet euch um Hilfe. Wir haben viele Wohnhäuser und das Rathaus und die Stadtkirche durch den Brand verloren. Der Herr Delsenbach hat diese Bilder angefertigt.«

Damit zeigte Bartel dem Herrn die Kupferstiche und überreichte ihm auch das Bittschreiben der Stadt Windsheim.

»Oh, ich sehe schon, euch ist großes Leid wiederfahren. Seid unseres Mitgefühls versichert. Ich denke, die Stadt Nürnberg kann euch eine kleine Unterstützung zukommen lassen. Wie ihr wisst, leben wir in schwierigen Zeiten, und da sind die Mittel knapp. Des Weiteren werden wir eure Bilder und das Bittschreiben mit unseren Händlern an die befreundeten Städte im Reich weiter senden. Wenn ihr euch noch ein paar Tage gedulden wollt?. Ihr seid ja, wie ich gehört habe, bei eurem Freund hier, Herrn Meister Delsenbach, untergekommen. Ich werde euch Bescheid geben lassen, sobald der Rat darüber beraten und eine gewisse Summe bereitgestellt hat. Nun lebt wohl, die Pflicht ruft«, und damit waren sie bereits wieder entlassen, und der Bürgermeister, herausgeputzt wie ein Pfau, stürmte davon.

Nun hieß es warten und viel Geduld haben. Solch hohe Herren ließen sich oft sehr viel Zeit für ihre Entscheidungen.

In den folgenden Tagen trafen sie sich nach Feierabend mit anderen Meistern aus dem Burgviertel im Gasthaus.

Beim Wirt, Kurt Joseph Reil, vom *Weißen Schwänlein* waren sie gern gesehene Gäste, tranken sie doch das eine oder andere Glas mehr als die anderen Herren. Und was noch wichtiger war, sie bezahlten ihre Zeche sofort und ließen nicht anschreiben.

Immer wieder wurden die neuen Ideen von den Freiheiten eines jeden Christenmenschen diskutiert. Besonders Christoph ließen diese Gedanken nicht mehr los. Alle Menschen sollten gleich sein. Jeder sollte nur nach seiner Leistung beurteilt werden.

Der Schulmeister Wagner, den sie hier oft trafen, trat besonders für eine alles umfassende und längere Schulbildung für alle Kinder ein. Auch für die Mädchen sollte eine gute Grundbildung geschaffen werden. Mehr Bildung, nicht nur für Haus, Hof und Herd, die sogenannte Nützlichkeitserziehung, sollte jede erhalten. Das rief dann doch den Unmut vieler Meister herauf. Wer soll denn die viele Arbeit erledigen? Waren doch die Meisten der kleineren Handwerker darauf angewiesen, dass ihre Kinder sie in Haus und Werkstatt unterstützten. Viele konnten es sich nicht leisten mehr Gesellen einzustellen. Und die Mädchen mussten da auch schon sehr früh im Haushalt mithelfen.

»Aber Bildung bringt Freiheit und Gleichheit. Eine Voraussetzung, damit es uns allen einmal besser geht.«

»Deine Freiheit und Gleichheit bringt uns alle noch an den Galgen. Schluss jetzt! Ich betreibe hier ein anständiges Wirtshaus und will mir das nicht vom Rat schließen lassen.« Damit beendete der Wirt die Diskussion.

Alle lachten, tranken sich zu und wechselten das Thema.

»Herr Vater«, unterbrach sie ein Sohn vom Delsenbach, der ganz aufgeregt hereingestürmt kam, »der Herr Stadtschreiber lässt ausrichten, dass der Meister Bartel sofort zu ihm kommen soll.«

Beide Herren zahlten und gingen eilig zum Rathaus.

»Also, die Herren vom Rat der Stadt Nürnberg senden euch eine Börse mit eintausend Gulden. Dies mag als erste Hilfe dienen. Eine Eskorte, fünf Reisige und ihr Hauptmann, werden euch bis Hoheneck begleiten. Seid morgen früh zum Garausleuten reisefertig am Schönen Brunnen auf dem Hauptmarkt. Die Soldaten werden das Geld mitbringen«, befahl der Stadtschreiber.

»Meinen untertänigsten Dank an die Herren vom Rat und auch an euch Herr Stadtschreiber Meindl«, damit verbeugte sich Christoph und wurde auch schon wieder hinauskomplimentiert.

»Wir werden pünktlich da sein«, konnte er gerade noch nachrufen, bevor sich die Tür schloss.

Ihnen blieb nicht mehr viel Zeit, um die Reisevorbereitungen abzuschließen. Seit Tagen schon hatte Christoph alle Einkäufe und Besorgungen erledigt. Jetzt galt es nur noch, für Reiseproviant zu sorgen und sich zu verabschieden.

Anno 1731

Heim nach Windsheim

Bereits seit zwei Stunden herrschte reges Treiben im Hof der Delsenbachs. Lena, die vor lauter Aufregung die ganze Nacht nicht geschlafen hatte, rannte zwischen ihren neuen Freundinnen hin und her. So viel hatten sie noch zu besprechen. Vielleicht besuchten die Mädchen sie im Sommer ja einmal in Windsheim, hatte ihr Meister Delsenbach versprochen.

Mit lautem Hallo und vielen guten Wünschen wurden sie verabschiedet, und Meister Bartel lenkte das Fuhrwerk zum Hauptmarkt.

Christoph, Lena und auch die beiden Pferde waren froh, nun endlich die Heimreise antreten zu können. Der Wagen war vollgepackt mit Sachen, die er mitbringen sollte. Und mit allerlei schönen, nützlichen und weniger nützlichen Dingen, Nürnberger Tand, sagte man oft auch dazu.

Bereits eine viertel Stunde früher als verabredet warteten sie am Brunnen auf dem Hauptmarkt. Dann endlich, zehn Minuten nach dem Läuten, kamen die Soldaten.

Ein müder Haufen. Sie verspürten wenig Lust, Kindermädchen für so einfache Leute zu machen, brummte ein großer grobschlächtiger Geselle.

»Wir werden zügig reiten, natürlich so, dass ihr noch mitkommt«, meinte der Hauptmann zu Bartel.

»Lasst mich los«, schrie da Lena auf.

Einer der Soldaten hatte sie gepackt und auf den Kutschbock gehoben, dabei griff er ihr grob unter den Rock zwischen die Beine.

»Nimm deine Hände von meiner Tochter, sonst ... «, brüllte Christoph den Soldaten an.

»Was sonst..? Du, du windiges Schneiderlein«, drohte ihm der Mann und baute sich groß vor ihm auf.

»Heda, was soll das!«, schrie Adam, der die beiden zum Markt begleitet hatte, dazwischen.

»Schon gut! Beruhigt euch meine Herren«, mischte sich da der Hauptmann ein.

»Und du«, schnauzte er seinen Soldaten an, »verschwindest sofort ins Quartier. Wenn ich zurück bin, sprechen wir uns noch. Der Spieß soll den Maximilian Teufel herschicken. Und nun aber ein bisschen plötzlich!«

Der Mann fluchte und schimpfte, wegen so einer blöden Göre, die keinen Spaß verstand, musste er jetzt da bleiben. Reisen war viel schöner als der langweilige Kasernendienst.

Endlich, mit fast einer Stunde Verspätung, konnten sie losfahren. Der Hauptmann ritt neben dem Wagen und unterhielt sich mit Christoph. Drei der Landsknechte ritten vorneweg und zwei bildeten die Nachhut. Das Geld, das ihm der Hauptmann Hieronymus Lederer heute früh überreicht hatte, war wohl versteckt im Wageninneren. Nicht einmal die Soldaten wussten, wo das Versteck sich befand.

In einer wilden Fahrt ging es über Fürth, Burgfarrnbach und Langenzenn nach Trautskirchen. Hier dieses mal nicht das Zenntal aufwärts, sondern aus dem Tal heraus den Berg hinauf in den Schußbachwald Richtung Linden.

Die Soldaten hatten einen Marschbefehl und Geleitbriefe des Burggrafen von Nürnberg und der Stadt Nürnberg dabei. Deshalb hatten sie auch durch alle Ortschaften freies Geleit gehabt und brauchten somit keinen Zoll zu bezahlen.

Sie begleiteten nur zufällig die Windsheimer, wie sich nun herausstellte, auch wenn der Stadtschreiber so getan hatte, als würde der Rat ihnen extra eine Eskorte mitgeben.

Die Soldaten hatten den Auftrag, von der Burg Hoheneck die Schwester des Amtmannes abzuholen und zum Burggrafen nach Nürnberg zu begleiten. Sie war als Brautjungfer für die Hochzeit des Burggrafen auserwählt worden.

Nachdem sie aber erst am nächsten Tag auf der Burg erwartet wurden, hielten sie nun am Wirtshaus in Merzbach an. Im Licht der untergehenden Abendsonne, herrlich rot leuchtend über dem dunklen Wald, sah Christoph, dass es sich um ein mächtiges Anwesen handelte.

Unbemerkt von Christoph war einer der Soldaten bereits vorne weggeritten, um das Quartier vorbereiten zu lassen.

»So, wir werden hier übernachten Meister Bartel, auch wenn es noch nicht ganz dunkel ist. Der Wirt hat bestimmt auch für euch ein Quartier. Heute schafft ihr es nicht mehr bis Windsheim«, erklärte der Hauptmann Christoph.

Dieser war ganz froh nun endlich etwas Ruhe zu bekommen. Die Tour war ganz schön anstrengend gewesen. In sehr kurzer Zeit hatten sie den weiten Weg hinter sich gebracht. An den Steigungen halfen die Soldaten den Wagen hoch zu ziehen.

Als Christoph mit Lena durch die niedrige Tür ins Wirtshaus trat, sah er sofort, warum die Männer es so eilig gehabt hatten. Der Hauptmann und ein paar seiner Leute hatten sich hier mit einigen Frauen verabredet. Wahrscheinlich stammten zwei oder drei der Soldaten aus den umliegenden Ortschaften.

Der Wirt Stelzenberger tischte ihnen gewaltig auf. Von den guten fränkischen Bratwürsten, über Schäufele mit Klöß, zum Tafelspitz, Wildschwein, Rehbraten bis hin zu leckeren Nachtischen, wie Pfannkuchen mit eingemachten Schwarzbeeren und vieles mehr. Gerichte, die Lena überhaupt nicht kannte, oder von denen sie nur gehört hatte.

»Greift zu und lasst euch nicht lumpen«, schrie ihnen der Soldat Teufel zu, »die Schwester vom Hauptmann ist hier die Wirtin und wir kehren hier immer ein.«

Lena hatte noch nie gesehen, dass Menschen soviel in sich hineinschaufeln konnten. Und erst was sie tranken, auch ein Ochse soff nicht mehr.

Die Stimmung wurde immer ausgelassener, zwischen dem »Fressen und Saufen«, anders konnte man das nicht bezeichnen, blies der Soldat Maximilian Teufel immer wieder auf seiner Sackpfeife.

Innsbruck ich muss dich lassen oder auch das Lied vom Mönch und der Nonne waren zurzeit sehr beliebte Lieder, besonders bei den Soldaten und in den Wirtshäusern.

Das Lied vom Mönch und der Nonne verstand Lena aber nicht ganz.

Und immer wieder stimmten die schon stark angetrunkenen Soldaten das Lieblingslied ihres Hauptmannes an:

»Lustig, lustig ihr lieben Brüder,
legt eure Arbeit nieder,
trinkt dafür ein gut´s Glas Wein! ....«

Immer wieder gab der Anführer eine Runde Schnaps für seine Leute aus. Bartel lehnte nach einigen Gläsern Zwetschgenschnaps dankend ab, er war es nicht gewohnt so viel zu trinken und nun merkte er wie der Klare ihm zu Kopf stieg.

»So Madla, komm mit, du kannst bei meinen Kindern schlafen«, meinte die Wirtin zu Lena.

»Nein, es ist doch gerade so lustig«, bettelte Lena, »Bitte, Herr Vater noch ein wenig.«

»Meister Bartel ich glaube es wird jetzt wirklich Zeit«, mahnte die Frau mit einem Seitenblick auf die stark angetrunkene Runde, »ich weiß nicht, wie das Gelage noch endet und da sollte Lena ...«

»Ja, ja, gewiss, ihr habt recht. Also gute Nacht Lena, jetzt ist Schluss. Geh mit der Frau Wirtin nach oben.«

Mit energischer Stimme gab Christoph den Befehl, der keine Widerrede duldete.

Lange noch hörte Lena das Grölen und Singen aus der Wirtsstube. Aber sie schlief dann trotzdem tief und fest ein.

Es war spät am Morgen, ein herrlicher Tag, die Sonne stand schon hoch am Himmel, als die Soldaten endlich ausgeschlafen hatten und sich von ihrem Lager erhoben.

Christoph und Lena waren früh aufgestanden und saßen zusammen mit den Wirtsleuten am Tisch.

»Ist es hier am Waldesrand und abseits der Handelsstraßen nicht oft sehr einsam? Große Sprünge könnt ihr mit dem kargen Einkommen doch bestimmt nicht machen«, wollte Christoph von ihnen wissen.

»Ja, manchmal ist es schon sehr ruhig bei uns, viele der Reisenden wählen in der letzten Zeit lieber den längeren Weg über Obernzenn. Der ist sicherer. Ab und zu kehren bei uns auch einige der zwielichtigen Gesellen aus dem Wald ein. Da geht es dann meist recht rau zu. Aber die bezahlen gut. Etwas verdiene ich mir noch nebenher als Köhler, die Schmieden in Steinbach und Obernzenn brauchen immer Holzkohle für ihre Feuer«, erklärte der Wirt. »Die Böden sind karg bei uns, sodass wir mit der kleinen Landwirtschaft nicht viel erwirtschaften können. Meine Frau und Hieronymus, der Hauptmann oben, sind Geschwister. So kehrt er meist mit seiner Truppe bei uns ein, wenn sein Weg ihn in unsere Richtung führt.«

»Wenn man keine großen Ansprüche stellt, kommt man ganz gut über die Runden«, setzte seine Frau noch hinzu.

»Guten Morgen, war wohl etwas spät heute Nacht, Herr Soldat«, rief Lena fröhlich dem Maximilian Teufel zu, als dieser blinzelnd aus der Wirtsstube trat.

»Oh, Kind, schrei nicht so. Mein Kopf«, stöhnte dieser und hielt seinen kahlen Schädel unter den Wasserauslass des Brunnens. »Es war nicht spät heute Nacht, nein, früh war es, sehr früh - fast schon Morgen.«

Einer seiner Kameraden pumpte mit dem Schwengel frisches Wasser aus der Tiefe. Nacheinander erfrischten sie sich unter dem Wasserstrahl, um munter zu werden. Ausgelassen setzten sie sich zu einem ordentlichen Frühstück an den groben Holztisch unter der Linde vor dem Wirtshaus.

Gesättigt brachen sie auf. Der Schußbachwald war ein dichter, finsterer Forst. Der Wald gehörte schon immer zur Stadt Windsheim, stand aber trotzdem unter dem Einfluss der Hohenecker Burgvögte. Die Wege waren voller Löcher und deswegen holperte der Wagen nur langsam vorwärts.

Die Soldaten waren äußerst angespannt, keiner wollte in einen Hinterhalt geraten.

Plötzlich, nach der nächsten Kurve versperrten drei maskierte Reiter den Weg.

»Räuber, Räuber«, kreischte Lena entsetzt.

»Still, Mädchen!«, rief der Hauptmann und ritt schnell nach vorne.

»Macht Platz, weg da!«, rief er den Berittenen energisch im gewohnten Befehlston zu.

»Halt! Halt, bleibt sofort stehen! Bezahlt den Wegezoll und ihr könnt ungeschoren weiterkommen«, forderte einer der Räuber.

»Nichts da! Wir sind Soldaten der Freien Reichsstadt Nürnberg, in einer wichtigen Mission auf dem Weg zum Amtmann von Hoheneck, dem Hochwohlgeborenen Freiherrn Johann Albrecht von Reitzenstein.«

»Das kann jeder behaupten.«

»Hier seht und lest doch selbst.« Damit reichte Lederer dem Anführer die Passierscheine und Geleitschreiben hin.

»He, Erwin, du kannst doch lesen«, brüllte der Wegelagerer nach hinten.

Ein älterer Mann mit zerzaustem Vollbart stolperte aus dem Gebüsch, nahm die Schreiben und buchstabierte sie laut vor sich hin.

»Stimmt schon, was der Herr Hauptmann sagt«, rief er seinem Anführer zu.

»Also nichts für ungut, Herr Offizier! - Alle Mann

abrücken!«, laut schallte der Befehl in den Wald und weg waren sie.

Ein Spuk, so plötzlich und leise, wie er gekommen war, war er wieder verschwunden. Erleichtert setzte die kleine Reisegruppe die Fahrt fort.

»Was war jetzt das?«, wollte Christoph immer noch aufgebracht von Lederer wissen.

»Ihr habt doch selbst gesehen. Offensichtlich stimmt es doch, was sich die Leute erzählen, nämlich, dass der hochnoble Amtmann von Reitzenstein mit den Schußbachräubern unter einer Decke steckt. Oder zumindest duldet er sie und kassiert seinen Anteil.«

hne weitere Zwischenfälle zogen sie weiter durch den Wald, über die Hochebene und kurz vor Mittag erreichten sie die Burganlage Hoheneck. Eine, hoch über dem Aischtal, auf einer Felsnase, thronende, kleine trutzige Anlage. Hier saßen von alters her meist Burgvögte oder Amtmänner, die den Markgrafen von Bayreuth oder den Burggrafen von Nürnberg zu Lehen verpflichtet waren. Die Burg hatte eine wechselvolle Geschichte hinter sich, wurde sie doch immer wieder zerstört und wieder neu aufgebaut.

Nach der Zerstörung im großen Krieg durch die Truppen Tillys und Gustav Adolfs errichtete Markgraf Christian Ernst von Brandenburg-Bayreuth die befestigte Anlage neu. Die Familie von Reitzenstein diente nun schon seit mehreren Generationen dem Markgrafen als Amtsleute auf der Burg.

Das Burgtor war bereits geöffnet und sie wurden ungeduldig vom Hausherrn erwartet.

»Meine untertänigsten Grüße, euer Hochwohlgeboren«, begrüßte ihn der Hauptmann etwas süffisant.

»Ja, ja, seid gegrüßt, wurde aber auch langsam Zeit, dass ihr kommt«, schnauzte ihn der von Reitzenstein unwirsch an.

»Kommt herein und lasst euch an der Tafel meiner Soldaten etwas zum Mittag geben. Meine Schwester ist schon reisefertig und ihr könnt danach sofort wieder aufbrechen«, setzte er noch hinzu.

»Und euch, werter Meister«, brummte er zu Bartel, nachdem dieser sich vorgestellt hatte, »lasse ich dann von einem meiner Fähnriche und zwei meiner Soldaten begleiten, damit ihr sicher nach Windsheim kommt. Nicht das es dann wieder heißt, der Amtmann von Hoheneck sei ein Raubritter und mache mit den Waldräubern gemeinsame Sache.«

Damit drehte er sich um und stapfte über den Hof zum Hauptgebäude.

»Danke euer Hochwohlgeboren, vergelts euch Gott«, rief ihm Bartel noch nach.

»Hier lang«, bedeutete ihnen ein Bediensteter und führte sie in den Essraum der Wachsoldaten.

Hier herrschte ein rauer Umgangston, viele schrien und diskutierten durcheinander. Unwillig rückten einige Männer zur Seite, um ihnen Platz am Tisch zu schaffen. Der Amtmann hielt seine Soldaten mit dem Essen etwas knapp. Dafür gab es dann reichlich guten Wein, der an den Hängen unterhalb der Burg wuchs.

Die Soldaten warfen ihnen immer wieder finstere Blicke zu. Einige stierten besonders Lena an. Für ihr Alter von elf Jahren war sie schon ganz gut entwickelt. Unter dem straffen Mieder zeichneten sich schon die kleinen Wölbungen ihrer Brüste ab.

Christoph wurde es langsam unangenehm und er drängte auf einen schnellen Aufbruch.

Sie verabschiedeten sich von ihren Reisegefährten und begaben sich zu ihrem Wagen vor dem Burgtor. Hier warteten bereits die drei Begleiter, die sie sicher nach Windsheim geleiten sollten.

»Die sehen ja fast so aus wie die Räuber aus dem Wald, nur ohne Masken«, flüsterte Lena Christoph ins Ohr.

»Pst, sei still«, zischte ihr der Meister zu, der es auch schon bemerkt hatte.

Aber vielleicht war es ja ganz gut, im Schutz dieser Räuber nach Windsheim begleitet zu werden. Hurtig fuhren sie von der Höhe ins Tal in Richtung Windsheim. Von Weitem sahen sie bereits die etwa 20 Türme. Das waren zwar nicht soviel wie in Nürnberg, aber für die kleine Stadt schon eine ganze Menge.

Die Stadtmauern zeigten an manchen Stellen schon starke Risse und Ausbrüche. Der Gipsstein war nicht besonders wetterfest, und der Zahn der Zeit nagte an der Stadtbefestigung.

Immer wieder entbrannte deswegen zwischen dem Rat der Stadt und den Meistern ein Streit. Einige hielten es aufgrund der modernen Kampfmaschinen, die viele Armeen mit sich führten, für zwecklos die Mauern zu erhalten. Andere meinten, zumindest die Räuber und sonstiges Gesindel, wie die Zigeuner und Musikanten, könne man noch damit abhalten.

Kurz vor dem Stadttor kehrten die drei Soldaten grußlos um und galoppierten davon.

Es war schön, wieder zu Hause zu sein. Freudig wurden sie überall begrüßt. Fast einen Monat hatte die Reise gedauert. Sie hatten das Seetor passiert und wollten gerade zum Weinmarkt einschwenken, als ihnen ein Leichenzug den Weg versperrte.

Ein etwas seltsamer Zug, zwei Wagen mit Särgen. Auf dem Vorderen ein großer und dahinter drei kleine Särge. Alle vier unbehandelte, einfache Holzkisten. Eine Armenbeerdigung, wie es schien.

Nur der Pfarrer mit drei Frauen ging hinter den Wagen. Keine Musik, keine Kreuzträger, dafür aber seltsamerweise einer der Stadtbüttel, geharnischt und bewaffnet.

»Mutter, Mutter!«, schrie Lena.

Eine der Frauen die hinter den Leichenkarren ging kam auf sie zu. Sofort sprang Lena vom Kutschbock herunter ihrer Mutter direkt in die Arme und wollte das Erzählen anfangen.

»Moment mal junge Dame, das kommt alles später. Erst will ich deinen Vater begrüßen.«

Beide Eheleute fielen sich in die Arme, nachdem der Wagen endlich stand.

»Was ist denn hier los? Wer wird denn da beerdigt?«, wollte Christoph wissen.

»Die Brunhilde Model mit ihren drei Kindern. Ich erzähl´s dir, wenn ich heimkomme. Fahrt ihr einstweilen heim und erholt euch von der Reise. Ich komme gleich nach Hause. Die Leich wird nicht lange dauern.«

Die Meisterin sputete sich, damit sie den Leichenzug wieder einholte, und reihte sich ein.

Als sie Zuhause in den Hof fuhren, lief gleich das Gesinde zusammen und begrüßte die Heimkehrer freudig. Sie hatten noch nicht einmal den Wagen entladen und die Sachen noch oben gebracht, als auch schon Anna Maria eintraf.

»Das war aber eine kurze Leich«, meinte Christoph zu seiner Frau, »Was ist denn passiert?«

»Ach, eine traurige Geschichte. Später, jetzt berichtet ihr mir erst einmal eure Reiseerlebnisse.«

Sie gingen ins Haus und setzten sich alle an den Küchentisch. Auch Albrecht kam extra von der Baustelle gerannt und ließ sich zu einem Willkommensgruß herab. Nur der Jüngste verschlief das Ankommen des Vaters in den Armen der Dienstmagd.

»Na, du bist ja schon kräftig gewachsen«, grinste Christoph seinen Jüngsten an.

»Ja, wir sollten ihn bald taufen lassen, bevor der Pfarrer sich beschwert«, meinte Anna Maria zu ihrem Mann.

Anna Maria scheuchte ihren Sohn schnell zum Wirt, er sollte zur Feier des Tages einen großen Krug dunkles Bier holen.

Die Hausfrau ließ sich die Reise nach Nürnberg ausführlich schildern. Lena sprühte vor Begeisterung. Besonders die aufregende Heimreise schmückte das Mädchen in den grellsten Farben aus.

Den Überfall schilderte sie so schrecklich, dass es den Zuhörern richtig gruselte.

»Nun übertreib mal nicht so stark«, meinte Christoph, »so schlimm war das auch nicht mit den Räubern.«

Lena wehrte sich: »Das war schon ganz schön schlimm, ich habe fürchterliche Angst gehabt.«

Mittlerweile dämmerte es bereits und der Nachmittag war durch Erzählen und Müßiggang vergangen.

»Ich wollte heute eigentlich noch Wäsche waschen«, abrupt stand Frau Bartel auf, »Wir sitzen schon zu lange hier untätig herum.«

»Aber das macht doch nichts. Deine Arbeit läuft dir nicht davon, die machst du morgen. Jetzt setzt dich wieder hin und erzähl einmal, was das für eine Leich war«, forderte Christoph neugierig seine Frau auf und zog sie wieder auf ihren Platz herunter.

»Ja, Mutter erzähl doch, wer war das?«, stimmte ihre Tochter mit ein.

»Das war bloß `ne alte Frau mit ihren Kindern«, brummte Albrecht abfällig dazwischen.

»Ja, aber so einfach kann man das nicht erklären.«

Anna Maria überlegte und fuhr dann fort: »Es war Frau Model mit ihren drei Töchtern. Du weißt schon, die aus der Henkersgasse. Die arme Frau, der ich ab und zu etwas zugesteckt habe.«

»Mm ...«

»Jedenfalls seit ihr Mann vor einigen Jahren elendig im Brunnen erstickt ist, habe ich ihr immer wieder einmal mit ein paar abgelegten Kleidern oder etwas zum Essen ausgeholfen.«

Ungläubig starrte sie Christoph an, ihm war anzusehen, dass er immer noch nicht kapierte, um wen es sich handelte.

»Du kennst doch die Geschichte der Familie Model?«, hakte Anne Maria nach.

»Nein! Die kenne ich nicht! Da war ich noch nicht in Windsheim«, warf Christoph ungeduldig dazwischen.

»Also gut, ich erzähl´s dir von Anfang an. Der Hans Model war ein Sattler mit einer großen Familie, seine Frau Brunhilde und sieben kleinen Kindern, das Jüngste war damals gerade drei Monate alt. Es reichte gerade so zum Leben. An einem Samstag, ich weiß nicht mehr vor wie viel Jahren, wollte Model seinen Hausbrunnen reinigen lassen. Er schickte seinen Lehrbuben Hubert über eine Leiter in den tiefen Schacht. Als sich dieser jedoch auf die Zurufe seines Meisters

146

hin nicht meldete, kletterte der Sattlermeister selber hinunter, um nach dem Rechten zu schauen. Frau Model und einige Nachbarinnen, die im Hof auf der Bank saßen merkten nach einiger Zeit, dass von den Beiden im Brunnen kein Laut zu hören war. In großer Sorge baten sie den Nachbarn Valentin Ott, ein Weißgerber, mal nachzusehen. Dieser stieg daraufhin ebenfalls in den Brunnen und wiederum hörte man nichts mehr.

Die Frauen sorgten sich, hoffentlich ist nichts Schreckliches passiert. Der Maurer Thomas Weißen aus der Langen Spitalgasse kam gerade vorbei und fragte neugierig, was denn hier los sei. Sofort bot er seine Hilfe an und ließ sich, verhüllt mit einem Mundschutz, nach unten abseilen. Entsetzt stellte er fest, dass alle drei tot waren.

Mit Hilfe von Seilen zogen dann die herbeigelaufenen Nachbarn die Männer heraus. Alle Drei waren an giftigen Dämpfen erstickt. Der Meister soll seinen Lehrbuben noch im Arm gehalten haben.

Alles war sehr traurig, und mit großer Anteilnahme wurden die Verunglückten auf dem Friedhof beigesetzt. Model war 50, der Ott 30 und der Lehrling 17 Jahre alt gewesen.

Von nun an lebte die Frau mit ihren Kindern von Gelegenheitsarbeiten und von dem, was ihr die Nachbarn so zusteckten. Der Rat erließ ihr, auf Betreiben des Zunftmeisters, für einige Jahre die Steuern, sodass sie nicht ins Armenhaus ziehen musste. Mehr schlecht als recht brachte sie ihre Familie durch.«

»Die Marta ist mit mir in die Klasse gegangen«, warf Lena dazwischen.

»Ja, das stimmt und sie war auch öfters bei uns. Jedenfalls letzte Woche dann kam der Stadtbüttel zu ihr und wollte die Steuern vom letzten Jahr eintreiben. Sie habe nichts soll die Frau gejammert haben. Sie sei doch ganz hübsch und auch ihre Töchter könnten doch einen kleinen Spaß vertragen, meinte der Soldat und fiel über die Frau her. Als er ihr den Rock hochgezogen hatte und an seiner Hose herum nestelte schlichen sich ihre drei ältesten Töchter von hinten heran. Die Große schlug ihm mit einer Schaufel auf dem Kopf und die beiden Anderen stachen mit einem Küchenmesser auf ihn ein. Der Mann war auf der Stelle Tod, nicht einen Laut soll er mehr von sich gegeben haben.

Vermutlich aus Angst vor der Strafe und der Schmach, die sie erleiden werden, nahm die Frau eines der Messer und stach ihre Kinder nieder, und richtete sich zum Schluss selbst.

Man weiß das alles so genau, weil die kleinsten Kinder sich unterm Tisch versteckt hatten, als der Stadtsoldat gekommen war. Stell dir vor, zwei kleine Kinder, Eva und Bertold, die das alles mit ansehen mussten. Auf dem Tisch über ihnen wird die Mutter fast vergewaltigt, und die Geschwister schlagen einen Mann Tod. Schrecklich! Die ersten Tage konnte man aus ihnen auch den genauen Tathergang nicht richtig herausbekommen, immer wieder heulten sie nur.

Der Rat schickte nach den beiden ältesten Söhnen, die in Nürnberg in der Lehre stehen. Erst als die Brüder da waren, beruhigten sich die Kleinen, und der Stadtrichter konnte den Ablauf der Tat von ihnen erfahren. Die beiden großen Buben haben ihre kleinen Geschwister mit nach Nürnberg genommen.

Der Stadtrat hatte angeordnet, dass nur eine kleine ungesegnete Beerdigung abgehalten werden darf und dass die vier Models als Verbrecher hinterm Friedhof verscharrt werden sollten. Drei Bürgersfrauen durften die Kinder begleiten und ich war eine davon. Darum ist auch ein Soldat hinterhergegangen, damit sich niemand mehr dem Leichenzug anschließen konnte.«

Anna Maria ließ sich den Krug von Christoph reichen und nahm einen kräftigen Schluck kühles dunkles Bier.

»So nun aber genug von solch traurigen Geschichten. Ich bin froh, dass ihr wieder gesund und heil aus Nürnberg zurückgekommen seid. Lasst uns in die Abendmesse gehen und Gott dafür danken.«

Aufbauen

Meister Bartel hatte dem Rat die Börse, mit den Gulden der Stadt Nürnberg, mit den besten Grüßen überreicht.

»Nur 1000 Gulden, dass ich nicht lache, dass die sich nicht schämen. Das ist doch wie ein Tropfen auf den heißen Stein«, regte sich Bürgermeister Strampfer auf.

»Nun hab doch Geduld, da soll doch noch etwas nachkommen. Auf die Schnelle hatten sie halt nicht mehr«, versuchte ihn Christoph zu beruhigen.

Und so war es dann auch. Im Laufe der nächsten Wochen kamen Hilfsgelder aus dem ganzen Reich in Windsheim an. Die Nürnberger hatten nochmals 1000 Gulden gespendet. Auch von weit entfernten Reichs- und Hansestädten überbrachten jüdische Geldhändler Hilfsgelder. Von Hamburg, Bremen, Lübeck, Frankfurt, Ulm, Regensburg und Augsburg. Nur um einige zu nennen, die meisten Bewohner Windsheims hatten von diesen Städten noch nie etwas gehört.

Aber auch die umliegenden kleineren Reichsstädte wie Rothenburg, Weißenburg, Schweinfurt und Dinkelsbühl zeigten sich solidarisch.

Über 15.000 Gulden kamen somit in die Stadt, eine gewaltige Summe. Nachdem die Stadt noch ein Darlehen aufnahm, konnte mit dem Wiederaufbau der Wohnhäuser, des Rathauses und der Kirche begonnen werden.

Viele Handwerker waren mit dem Aufräumen der niedergebrannten Häuser beschäftigt. Das Haus vom Kaufmann Hellmuth, am Eck gleich neben dem Rathaus, und das Haus vom Stadtschreiber waren die ersten Gebäude, die wieder bewohnbar waren.

Wieso ging es bei denen so schnell? Woher hatten die das viele Geld?

»Der Tuchhändler hatte sich bestimmt einiges gespart, aber der Schreiber? Von dem kleinen Gehalt? Hier geht es nicht mit rechten Dingen zu«, mutmaßte der Glasermeister Spieler. Er war ein Nachbar vom Stadtschreiber und hatte bei dem Brand nicht nur sein Haus, sondern auch seine ganzen Vorräte an Glas in der Werkstatt verloren. Die Hitze des Feuers war so groß gewesen, dass die gelagerten Fensterscheiben einfach geschmolzen und in den Keller geflossen waren.

Genauso ging es dem Schuhmachermeister Karrer, auch er fühlte sich betrogen. Viele Bürger und Meister äußerten ihren Unmut über die Verteilung der *Brand-Collekte*. Bürger und Rat stritten sich über die Verteilung der Gelder. Einige Schmähschriften gegen den Rat, dem Oberrichter und die Bürgermeister waren im Umlauf. Ungerechtigkeit, Standesdünkel, Betrug und vieles mehr, warf man ihnen vor.

Die Stadtwachen mussten alle Schriften einsammeln und der Scharfrichter Daniel Stelzlein verbrannte diese dann öffentlich auf dem Marktplatz.

Die Urheber dieser Pamphlete konnten nicht ausfindig gemacht werden. Der Unmut blieb, und einige Bürger schrieben sogar Beschwerden nach Ansbach ans Gericht des Markgrafen.

Überhaupt maßte sich der Oberrichter Georg Wilhelm von Keget in letzter Zeit viel zu viel an. Viele Entscheidungen, zu denen in früherer Zeit der Rat einberufen und auch die Zünfte gefragt wurden, traf dieser jetzt alleine. Er führte sich auf, als gehöre ihm die Stadt.

Die Rechte der Meister und Zünfte wurden immer mehr eingeschränkt. Vor drei Tagen erst hatte Keget eine Verordnung unterschrieben, nach der nicht mehr die Zunftmeister über die Aufnahme neuer Meister in der Stadt zu entscheiden hatten, sondern der Stadtrat und die Bürgermeister.

Auch Kaiser Karl der VI. mischte sich mit einem auf dem Reichstag zu Regensburg erlassenen Reichsedikt erneut in die Belange der Zünfte ein. In dieser Reichshandwerksordnung wurde wieder einmal der blaue Montag verboten. Die Gesellen sollten keinen zusätzlichen freien Tag, außer dem Tag des Herrn, dem Sonntag, und die Tage an den hohen kirchlichen Festen, wie Karfreitag, Weihnachtsfeiertage und ähnliche, im Jahr erhalten.

Allerdings waren sich hier die Meister und Gesellen in Windsheim endlich mal einig und drohten dem Rat mit Vergeltungsmaßnahmen, sollte dieser versuchen, dieses Edikt durchzusetzen.

Wie an jedem Samstagabend trafen sich einige der Zunftmeister beim Stammtisch. Wieder einmal das gleiche Thema. Die Ungerechtigkeit in der Welt und besonders solche der Herren gegenüber den Meistern und den Zünften.

»Wir müssen uns wehren, so geht das nicht weiter«, forderten die Einen.

»Habt ein wenig Geduld, es sind schlechte Zeiten,

und wenn alles neu aufgebaut ist, wird es schon wieder besser werden«, beruhigten die Anderen.

»Wenn ihr mich fragt, das wird nicht anders. Diese Herrschaften fühlen sich sicher und gewinnen immer mehr Macht. Wer von euch hat denn keine Schulden beim Keget, Meder, Füger oder einem Anderen von ihnen«, fast alle Anwesenden nickten dem Sattlermeister Krumholz zustimmend zu.

»Durch das Gipsmonopol hier bei uns werden sie immer mächtiger und reicher. Über die Hälfte der Bevölkerung steht in deren Diensten. Selbst wir als kleine Meister sind doch auf Gedeih und Verderb auf diese Herren angewiesen. Wer gibt denn mir einen neuen Auftrag für die Stadtwachen oder für die Lakaien? Immer nur die paar Reichen und Mächtigen«, heftig diskutierend warf Meister Bartel seinen Unmut in die Runde.

»Ich sage euch doch, wir müssen aufpassen, dass die Zünfte nicht verboten werden. Vom Kaiser gibt es ja einige Bestrebungen diese Rechte aufzuheben«, mischte sich Strampfer ein.

»Hört auf! Das kann euch, gerade als Bürgermeister, um Kopf und Kragen bringen, und uns nützt es nichts«, meinte der Glasermeister Spieler doch ein bisschen ängstlich. Wollte er doch erst noch Geld vom Rat zum Wiederaufbau seines Hauses erbitten.

Gott sei Dank gab es dieses Jahr eine reichliche Ernte. Das Frühjahr war zwar zuerst recht trocken, aber dann im April und Mai fielen die lauwarmen Gewitterregen. Das erste Gemüse und die Erdbeeren kamen sehr bald auf den Markt.

Auch die Märkte zu Ostern und besonders zu Pfingsten brachten für viele Meister und Händler sehr gute Einnahmen.

Die Erweiterung der zwei stehenden Windsheimer Fähnlein jeweils auf über zwanzig einfache Soldaten zahlte sich besonders für Christoph aus. Über Wochen war er mit den neuen Uniformen beschäftigt und stellte sogar noch einen zusätzlichen Gesellen ein. Für einen Meister, zwei Gesellen und einem Lehrling wurde die Werkstatt fast zu klein. Einen Teil der Arbeiten verlagerte er daraufhin in die hintere Scheune. Christoph konnte endlich seine letzten Schulden begleichen und zusätzlich noch eine ansehnliche Summe sparen.

Trotz der vielen Arbeit fand er die Zeit, heimlich aus dem feinen, ultramarinblauen Samtstoff, den er aus Nürnberg mitgebracht hatte, für seine Frau Anna Maria und für Lena ein Schnürmieder nach der neuesten Mode zu nähen. Aus feinstem, tiefschwarzem Leinenstoff fertigte er dazu für Jede einen schönen, weit schwingenden Rock. Mit Verzierungen und Paspelierungen aus Spitzen und farbigen Bändern gab er den Gewändern eine unverwechselbare besondere Note. Beim Tuchhändler erstand er auch noch für seine beiden »Frauen« jeweils ein sehr feines, bunt besticktes Schultertuch aus Batist.

Für sich und Albrecht schneiderte er ebenfalls neue Hosen, dazu verzierte lange Westen und einen Justeaucorps, einen leichten lockeren Mantel mit weiten Ärmeln. Und für jeden von ihnen einfache weiße Hemden aus feinem Leinen. Zwar waren Hemden mit Rüscheneinsatz in die Mode gekommen, aber das traute er sich dann doch nicht. Ja nicht vornehmer aussehen als die großen Herren in der Stadt. Waren die Bürger doch froh, wenn die Kleiderordnung nicht mehr so strikt wie früher befolgt werden musste. Und er wollte auf keinen Fall provozieren. Es lag schon genug Spannung in der Luft.

Morgen sollte ihr Jüngster auf den Namen Christoph Adam Bartel getauft werden. Meister Delsenbach reiste mit seiner Frau und zwei seiner Mädchen extra aus Nürnberg an. Im Gepäck hatte er nochmals 1500 Gulden Spendengelder von den Bürgern der Stadt Nürnberg dabei.

Anna Maria jammerte, dass sie nichts, aber auch wirklich nichts zum Anziehen hätte, nur den Rock und das Mieder von der Hochzeit. Wie sah das denn aus! Die Frau eines Schneidermeisters! In alten Sachen!

»Nun hör schon auf zu jammern! Du wirst morgen schon nicht im Unterkleid gehen müssen«, wollte sie Christoph beruhigen.

Aber sie hörte nicht auf, immer wieder fing sie an und kramte in ihrem Schrank. Vielleicht könnte sie noch etwas ändern. Als dann auch noch Rosina Delsenbach ihr neues Kleid zeigte, war es ganz aus mit ihrer Fassung. Sie fing wieder an zu lamentieren, dass sie nichts Gescheites zum Anziehen hätte. Christoph konnte nicht mehr länger zuhören.

Er ging in die Werkstatt und holte seine Überraschung, die blauen Mieder und die schwarzen Röcke. War das eine Freude, immer wieder fielen ihm seine Frau und Lena um den Hals. So etwas Schönes hatten sie noch nie besessen.

Eilig verschwanden sie ins Schlafzimmer und zogen sich um. Plötzlich ein Aufschrei, Lena kam heulend in die Stube gelaufen.

»Schau mal hier. Der Kragen - zerfressen«, heulte sie.

»Oh weh, da muss eine Maus im Versteck gewesen sein. Ist sonst alles heil?«

Anna Maria und Lena drehten sich im Kreise und von allen Seiten wurden die Sachen untersucht. Gott sei Dank, keine weiteren Schäden.

»Gib mir dein Mieder Lena«, damit strich Christoph seiner Tochter übers Haar, »ich habe vom Kleid für die Frau Hildegard von Keget noch etwas Hermelinfell übrig. Ich werde dir hier einen kleinen Kragen darüber nähen.«

In kurzer Zeit beruhigten sich alle, und endlich konnte die Magd Lisa auftischen. Den Festschmaus sollte es bereits heute Abend geben, weil die Delsenbachs morgen gleich nach der Taufe wieder zurückfahren mussten. Eine der Töchter war krank zu Hause geblieben, und so wollte Rosina schnellstmöglich wieder heimreisen.

Albrecht sah diesem ganzen Treiben etwas mürrisch zu. Was soll das ganze Theater wegen so eines kleinen Schreihalses? Na ja, wenigsten gab es heute eines seiner Lieblingsessen - Schweinebraten mit Klößen und Blaukraut. Wobei allerdings alles außer Haferschleim zu seinen Leibspeisen gehörte. Und reichlich musste es vor allem sein. So ein junger Bursche, wie er, hatte immer Hunger.

Als ihm nach dem Essen Christoph die neue Kleidung überreichte, hellte sich sein Gesicht endlich auf und er feierte fröhlich mit.

Die beiden Meister sprachen dem Wein besonders zu und wurden dadurch immer lauter. Fortwährend stimmten sie alte Handwerkerlieder an. Leider wachte dadurch der kleine Täufling ständig auf, und die Frauen hatten Mühe ihn wieder zu beruhigen.

Am nächsten Morgen, einem Sonntag, gingen alle gemeinsam zur Kirche. Die Taufe sollte nach dem Gottesdienst stattfinden. Voller Stolz hielt Christoph seinen Sohn in den Armen und übergab ihn dann zur Taufzeremonie an den Paten Johann Adam Delsenbach.

Der Maurerlehrling Albrecht hatte schon viel gelernt in den fast zwei Jahren, die er bereits beim Stadtmaurermeister arbeitete. Es häufte sich die Arbeit, sodass Krauß noch einige Maurer und Helfer aus Ansbach und Rothenburg einstellte.

Auf dem Kornmarkt hatte der Meister ein Mörtelmischwerk aufbauen lassen. Das bestand aus einem großen runden Bottich, etwa fünf Ellen im Durchmesser. An einer sieben Ellen hohen Balkenkreuzkonstruktion war eine Spindel befestigt, an der unten zwei Drehstangen für vier Leute vorgesehen waren. Unterhalb der Drehstangen ragten innerhalb des Troges kleine Holzschaufeln wie Finger in den Mörtelbottich. Drehten nun die Mörtelrührer an den Stangen, so mischten die Schaufeln den Mörtel. So wurden hier viel schneller mehrere Schubkarren Mörtel hergestellt. Ein ganzer Trupp von Helfern und Tagelöhnern konnte dann die einzelnen Baustellen bedienen. Diese enorme Erleichterung der Arbeit hatte Krauß einmal in Würzburg gesehen.

Bis zum Sommer waren fast alle Wohnhäuser soweit fertig, dass die Zimmerleute die Dachstühle aufrichten konnten. Diesmal mussten auch einige Maurer bei den schweren Balken mit anlangen. Es mangelte bei allen Meistern an Fachleuten und so half man sich gegenseitig aus. Es verursachte zwar einigen Ärger zwischen den verschiedenen Zünften, aber schließlich einigte man sich darauf, dass dies ja ein Notfall sei und hier alle Bürger der Stadt zusammenhalten sollten.

Endlich bis Ende Oktober waren alle Häuser wieder gedeckt, und so konnte der Herbstregen und auch der kommende Winter den Gebäuden nicht mehr schaden. Im Gegenteil, der trockene und kalte Winter von 1731 auf 1732 lies die Baufeuchte der Neubauten sehr gut austrocknen.

Auch die Arbeiten am Rathaus wurden begonnen. Sie mussten erst einmal die verkohlten Reste entfernen und die Grundlagen für den Wiederaufbau schaffen. Meister Krauß hatte keine Pläne mehr. Beim Stadtschreiber im Regal waren diese gelegen und mit verbrannt. Er konnte sie allerdings aus dem Gedächtnis fast noch einmal so zeichnen wie vor 14 Jahren. Einige Vorarbeiten, wie das Aufstellen eines Kranes und das Versetzen des Mörtelrührwerkes auf den Innenhof des Rathauses, waren schnell erledigt und so fing der Meister mit seinen Leuten an, den ersten Stock des Rathauses hochzumauern.

Der Wintereinbruch mit starkem Frost kam gerade, als die Zimmerleute die Deckenbalkenlage über dem ersten Stockwerk verlegt hatten. Alle Arbeiten auf den Baustellen wurden eingestellt. Eilig holten sie vom Zeltmachermeister in der langen Gasse Planen und deckten die größten Löcher damit zu.

Die beiden Freunde Michael und Albrecht arbeiteten, zusammen mit noch zwei weiteren Lehrlingen, in der Werkstatt. Die anderen Arbeiter und Gesellen waren, wie jedes Jahr zum Winterbeginn, entlassen worden.

Michael, der nun bereits seit September Geselle war, sollte seinen Vater beim Zeichnen und Planen unterstützen. Zuerst aber ließ ihn dieser nur Striche, Zahlen und Buchstaben zeichnen. Erst auf einer großen Schiefertafel, später dann auf feinem Pergamentpapier.

»Hast beim Lehrer nicht gescheit aufgepasst«, frotzelte ihn Albrecht, »weil der Meister dich jetzt erst wieder Schreiben lernen lässt?«

»Hau ab! Geh zu deinem Gipser«, schrie ihm dieser hinterher und jagte ihn dabei über den Hof.

Der junge Krauß sollte ja einmal das Geschäft von seinem Vater übernehmen und daher konnte er nicht früh genug mit dem Zeichnen von Plänen beginnen. Im kommenden Frühjahr hatte sein Vater geplant, sollte er dann endlich auf die Walz gehen. Die viele Arbeit nach dem Brand hatte dies immer wieder verzögert. Er sollte auf alle Fälle in die Ausbildungsstätten, die bereits sein Vater besucht hatte, ziehen. Drei Jahre und einen Tag dauert die Wanderzeit und Michael war schon ganz ungeduldig diese hinter sich zu bringen. Aber anderseits, wenn er es schaffte, noch einige Jahre zu verzögern, könnte er vielleicht mit seinem Freund Albrecht gemeinsam losziehen.

Meister Johann Nikolaus Krauß zeichnete die restlichen Stockwerke des Rathauses und machte sich auch schon an die Planung für den Wiederaufbau der Kilianskirche.

Albrecht war zusammen mit den anderen drei Lehrlingen dem Capo und Stuckateur Salvatore De Pachino zugeteilt worden. Ein wahrer Meister seines Faches, obwohl Salvatore nie Meister werden konn-

159

te. Er war kein gelernter Geselle, zumindest hier für die Zunftherren in Windsheim, und ein Fremder noch dazu. In der Werkstatt wurden die Stuckleisten für das Rathaus, besonders die für den großen Festsaal, gegossen.

Das war eine angenehme Arbeit in der warmen Werkstatt. Hier musste immer einer der Lehrlinge das Feuer im Kamin Tag und Nacht in Gang halten. Der besonders feine Stuckgips durfte keinen Frost abbekommen.

Es gab viele kleinere Verzierungen, Ornamente, Leisten und Platten herzustellen. Eingefärbter Gips wurde in Formen gegossen oder über Latten mit Brettlehren abgezogen. Anschließend wurden die getrockneten Werkstücke geschliffen und poliert. Die richtige Einfärbung und Mischung ergab dann den Stuckmarmor. Die Verwendung war außerdem vielseitiger. Echter Marmor an der Decke - Salvatore meinte, so etwas hätte er noch nicht gesehen.

Das war meist eine etwas billigere und einfachere Variante zum echten Marmor. Diesen konnten sich nur die ganz reichen Patrizier und der reiche Adel leisten.

Aber selbst der Stuckmarmor war für viele der einfachen Meister und Bürger unerschwinglich. Und so war Salvatore froh, dass der Stadtmaurermeister mit dem Rathaus und der Kirche zwei große Aufträge mit einigen Verzierungen bekommen hatte.

Bei dieser Beschäftigung war der Italiener in seinem Element. Diese Arbeiten hatte er in seiner Heimatstadt Noto auf der Insel Sizilien erlernt. Auch in dieser doch etwas ärmeren Gegend gab es wenig echten Marmor, genauso wie in Windsheim. Daher hatten bereits sein Großvater, sein Vater und sein Onkel ein florierendes Geschäft mit den Stuckmaterialien.

Er unterhielt die Lehrlinge gerne mit Geschichten aus seiner Heimat und wie er nach Windsheim gekommen war. Dadurch ging die Arbeit auch viel leichter von der Hand.

Die ganze Gegend im Osten von Sizilien, eine blütenreiche und vom Wetter verwöhnte Landschaft, war 1694 von einem schweren Erdbeben und einem Ausbruch des Vulkans Ätna fast vollständig zerstört worden, erzählte er einmal. Die Familie De Pachino beteiligte sich auch am Wiederaufbau.

Einige der völlig zerstörten Städte wie Siracusa, Noto, Avola, Ragusa und Pachino wurden, manchmal sogar an einer anderen Stelle, komplett neu im italienischen Barock aufgebaut. Viele herrliche Paläste, Stadtvillen, Amtsgebäude und Kirchen wurden neu errichtet. Hier galt es viel Stuckverzierungen herzustellen und die Stuckateure verdienten dabei sehr gut.

Nach der Lehrzeit begab sich Salvatore auf die Wanderschaft. Er wollte unbedingt einmal nach Florenz. Einmal einen echten weißen Marmor aus den Steinbrüchen von Carrara sehen und bearbeiten.

Hierbei lernte er den Maurergesellen Johann Nikolaus Krauß kennen. Sie waren einige Zeit zusammen auf der Walz. Wanderten gemeinsam von Florenz nach Volterra. Dort gab es den feinsten Gipsstein, Alabaster, genauso wie in Noto und Windsheim. Beide Gesellen blieben eine Zeit lang in den Gips- und Alabastergruben in der Südtoskana und lernten ausgiebig den Stein zu bearbeiten und aus dem Gips den Stuckmarmor zu gießen.

Eines Tages erhielt Salvatore einen Brief von einem der Nachbarn aus seiner Heimatstadt Noto.

Ein großes Unglück war geschehen. Sein Vater hatte beim Bau des Domes etwas falsch berechnet. Die große Kuppel, welche die Kirche überspannen sollte, stürzte mit der gesamten Einrüstung ein. Der Vater und der Onkel und 15 Arbeiter waren sofort Tod. Mehrere Dutzend Menschen wurden verletzt. Einige seiner Brüder und 21 Arbeiter überlebten nur schwer verletzt.

Der Comte De Camastra, der die Wiederaufbauarbeiten in Auftrag gegeben hatte, verklagte die Familie De Pachino. Das gesamte Vermögen und aller Besitz der Großfamilie wurden beschlagnahmt. Die überlebenden Familienmitglieder wurden in die Leibeigenschaft gezwungen. Seine Mutter und seine Schwester hatten sich aber lieber von den Klippen bei Marina die Noto ins Meer gestürzt, ihre Leichen wurden nie gefunden.

Der Nachbar schrieb Salvatore, er solle auf keinen Fall zurückkommen, sonst würde auch er in die Familienverantwortung gezogen und in die Kalk- und Gipsgruben als Leibeigener geschickt.

Tagelang wechselten sich Verzweiflung mit Wut ab. Der junge Mann war über Nacht grau geworden. In diesen schweren Zeiten war Nikolaus Krauß ihm eine sehr große Hilfe. Auch seine spätere Frau, die Tochter des Meisters Baptista Nikolosi, Francesca Maria, lernte er in diesen Stunden sehr schätzen. Als dann später die Zeit der Heimreise kam, überredete ihn Krauß mit nach Windsheim zu kommen.

Nach der dreitägigen Hochzeitsfeier von Salvatore und Francesca reisten sie dann zu dritt nach Norden.

Das war nun fast dreißig Jahre her und die Familie des Italieners hatte sich an das raue Klima und die Sitten der Franken gewöhnt.

Die 14-jährige Tochter von Salvatore, Marcella, brachte ihrem Vater immer mittags das Essen. Albrecht gefiel das bildhübsche, schwarzhaarige Mädchen sehr. Er schwänzelte jedes Mal um sie herum.

Der Capo hielt ihn eines Tages nach Feierabend zurück.

»Du nicht schauen nach Marcella! Du verdrehst meiner Kleinen nur die Kopf! Sie redet nur noch von dir und sonst sie mir auch nicht jeden Mittag mein Essen gebracht«, meinte er zu Albrecht.

»Ich, ich wollte nur, ich meine nur, sie ist sehr hübsch«, stotterte Albrecht verlegen.

»Lass sie in Ruhe, basta!« Und damit war für den Altgesellen das Thema beendet.

Albrecht dachte aber nur noch an die kleine Italienerin. Immer wieder träumte er von ihren dunklen Augen, von ihren, zu zwei Zöpfen geflochtenen und hochgesteckten, schwarzen Haaren. Sie war sehr gebildet, hatte die Schule als Beste abgeschlossen. Besonders für das Mädchen eines Ausländers war dies beachtlich. Aber sie wurde ja bereits in Windsheim geboren. Man merkte ihr wirklich nicht an, dass ihre Eltern nicht von hier waren. Ich muss noch einmal mit dem De Pachino reden, nahm er sich vor. Aber er schob es immer wieder hinaus.

Am 3. Dezember hielt der Stadtpfarrer und Dekan das erste Mal einen Gedächtnisgottesdienst anlässlich der Brandkatastrophe vom letzten Jahr. Mit viel Musik und Gebet gedachte man der Schäden und bat Gott um Abwehr von solchen Flammenmächten. Albrecht und Michael marschierten vorne weg mit in die Seekapelle ein und sangen ganz laut und kräftig das große Kyrie. Der Kantor hatte versucht ihnen die Töne so gut es ging beizubringen. Aber sie waren beide keine großen Sänger.

»Lasst doch die singen die es besser können«, meinte Lena einige Tage vorher zu ihrem Bruder.

»Aber wir haben es doch beim Brand geschworen, dass wir das singen werden, wenn Gott hilft, den Brand schnell zu löschen«, entgegnete Albrecht.

Kurz vor Weihnachten gab es Ärger. Der Rat der Stadt hatte mehreren Schülern des Gymnasiums ein Stipendium verweigert. Auch denjenigen, die bereits zum Studium waren, wurden die Gelder gestrichen. In solchen Zeiten des Wiederaufbaues muss man das Geld zusammenhalten, man könne nicht von Allen eine Fron verlangen, und die jungen Herren Studiosi machen sich schöne Tage. So lautete der allgemeine Tenor, den die Räte verbreiteten.

»Für allen Schnickschnack haben die Geld. Was soll ich nur machen? Das Studium von meinem Georg Wilhelm in Erfurt ist sehr teuer. Das kann ich mir allein nicht leisten«, jammerte der Kantor Steller, als die Meister wieder einmal sonntags beim Stammtisch saßen.

»Aber dein Junge muss doch schon fertig sein! Hätte sich halt ein bisschen beeilen sollen. Nun muss er zusehen, dass er selbst etwas verdient«, meinte Glasermeister Spieler schadenfroh zu Steller.

»Unsere Kinder kriegen doch auch kein Geld. Und nur weil ihr beste Beziehungen zum Oberrichter und zum Dekan habt, seid ihr auch nichts Besseres«, setzte Meister Karges noch hinzu.

»Nun hört aber auf! In schweren Zeiten muss eben

jeder Opfer bringen«, damit beendete Christoph diese Diskussion.

»Prost!«, »Prost!«

Die Meister stießen an und nahmen einen tiefen Schluck von dem kühlen Dunklen. Es gab wirklich Wichtigeres zu besprechen. Oder?

Wie jeden Sonntag wechselten sie wieder einmal zu ihrem Lieblingsthema. Von der Gleichheit, der Freiheit und über die Stände und die Mächtigen.

Immer häufiger murrten die Gesellen auf. Auch diese wollten Freiheiten.

»Wenn wir dafür sind, dass alle Menschen die gleichen Rechte haben, dann müssen wir auch unseren Gesellen diese Rechte einräumen«, meinte Christoph.

»Nein, nein, und nochmals nein! Ich sage, seit wann sollen den meine Gesellen Rechte bekommen? Es genügt doch, wenn wir Meister diese vom Rat und der Obrigkeit erhalten. Wir können doch etwas damit anfangen. Aber die Gesellen? Ich weiß nicht?«

»Meister Köhler, ihr immer mit euren halbherzigen Ansichten! Gleichheit aller Christenmenschen schließt doch alle ein. Alle! Und damit meine ich wirklich alle, auch die Gesellen und auch die Frauen«, ereiferte sich Christoph.

»Seid ihr von Sinnen, Christoph! Ich soll meiner Frau Rechte einräumen? Bei den guten Gesellen hätte ich das noch eingesehen. Aber bei meiner Frau! Ich bin der Herr im Haus! Ich bringe das Geld ein! Oder was meinst du?«

Und damit kniff Meister Strampfer der gerade vorbeikommenden Schankmagd Anna in den Hintern.

Diese schrie vor Schreck auf und verschüttete einen Teil des Bieres über den Rock vom Strampfer.

Alle anwesenden Meister lachten schadenfroh.

Anno 1732

Ein hartes Jahr

Es war bereits März, und noch immer wollte der Frost nicht weichen.

Auch die Lehrlinge vom Maurermeister waren mittlerweile zu Hause. In der Werkstatt gab es für sie keine Arbeit mehr.

Albrecht half seinem Vater, er hatte ihn nun endlich als solchen anerkannt. Die Werkstatt und die oberen Schlafräume sollten neu gestrichen werden. Dazu mussten sie oben allerdings Feuerkörbe aufstellen. Es war zu kalt in den Räumen. Der Kalkanstrich gefror sonst gleich an die Wand. Jedes Mal wenn Lena nachschürte, rußten die Feuer.

Anna Maria schimpfte mit ihnen: »Das ist doch nichts Gescheit´s, was ihr da macht! Wartet doch, bis es wärmer wird!«

»Das wird schon. Später haben wir dann keine Zeit mehr.« Albrecht und Christoph waren sich ausnahmsweise wieder einmal einig.

Mit viel Frost und wenig Schnee und Regen hatte das Jahr begonnen. Nun endlich, Mitte April war der Winter vorbei, es konnte gesät werden.

Feierabend! Albrecht kam gerade von den Feldern hinter der Winterung und wollte zur Stadt hinein.

Was war das denn? Das Tor zu! Davor ein großer Menschenauflauf.

Etwa fünfzig Bewaffnete in bunten Uniformen und einige Zivilisten drängelten und wollten in die Stadt eingelassen werden.

Die Wachen hatten aber die Tore rechtzeitig geschlossen und ließen keinen mehr hinein.

»Was ist denn hier los?«, wollte Albrecht von einem, wild mit der Hellebarde herumfuchtelndem Soldaten wissen.

»Das siehst du doch! Frag nicht so blöd! Die haben die Tore geschlossen. Wir sind Anwerber im Auftrag des Kaisers und haben das Recht in jeder Stadt Rekruten zu requirieren«, entgegnete ihm ein Korporal.

»He, Rudolf, nimm doch gleich den mit«, und damit deutete ein Offizier auf Albrecht.

Rasch wollte der davonlaufen, aber sie hielten ihn fest und führten ihn zu einem Wagen. Hier saß an der heruntergeklappten Rückwand ein Offizier und schob ihm das Soldbuch hin. Mehrere Soldaten zwangen ihn zu unterschreiben. Für drei Jahre sollte er sich zu den Soldaten verpflichten. Alles wehren half nichts. Als er die fünf Gulden Handgeld zwischen den Fingern hielt, wusste er, es war zu spät.

»Wenn du desertierst, also davonrennst, schlagen wir dich tot. Dazu haben wir nun das Recht!«

Der völlig deprimierte Lehrling rief den durch die Luke zusehenden Stadtwachen noch zu, sie sollten bitte seinen Vater verständigen.

Mit dem jungen Bartel waren noch sieben weitere Leute aus Windsheim und Umgebung ins Netz der Werber gegangen. Mehr oder weniger waren alle gezwungen worden zu unterschreiben.

Nachdem die Stadtwachen anfingen, nach hinten zu ihrem Fähnrich um Verstärkung zu rufen, brach die ganze Meute Soldaten mit den neu dazu gezwungenen Leuten auf. Die Neuen wurden eiligst auf die Wagen verladen, und schon zog der Tross nach Westen ab.

Ein junger Soldat, dem es genauso ergangen war wie den Windsheimern, erklärte ihnen, dass jeder Widerstand zwecklos sei. Erst vor zwei Tagen mussten zwei Fahnenflüchtige Spießrutenlaufen bis sie tot umfielen.

»Dieses Gassenlaufen überleben nur wenige«, erklärte er ihnen weiter, »Die ganze Kompanie stellt sich dabei in zwei Reihen auf. Jeder Mann bekommt eine Weidenrute und muss den Delinquenten kräftig über den nackten Rücken schlagen. Haut er nicht richtig zu, so kommt er selber dran. Also Jungs, macht das Beste daraus.

In drei Jahren könnt ihr wieder heim. Falls ihr dann noch wollt.«

Die Anwerber waren ihm Auftrag des Landgrafen Wilhelm VIII. von Hessen-Kassel unterwegs und bekamen für jeden Soldaten viel Geld, erfuhren die Neuen im Laufe der Reise von den anderen Söldnern. Das Handgeld, welches jeder neue Mann bekam, war nur ein Bruchteil davon. Die Offiziere und die altgedienten Soldaten steckten das Meiste davon in die eigene Tasche.

Aber auch der Landgraf verdiente gut daran. Wieder einmal lagen die Engländer mit den Franzosen im Streit. Dieses Mal aber in den neuen Kolonien in Amerika. Und dafür brauchten sie viele Soldaten. Eine ganze Reihe deutscher Fürsten handelte regelrecht damit. Hatten doch die Meisten einen großen Berg von Schulden, und die Engländer bezahlten gut. So wurden ganze Truppenteile, mit Tausenden von Soldaten, verkauft.

Mit der Zeit reichten allerdings die Männer, die sich freiwillig zu den Soldaten meldeten, nicht mehr aus. Man griff dann zu allen Mitteln und presste jeden Mann oder Jungen, der eine Waffe halten konnte und der ihnen in die Hände viel, mit mehr oder weniger legalen Mitteln zur Armee.

Auch die Landesgrenzen bildeten hier kein Hindernis. Dies geschah meist sogar mit Einverständnis des jeweiligen Landesherren. Erhielten die doch häufig ein Kopfgeld für jeden neuen Soldaten.

Leidtragende waren hauptsächlich die Bauern und Tagelöhner, die außerhalb einer befestigten Stadt oder eines Dorfes wohnten.

Die Werbetruppen griffen alle auf, derer sie habhaft werden konnten.

Nachdem der Wachoffizier einen Mann zu Bartel geschickt hatte, hetzte dieser mit seiner Frau zum Tor. Aber vergebens, der Trupp war bereits weitergezogen. Christoph wollte hinterher, doch Fähnrich Seuferlein hielt ihn zurück.

»Bleibt hier! Ihr könnt gegen diese Kerle nichts ausrichten. Überlegt einmal Meister Bartel, wenn ihr nachrennt, landet ihr auch noch bei den Soldaten.«

»Er hat recht Christoph. Außerdem wird es bereits dunkel«, Anna Maria hielt ihren Mann am Arm fest. Sie wollte ihn nicht auch noch verlieren.

»Also gut, aber ich gehe sofort zum Oberrichter.«

Er stürmte davon, beide konnten ihn nicht aufhalten.

Beim Kegethaus angekommen, rumpelte er an den Bediensteten und am Schreiber vorbei direkt ins Amtszimmer des Oberrichters, welches sich dieser seit dem

Brand in seinem Haus eingerichtet hatte.

»Was fällt euch ein, Meister Bartel, seid ihr von Sinnen«, rief ihm Keget erschrocken zu.

»Entschuldigung euer Hochwohlgeboren, aber sie haben meinen Sohn zu den Soldaten gezwungen«, schrie ihn Bartel aufgeregt an.

»Nun einmal langsam.« Mit einer Handbewegung scheuchte er die herbeieilenden Wachen weg.

»Was habe *ich* damit zu tun? Selbst wenn, ist das noch kein Grund hier einfach so ungebührlich hereinzuplatzen. Ihr seid mir als ein besonnener, loyaler Mann bekannt, darum will ich dieses eine Mal darüber hinwegsehen. Also erklärt mir erst einmal, was geschehen ist. Aber der Reihe nach und langsam. Und regt euch ab!«

Christoph entschuldigte sich mehrmals und kam nun unterwürfig der Aufforderung nach und berichtete, was sich zugetragen hatte.

»Na seht ihr. Ihr könnt *mir* doch keinen Vorwurf machen. Hatte ich doch, als mir vor drei Tagen Kaufleute von der Werberkolonne berichteten, bereits die Anweisung zum Schließen der Stadttore gegeben. Es war halt Pech für euren Sohn, dass er sich gerade außerhalb der Mauern befand.«

»Ja, und nun?«, fragte ihn Christoph enttäuscht.

»Es bleibt nur eine Möglichkeit Meister Bartel. Ihr müsst euren Sohn zurückkaufen. Ihr müsst den Anwerbern mehr bieten, als sie sonst für einen Mann einstreifen. Setzt euch mit den anderen betroffenen Familien zusammen und unternehmt gemeinsam etwas. Vielleicht kommt ihr mit den Halunken ins Geschäft. Aber ich sage euch, das wird nicht billig. Mindestens 20 Gulden werdet ihr hinlegen müssen, wohlgemerkt, für jeden. Ich kommandiere noch drei Mann von der Stadtwache ab. Die sollen euch begleiten, nicht dass ihr mir auch noch abhandenkommt. Mehr kann ich für euch nicht tun.«

»Vielen Dank, Herr von Keget, vergelts euch Gott«, verabschiedete sich Christoph.

»Ich mache euch wenig Hoffnung, aber versucht es. Und denkt immer daran, auf wessen Seite ihr steht und dass ihr mir etwas schuldet«, meinte Keget noch.

Damit entließ er den Meister.

Aus dieser Bemerkung wurde Christoph nicht ganz schlau. Aber was soll´s, jetzt gab es Wichtigeres zu tun.

Zu Hause warteten mehrere Männer und Frauen der betroffenen Familien auf seine Rückkehr. Er berichtete von seinem Gespräch mit Keget.

Mittlerweile war es finstere Nacht geworden, daher beschloss man, morgen in aller Frühe aufzubrechen.

Neben Bartel wollten noch zwei Bürger mitreiten. Die anderen konnten das Geld nicht aufbringen. Nachdem Frühleuten versammelte sich der kleine Trupp am Rothenburger Tor. Fähnrich Seuferlein, die Gemeinen Rosstaler und Zenker, Meister Heinlein, Bürger Müller und Meister Bartel.

Alle wurden von Bürgermeister Strampfer nochmals eindringlich ermahnt, sich auf keinen Fall auf Streitigkeiten mit den Soldaten einzulassen.

Sie hatten erfahren, dass der Soldatenpulk am Vorabend nach Westen und dann Richtung Ochsenfurt gezogen war. Schnell machten sie sich an die Verfolgung. Immer wieder ließen sich die Männer in den Dörfern den Weg, den die Soldateska genommen hatte, zeigen. Einige Bauern, denen es mit ihren Söhnen genauso ergangen war, schlossen sich ihnen an.

Gegen Abend erreichten sie die Stadt Ochsenfurt. Auch hier hatte man die Tore rechtzeitig geschlossen, sodass keine fremden Soldaten in die Stadt gelangen konnten.

»Halt! Wer seid ihr und was wollt ihr?«, brüllte ihnen ein Wachmann von der Wehrmauer oberhalb des Tores zu.

»Wir sind Bürger aus Windsheim und einige Bauern aus der Umgebung. Wir suchen unsere Leute. Die wurden von den Anwerbern gewaltsam zu den Soldaten gezwungen!«, rief Christoph zu ihm hinauf.

»Dieses Soldatengesindel ist um die Stadt herum, nach Norden gezogen. Die haben zwischen dem Oberen Tor und dem Main ihr Feldlager aufgeschlagen«, damit zeigte ihnen ein weiterer Wachsoldat, der gerade aus dem Fenster einer Seitentür herausschaute, mit einem Kopfnicken die Richtung.

»Nehmt erst einmal ein Quartier in der Stadt und Morgen könnt ihr dann zur Schiffslände reiten und euer Glück versuchen«, riet ein Wachoffizier den besorgten Männern.

»He Wachen, öffnet das Tor«, gab er dann den Befehl.

»Nun kommt schon rein! Es ist viel zu gefährlich heute in der Dämmerung da hinauszureiten«, forderte sie ein, sich gerade auf dem Heimweg befindlicher Mann aus der Stadt, auf.

»Ich bin Braumeister Schlegel, der Wirt vom *Roten Ochsen,* ihr könnt bei mir übernachten«, fuhr er fort.

Sie nahmen den Ratschlag an und trotteten hinter dem Wirt her zur Gaststube. Geschwind schlossen die Stadtwachen hinter ihnen wieder das Tor.

Am nächsten Morgen verließen sie die Stadt wieder durch das Osttor, an dem sie gestern hineingelangt waren. Das Nordtor wollten die Wachen nicht öffnen. Sie ritten in Richtung des Lagers. Ein riesiger bunter Haufen tummelte sich vor ihnen. Bestimmt an die 2000 Soldaten und eine große Menge neuer Rekruten, schätzte Seuferlein.

»Halt wohin?«, schrie ihnen ein Wachposten entgegen. Der Fähnrich, welcher etwas vor die Gruppe der Meister geritten war, bedeutete den Anderen sie sollten hinter ihm warten. Er erklärte nun dem Posten, was sie hier wollten.

Dieser lachte hämisch und schnauzte sie grimmig an: »Hier findet ihr keinen der Gesuchten. Wir haben über 1000 neue Leute hier. Alles Freiwillige. Männer, die gezwungen wurden, Soldaten zu werden, gibt es bei uns nicht! Das müsst ihr uns erst einmal beweisen!«

»Sag ihm, dass wir für unsere Leute auch gut bezahlen werden«, raunte einer der Bauern dem Windsheimer Offizier von hinten zu.

»Die Männer hier«, damit zeigte Seuferlein hinter sich, »sind bereit auch eine Entschädigung zu bezahlen. Bringt mich zu einem von euren Offizieren!«

»Macht, dass ihr fortkommt. Solche wie euch können wir gerade noch gebrauchen. Bis ihr´s euch verseht, gehört ihr zu uns!«, drohte ihnen der Mann, »und euer Geld seid ihr dann auch los!«

Nachdem die Windsheimer und die Bauern immer noch unschlüssig herumstanden, schrie sie der Soldat an:

»Jetzt haut endlich ab! Sonst rufe ich die anderen Wachen. Ihr seht doch, mein Korporal schaut auch schon herüber. Verschwindet, aber schnell!«

»Was ist los bei dir? Hast du noch ein paar Freiwillige?«, brüllte der Korporal von weiten zum Wachmann.

»Nein, die wollten nur was wissen. Die gehen gleich wieder«, rief er zurück und fuchtelte dabei mit seinem Spieß herum.

»Also gut, wir sind gleich weg. Sagt uns wenigstens, wohin die Rekruten kommen«, lenkte Seuferlein ein, nachdem er merkte, dass sie hier nicht weiter kommen würden.

»Na wohin schon! Nach Hessen! Wir sind alle Soldaten seiner Durchlaucht, dem Landgrafen Wilhelm von Hessen und Kassel. Wir rekrutieren Männer für den König von England und ziehen für den dann in den Krieg. Nach Amerika, gegen die Franzmänner soll´s geh´n.«

Der Kreis der hessischen Soldaten um den Fähnrich Seuferlein wurde immer größer und bedrohlicher.

»Also nichts für ungut, Kameraden! Gehabt euch wohl.«

Schnell ritt der Offizier zu den Windsheimern zurück und bedeutete ihnen, ihm sofort zu folgen. Sie brachten sich in der Stadt in Sicherheit.

Lange beratschlagten sie, was man noch tun könnte. Auch der Stadtkommandant von Ochsenfurt, der sich zu ihnen gesellte, wusste keinen Rat.

Mit solchem skrupellosen Gesindel konnte man einfach nicht verhandeln. Machtlos mussten sie aus der Ferne mit ansehen, wie im Laufe des Tages große Lastkähne ankamen, auf denen dann die ganze Mannschaft verladen wurde. Gegen Abend brach die Armada in Richtung Würzburg auf.

Einer der Ochsenfurter Wachleute, welcher gerade Dienstende hatte, trat zu ihnen an den Tisch vorm

174

Wirtshaus und forderte sie auf, doch schnell zur steinernen Brücke zu reiten.

»Vielleicht könnt ihr noch den einen oder anderen der Euren vorbeifahren sehen.«

Sofort galoppierten sie zur Brücke, die über den Main aus der Stadt führte. Nachdem sie ihr Anliegen erklärt hatten, ließ sie die Brückenwache, ohne dass sie die Maut bezahlen mussten, zu Fuß bis zur Brückenmitte vor. Von hier aus hatten sie eine gute Sicht auf die unter ihnen durchfahrenden Kähne mit den Soldaten.

Plötzlich, helle Aufregung! Dort, weiter vorne erschienen die Schiffe mit den neuen Rekruten.

»Seht nur, da kommen sie! Jetzt haben sie auch noch meinen Jüngsten mitgenommen«, rief ein älterer Bauer aus Einersheim mit Tränen in den Augen.

Auch Christoph beugte sich weit über die Brüstung. Unruhe verbreitete sich unter den erzwungenen, neu angeworbenen Soldaten auf den Lastkähnen, nachdem diese mitbekommen hatten, dass einige Verwandte oben auf der Brücke standen und ihnen zuwinkten.

»He ho, Herr Vater, sagt der Mutter mir geht´s gut und ich komme bestimmt wieder.«

Die Stimme kam aus der Menge von unten und bis Christoph wusste woher, war der Kahn auch schon unten durchgefahren. Er rannte zwar noch auf die andere Seite, konnte aber seinen Stiefsohn nicht mehr erkennen. Der Main hatte hier eine schnelle Strömung.

Im Nu waren die Schiffe um die nächste Biegung und ihren Blicken entschwunden. Tief betrübt schlurften die Männer gemeinsam zurück zu ihren Pferden.

Ein paar hatten noch einmal einen Blick oder ein Wort von den gepressten Leuten erhaschen können.

Die Windsheimer übernachteten noch einmal hier in der Stadt und ritten dann völlig enttäuscht und niedergeschlagen nach Hause. Was sollten sie nur daheim berichten. Nichts hatten sie erreicht!

Christoph hielt seine verzweifelte Frau im Arm und versuchte sie zu trösten. In drei Jahren, wenn alles gut ginge, würde ihr Sohn wiederkommen.

»Aber Amerika ist doch so weit. Was kann da alles passieren. Ich sehe den Jungen nie wieder«, schluchzte Anna Maria.

Der Sommer wurde außergewöhnlich heiß und trocken. Alle Weiher, Tümpel und die Sümpfe trockneten bis auf kleine Schlammreste aus. Die Stechmücken stiegen in riesigen Schwärmen auf und fielen über Menschen und Tiere her.

Viele Leute starben an hohem Fieber.

Die Angst ging um. Der Schwarze Tod?

Nein, nur keine Angst, versuchten der Doktor Robert Hasenest und der Apotheker Sigismund Korneffer die Bewohner zu beruhigen.

Nicht die Pest, sondern Sumpffieber war die Ursache. Wer von den Mücken gestochen wurde, bekam Schüttelfrost und hohes Fieber. Leider fand sich kein Mittel dagegen. Auch vor den Patriziern und reichen Handwerkern machte die Epidemie nicht halt.

Auf dem Höhepunkt seines Lebens wurde der, für Windsheim so bedeutende, Oberrichter Georg Wilhelm von Keget mit 64 Jahren aus dem Leben abberufen. Selbst der hinzugerufene Hofmedicus des Markgrafen aus Ansbach hatte gegen das Fieber nichts ausrichten können.

Mit einem großen Ehrengeleit gedachte die Stadt einem ihrer Förderer und Stifter. Keget hatte die kleine Reichsstadt zu Ansehen und wirtschaftlicher Blüte geführt. Der Stadtdekan Seyboth würdigte in einer ergreifenden Trauerrede die Verdienste des Ratsherrn.

Zur Beerdigung erschienen sogar der Hofmarschall vom Markgrafen, der Reichsritter von Seckendorff und verschiedene Abgesandte der Reichsstädte Rothenburg, Dinkelsbühl und Nürnberg.

»Wir hätten die Sümpfe schon längst trocken legen sollen«, lamentierte der Herausgeber eines Pamphletes, in dem wieder einmal dem Stadtrat die Schuld an allem gegeben wurde, zu den Meistern an den Stammtisch hinüber.

»Ihr habt recht, da hätten wir vor Jahren schon damit beginnen sollen. Ich werde einmal meine Ratskollegen in der nächsten Sitzung auf das Problem ansprechen.«

Damit gab Strampfer zu verstehen, dass er keine weitere Diskussion über dieses Thema wollte. Und schon gar nicht mit einem Zeitungsschmierer. Seit einiger Zeit waren solche Schriften überall in Mode gekommen.

»Bis ihr zu einer Lösung kommt, ist die halbe Stadt gestorben«, warf dieser noch nach.

»Hört auf! Schluss jetzt! Wir wollen unser Bier in Ruhe trinken.«

Die Meister nickten zustimmend.

Als Christoph nach Hause kam, brüllte sein Jüngster wie am Spieß.

»Was hat Adam denn?«, fragte Christoph seine Frau, als er die Kammer der Kinder betrat.

»Er hat hohes Fieber und schreit schon, seit du heute ins Wirtshaus gegangen bist.«

»Lena! Lena, schnell hol den Doktor!«, rief er aufgeregt hinunter in die Küche zu seiner Tochter, die gerade den Tisch decken wollte.

Lena rannte los und kam kurze Zeit später mit dem Doktor wieder.

»Was hat er? Was ist mit ihm?«, wollte Christoph wissen.

»Euer Kleiner hat leider auch das Sumpffieber, wie fast alle. Gebt ihm hiervon«, damit reichte der Stadtphysicus, nachdem er Adam untersucht hatte, Anna Maria ein weißes Pulver.

»Macht lauwarme Essigwickel um seine Waden, damit das Fieber sinkt, und haltet ihn warm. Mehr kann man im Moment nicht für ihn tun. Betet zu Gott, dass er ihm hilft.«

Rasch verabschiedete sich der Arzt und eilte zum nächsten Patienten.

Nach vier Tagen und quälenden, durchwachten Nächten, wurde Adam von seinem Leiden erlöst. Gott hatte das, noch so junge Leben, zu sich gerufen.

Alle tröstenden Worte halfen nichts. Anna Maria fiel in eine tiefe Depression. Erst Albrecht und nun noch Adam. Das war zu viel. Weder Christoph noch Lena oder eine ihrer Freundinnen konnten der Meisterin helfen.

Immer mehr zog sie sich in sich zurück. Aus der lustigen, aufgeschlossenen Frau wurde eine in sich verschlossene, freudlose und verhärmte Person.

Auch Christoph ging nach Feierabend immer öfters ins Wirtshaus und saß dann stumpf, vor sich hinsinnierend, vor seinem Bierkrug.

Leider hatte der Oberrichter Keget den erneuten Einzug der Räte ins wieder aufgebaute Rathaus nicht mehr erleben können.

Am 7. Juli 1732 feierten sie in einer Festsitzung dieses Ereignis. Nur eineinhalb Jahre nach der Brandkatastrophe erstrahlte der Bau in neuem Glanz. Über 18.000 Gulden hatten die Windsheimer für die Reparatur und Sanierung ausgegeben. Eine stolze Summe, ohne die vielen Spenden wäre dies nicht möglich gewesen.

Einige Mitbürger machten ihrem Unmut Luft, musste das Rathaus wieder so groß errichtet werden? Etwas kleiner hätte doch auch genügt, oder? Dann wäre für die Kirche und für die beschädigten Bürgerhäuser etwas mehr übrig geblieben.

Die stolzen Bürger und Patrizier ließen sich dadurch nicht von ihrem großen Vorhaben abbringen. Im alten Glanz sollte das Rathaus wieder erstrahlen. Auch der Kaisersaal war wieder prunkvoll ausgestattet worden.

Einige Änderungen hatte der Stadtmaurermeister Krauß aber dann doch vorgenommen. Etwas mehr dem Zeitgeschmack angepasst, sollte es sein, im Ansbacher Barock, nach der neuesten Mode mit vielen Verzierungen. Die Pilaster und Fensterkrönungen versahen die Bauarbeiter nun mit mehr Stuckleisten. Den Mittelgiebel gestaltete man ebenfalls mit größerem Aufwand.

Auch die Justizia vom Steinmetz Eckardt, die den Giebel krönte, erstrahlte neu. Schwert und Waage hatte der Malermeister Maucher vergoldet.

Im Giebeldreieck hatte der Turmuhrmachermeister ein neues, mit viel Blattgold belegtes, astronomisches Zifferblatt montiert.

Auf ein großes Fest wurde diesmal verzichtet. Angesichts des vielen Leids in der Stadt und auch des Todes von Keget, war den Ratsherren nicht nach feiern zumute.

Zum Nachfolger des Oberrichters wählte der Innere Rat einstimmig den Kaufmann und Gipshändler Franz Jacob Merklein. Wie schon sein Onkel mit gleichem Namen, entstammte er aus einer angesehenen Windsheimer Familie.

Nach einer schlechten Ernte folgte dann ein strenger Winter. Damit war zumindest die Mückenplage vorbei.

Aber wer nicht in den guten Jahren vorgesorgt hatte, wie die meisten der Handwerksmeister und Bürger, musste nun Hunger leiden.

Viele Bettler zogen durch die verschneiten Gassen der freien Reichsstadt. Die Stadtwachen hatten alle Hände voll zu tun, das bettelnde Gesindel zu vertreiben. Betteln und hausieren war in der Stadt bei Strafe verboten. Ohne richterlichen Beschluss, konnte der Stadtbüttel die armen Leute bis zu drei Tagen einsperren und dann aus der Stadt hinauswerfen.

Der Bevölkerungszuwachs der letzten Jahre hatte sich wieder erheblich reduziert. Das Fieber hatte viele Opfer gefordert. Ein gutes Drittel der Wohnhäuser stand leer. In einer Sitzung des Stadtrates beschloss man, sich vermehrt um Glaubensflüchtlinge zu bemühen.

Im Sommer 1732 zogen dann die ersten Familien aus dem Salzburger Land in die Stadt. Diese protestantischen Emigranten wies man in die leer stehenden Häuser ein.

Den Exulanten, wie diese Glaubensflüchtlinge auch genannt wurden, gestattete man sogar das Abhalten von eigenen Gottesdiensten in der Seekapelle, die ja Gott sei Dank vom Feuer verschont geblieben war. Sie sollten nur den richtigen Glauben predigen, ermahnte sie der Stadtdekan Seyboth.

Bereits im Frühjahr hatte sich die evangelische Kirchengemeinde den Ansbacher Maurermeister Michael Braunstein und den Designateur Johann David Steingruber zum Wiederaufbau von St. Kilian dazu geholt. Der Stadtmaurermeister Krauß schaffte es nicht alleine. Zu viele Gebäude mussten noch neu, beziehungsweise wieder, aufgebaut werden.

Der Bildhauer Johann Friedrich Maucher erhielt bereits einen Auftrag für ein neues Orgelgehäuse, eine Kanzel, einen Altar und ein neues Gestühl.

Der Nürnberger Christian Viktor Herold sollte die Glocken und Johann Christoph Wiegleb aus Wilhermsdorf die Orgel anfertigen.

Beide Meister hatten bereits vor ein paar Jahren bei der Renovierung der Spitalkirche zur Zufriedenheit des Stadtrates gearbeitet.

Sankt Kilian sollte, zum Lobe des Herrn, als neue evangelische Predigtkirche ganz im Barockstil erstrahlen.

So konnte man jetzt zum Ende des Jahres endlich mit dem Neubau beginnen.

Bei Bartels kehrte allmählich der Alltag wieder ein. Jedoch bemutterte Anna Maria ihre Tochter Lena von vorne bis hinten.

Lena hatte frühmorgens das Haus verlassen und war mit einer Lieferung von neuen Gewändern für die Dienerschaft des Freiherrn von Seckendorff nach Obernzenn gefahren. Christoph hatte so viel zu tun, dass er diese Fahrt nicht selbst unternehmen konnte. Neben dem Fuhrknecht sandte der Meister noch einen der neuen Lehrlinge mit.

Als das Mädchen nun spätabends heimkam, bewirtete ihre Mutter sie mit allem, was die Küche bot.

»So verwöhn doch das Kind nicht so«, mahnte sie Christoph, wie er es fast täglich tat.

»Lass mich doch, ich hab doch sonst niemand mehr. Sie ist die Einzige von meinen Kindern, die mir geblieben ist.«

»Das stimmt nicht ganz. Dein ältester Sohn lebt! Er ist auf dem Weg nach Amerika!«, erwiderte Christoph.

Vor zwei Tagen erst, hatten sie einen Brief aus Bremerhaven, einer Stadt am Nordmeer, bekommen. Albrecht schrieb ihnen, dass es ihm gut gehe und dass die gesamte Mannschaft darauf warte, eingeschifft zu werden. Auf große Fahrt, nach Amerika solle es gehen. Sie müssten sich keine Sorgen machen. Das Soldatenleben sei doch halb so schlimm und er freue sich schon darauf, die neue Welt zu erleben.

»Aber er ist halt so weit weg. Und was kann da nicht alles passieren. Ich sehe ihn bestimmt nicht wieder. Von dort ist bis jetzt noch keiner zurückgekommen! Zumindest kenne ich keinen Amerikafahrer.«

»Ach Schmarrn! Hab mehr Gottvertrauen, dann wird dein Albrecht schon wieder gesund heimkommen«, brummte Christoph seine Frau an. Immer wieder die gleiche Leier, dachte er, ihm reichte es jetzt. Er hatte doch seine Traurigkeit auch abgelegt, nun gut, er hatte auch sehr viel Arbeit. Einmal muss doch Schluss sein - oder?

Lena kam dieses Jahr aus der Schule und sollte eigentlich nach Nürnberg zu den Delsenbachs ziehen. Hier könnte sie mit der Jüngsten des Kupferstechers zusammen eine höhere Mädchenschule besuchen.

Aber Anna Maria jammerte, dass sie ja dann überhaupt kein Kind mehr zu Hause habe. Was sollte die Kleine so alleine in der großen Stadt. Mutterseelenalleine in der Fremde.

»Nun mach mal halblang. Lass sie endlich los und lass sie gehen! So war es ausgemacht! Das hat sie sich doch die ganze Zeit gewünscht. In zwei Jahren ist Lena sowieso erwachsen und wird heiraten. Dann ist sie ja auch weg. Wir sollten uns jetzt um eine gute Partie für sie kümmern.«

»Nein, nein und nochmals nein! Ich gebe meine Tochter nicht her. Das kannst du nicht versteh´n! Du bist ja nicht ihr richtiger Vater!«

»Das stimmt nicht! Ich habe mich immer um die Kinder gekümmert und gesorgt, gerade so als ob sie meine eigenen wären. Und ich glaube, ich habe es gut gemacht!«

»Ach, du hast ja recht. Mir fällt es halt einfach so schwer, nun auch noch das Letzte meiner Kinder ziehen zu lassen«, seufzte seine Frau.

»Fahr doch mit! Bleibe eine kleine Weile in Nürnberg. So wird es für dich vielleicht leichter und du hast ein wenig Ablenkung«, schlug er ihr vor.

»Oh, ja, das wäre wunderbar. - Aber dann bist du doch ganz alleine. Aber schön wär`s schon«, überlegte Anna Maria.

»Dann begleite deine Tochter doch. Ich komme hier schon alleine zurecht. Lisa wird sich um den Haushalt kümmern und ich kann endlich einmal die liegen gebliebenen Bestellungen nachholen. Außerdem habe ich, wie du weißt, auch noch einen großen Auftrag bekommen. Bürgermeister Merklein will die Stadtwache mit neuen fränkischen Uniformen ausstatten. Also, du siehst, ich kann unmöglich hier länger wegbleiben. Ich begleite euch nach Nürnberg, fahre dann aber umgehend wieder zurück. Nimm dir soviel Zeit, wie du brauchst, und komm heim, wenn du es für richtig hältst.«

Anna Maria überlegte. Wenn sie die nötigen Anweisungen für das Dienstpersonal gab. Dann, dann müsste es möglich sein.

»Also gut, ich begleite Lena. Für ein paar Wochen, denke ich, kannst du ohne mich auskommen.«

»Natürlich, ich setze gleich einen Brief an die Delsenbachs auf, den kann morgen der Postreiter nach Nürnberg mitnehmen.«

Christoph schrieb einen Brief an Adam und teilte ihm mit, dass seine Frau und Lena die, schon so lange ausgesprochene, Einladung annehmen und in zwei Wochen nach Nürnberg aufbrechen würden.

Am nächsten Morgen, gleich nach dem Frühstück, teilten sie ihren Entschluss Lena mit.

Diese war außer sich vor Freude, dass sie nun doch mit auf die Schule gehen durfte. Sie fiel abwechselnd ihrer Mutter und ihrem Vater um den Hals.

Endlich konnte sie ihrer Mutter einmal die Reiseroute vom letzten Frühjahr nach Nürnberg zeigen.

Wie im Fluge verging die Zeit. Die Reisevorbereitungen waren fast abgeschlossen. Nur für die neue Schuluniform musste der Meister am Kragen noch etwas richten. Sein Freund Adam hatte alles vermittelt. Normalerweise nahmen die drei Fräuleins, welche die Schule betrieben, nur Mädchen der Nürnberger Patrizier oder Meister auf. Aber Delsenbach hatte für Lena die Bürgschaft übernommen. So stimmten die Damen zu und schickten einen Zettel, auf dem die, für die Ausbildung benötigten, Sachen aufgelistet waren.

Morgen wollten sie nach Nürnberg aufbrechen. Vor lauter Aufregung konnte Lena die ganze Nacht nicht schlafen und sie stand früh als Erste in der Küche und richtete das Frühstück.

Nachdem der Magistrat von der bevorstehenden Reise Meister Bartels erfahren hatte, bekam dieser den Befehl, nach Altdorf weiter zu reisen, um dort wichtige Schriften abzuholen. Aus der Windsheimer Bibliothek hatte man vor Jahren medizinische Kostbarkeiten an die Universität Altdorf ausgeliehen.

Diese waren nun fertig abgeschrieben und konnten wieder zurückgeholt werden.

Da es sich hierbei um sehr wertvolle Bücher handelte, gab ihm der Rat eine Eskorte von drei Soldaten mit. Er selbst wurde zum Fähnrich der Reserve ernannt und sollte den kleinen Trupp anführen.

Somit waren sie ungebunden und konnten ihre Reise frei durchführen. Sie mussten nicht auf Mitreisende warten oder sich gar einem Kaufmannszug anschließen.

Anno 1732

Zweite Reise nach Nürnberg

Der Fähnrich Andreas Christoph Bartel saß stolz und kerzengerade auf seinem neuen Reitpferd und ritt dem Planwagen voran zum Seetor hinaus. Er hatte noch etwas Mühe sein Pferd zu zügeln, da er doch erst vor Kurzem, als er zum Fähnrich ernannt wurde, reiten gelernt hatte.

Dieses Mal wählte er den Weg über die Frankenhöhe Richtung Linden. Er hatte ein Schreiben der Stadt über ein paar Grundstücksangelegenheiten bei sich. Die sollte er dem Amtmann von Hoheneck, Johann Albrecht von Reitzenstein, überreichen.

Die kleine Gruppe wurde in Hoheneck genauso unwirsch empfangen wie beim letzten Mal. Nachdem der Burgherr die Nachrichten der freien Reichsstadt gelesen hatte, besserte sich sein Verhalten. Sehr zuvorkommend wurden sie nun behandelt, offensichtlich war es für den Freiherrn von Reitzenstein eine gute Nachricht gewesen.

Christoph bekam für seine Reisegruppe einen Geleitbrief, der es ihm gestattete den Schußbachwald und die Hohenecker Gebiete ungehindert zu durchqueren und ihn auch von aller Maut befreite.

»Hängt das an euren Fahnenspeer«, einer der Unteroffiziere überreichte ihm im Auftrag des Burgherrn einen dreigezackten rot-weiß-rot gestreiften Wimpel. »Damit werdet ihr unbehelligt das Gebiet zwischen

Windsheim und Langenzenn durchqueren können.«

Schau einer mal an, dachte Christoph bei sich, wo dieser Kerl von Burgherr überall seine Finger drin hat.

Zügig kamen sie voran. Als sie bei den drei Gehöften von Merzbach den Weg Richtung Wirtshaus einschlugen, sträubte sich Anna Maria.

»Ich habe doch für alle genug eingepackt. Käse, Wurst, Brot und auch ein paar Krüge Bier. Wir müssen nicht einkehren«, aus ihr sprach die sittsame und sparsame Hausfrau, »ich war noch nie in einem Wirtshaus. Was sollen die Leute denn von mir denken?«

»Ach Schmarrn, das haben wir uns jetzt redlich verdient, und hier kennt dich doch sowieso keiner«, wies sie ihr Gatte zurecht.

Als sie von den Wirtsleuten Stelzenbach freudig begrüßt wurde, gab sie ihren Widerstand auf.

Es geschah selten in dieser Zeit, dass Reisende so kurz hintereinander vorbeikamen. Nur Händler, Soldaten und Musikanten fanden öfters den Weg zu ihnen.

Nach einem schnellen Krug Bier und einem frischen Brot mit rotem Presssack fuhren sie eilig weiter. Sie versprachen, sich auf der Rückreise länger Zeit zu nehmen.

Heute wollten sie unbedingt noch bis zum Einbruch der Nacht zu der befestigten Stadt Langenzenn kommen, man weiß ja nie, was auf so einer Fahrt alles dazwischen kommen kann.

Bereits am frühen Abend erreichten sie ihr Ziel. Wieder kehrten sie im Gasthaus *Zum Deutschen Haus* ein. Dieses mal schwieg Anna Maria, im Gegenteil es machte ihr jetzt sichtlich Spaß, wie eine große Dame bedient zu werden.

»Ach, es ist Schade, diesmal sind keine Musikanten da«, informierte sie Lena, nachdem sie sich bei der Schankmagd erkundigt hatte.

»Das macht doch nichts. Wir werden schnell eine Kleinigkeit essen und uns anschließend in der Stadt umschauen. Vielleicht könnt ihr noch das Eine oder Andere einkaufen«, meinte Christoph zu Frau und Tochter.

Nach dem Abendbrot schlenderten sie in Richtung Marktplatz. In einem Kurzwarenladen erstand Anna Maria eine Kleinigkeit, die sie Rosina Delsenbach als Geschenk mitbringen wollte.

Der Markt war wieder wie letztes Mal mit Flüchtlingsfuhrwerken vollgestellt.

»Christoph, schau nur, die vielen armen Leute.« Und schon kam die Frau Meisterin mit einigen der sie umringenden Frauen ins Gespräch.

Nach einiger Zeit rief sie nach ihren Mann, der in der Zwischenzeit mit Lena bis zu einem Feuerschlucker vor dem Rathaus vorgedrungen war. Beide schauten fasziniert zu und schüttelten den Kopf. Wie geht denn so was, warum verbrennt der sich nicht das Maul? Christoph wusste auf die Fragen von Lena auch keine Antwort.

»Christoph, Christoph! So komm doch einmal hier her!«, hörten sie Anna Maria rufen.

Beide bahnten sich einen Weg durch die Menge.

»Wir brauchen doch in Windsheim noch Handwerker, oder?«

»Was ist? Ja, ja, ich glaube schon. Es stehen sogar in unserer Gasse zwei Häuser leer. Leer geworden durch das Fieber.« Das Letzte flüsterte er nur noch zu seiner

Frau, das brauchten ja die Fremden nicht hören.

»Wo kommt ihr her«, wollte der Meister von den Flüchtlingen wissen.

»Aus dem Salzburger Land sind die Meisten von uns. Einige auch aus der Steiermark. Wir sind Evangelische und mussten unser Land verlassen«, antwortete ihm ein großer kräftiger Mann.

»Wir haben schon im letzten Jahr einige von euch bei uns aufgenommen. Was bist du denn von Beruf?«

»Ich und meine drei Söhne hier«, damit deutete ein neben ihm stehender älterer, mager und verhärmt wirkender Mann auf die kräftigen, bärtigen jungen Männer, die hinter ihm standen, »wir sind Seifensieder.«

»Ach! Das ist doch wunderbar, Christoph. Solche Leute können wir in der Stadt gebrauchen. Das Haus bei uns gegenüber, von den Loschers, steht doch schon länger leer, die waren auch Seifensieder. Da ist doch die Werkstatt noch vorhanden. Wäre doch schön, wenn wir wieder jemand als Nachbarn bekommen würden.«

Hilfsbereit steigerte sich Anna Maria immer mehr hinein, den Familien eine neue Heimat zu verschaffen. Besonders als dann die noch sehr junge, hochschwangere Frau von einem der Söhne aus dem Wagen herauskletterte.

Die Frauen machten bereits Pläne.

»Halt, nicht so schnell mit den jungen Pferden, erst muss der Rat und die Zunft zustimmen«, bremste sie Christoph aus. Es war zwar in der Zwischenzeit einfacher geworden, man hatte auch die Bürgeraufnahmesteuer vorübergehend abgeschafft, aber trotzdem konnte nicht jeder in die Stadt, der es wünschte.

»Christoph, so gib ihnen doch ein Schreiben mit«, drängte ihn Anna Maria.

»Das nützt doch nichts. Ein jeder muss selbst vorstellig werden. Meister wie heißt ihr?«, fragte Meister Bartel den älteren Mann.

»Ich bin noch kein Meister, aber ich kann ohne Weiteres eine eigene Werkstatt führen. Seit fünfzehn Jahren arbeite ich schon als Geselle und habe auf der Walz in Paris auch besondere Duftnoten für die Seifen kennengelernt, gerade so, wie es die feinen Damen an den Höfen vorziehen. Leider fehlte mir bisher das Geld, um eine eigene Werkstatt zu eröffnen. Ihr seht doch selbst bei den vielen Kindern.«

Damit zeigte er in eine große Runde.

Christoph nickte zustimmend, konnte er doch nachfühlen, wie es dem Mann erging.

»Unser Familienname ist Hütter, wir stammen aus einer großen und angesehenen Familie aus Graz.«

»Also gut, Herr Hütter, ich gebe euch ein Schreiben mit. Fahrt damit nach Windsheim und fragt nach einem Bürgermeister Strampfer, er ist ein Freund von mir. Sagt einen schönen Gruß vom Schneidermeister Bartel und er soll sich eurer annehmen. Ich weiß allerdings nicht, ob euch das etwas hilft. Aber schaden kann´s auf keinen Fall. Morgen früh, bevor wir losfahren, bekommt ihr den Brief. Einige der Familien können sich, wenn sie wollen, euch anschließen. Wir brauchen noch ein paar fleißige Handwerker. Ich hoffe ihr findet in Windsheim eure neue Heimat.«

Viele der umstehenden Leute bedrängten sie. Alle wollten wissen wie viele und was für Berufe in der kleinen Stadt Aufnahme finden könnten.

»Tut mir leid. Ich weiß es nicht. Ich bin nur ein kleiner Handwerksmeister und habe das nicht zu entscheiden.«

Er bemerkte, wie seine Frau von ihrer Reisebörse der schwangeren Frau ein paar Kreutzer zusteckte.

»Nichts für ungut meine Herren, wir müssen weiter, wir haben Morgen noch eine lange Reise vor uns.«

Schnell verabschiedeten sie sich und gingen zum Gasthaus zurück. Gleich wird es zur Nacht läuten, und da muss jeder im Haus sein.

D er Wirt weckte sie kurz nach Sonnenaufgang: »Herr, zu den sich in Aufbruch befindlichen Exulanten sind heute früh noch Truppen des fränkischen Bundes dazugekommen. In der Stadt herrscht ein völliges Durcheinander. Ich gebe euch Reiseproviant mit und ihr solltet schleunigst nach Süden, Richtung Roßtal, aufbrechen. So kommt ihr am Besten vorwärts.«

Eilig machten sie sich reisefertig. Christoph schickte noch einen der Soldaten, mit dem versprochenen Schreiben, zur Familie Hütter. Der Reiter konnte ja nachkommen und würde sie auch schnell eingeholt haben.

Ohne Frühstück brachen sie umgehend auf. Ein herrlicher Tag erwachte. Überall begannen die Vögel zu zwitschern, der Morgennebel lichtete sich, und die Sonne stieg über die Hügel der Frankenhöhe hervor. Sie durchquerten nach Pilze riechende Wälder, ritten an kleinen Weihern entlang und an frisch gepflügten Feldern vorbei.

Bei Keidenzell, gleich hinter den Weihern rasteten sie kurz. Anna Maria bereitete ein gutes und wohlschmeckendes Frühstück auf der Heckklappe des Wagens. Schnell griffen alle zu und setzten dann frischgestärkt die Reise fort.

Christoph fühlte sich so richtig wohl. Soldaten in Friedenszeiten oder reisende Händler haben´s schon gut.

Das Letzte hatte er wohl laut gedacht, denn Lena schrie ihm zu: »Musikanten haben es genauso schön!«

Erschrocken fuhr er aus seinen Gedanken auf: »Ja du hast recht auch Musikanten. Also lass uns ein Liedchen singen.«

Die nächsten Stunden trällerten sie ein Lied nach dem Anderen und durchquerten so, fröhlich, die herrliche fränkische Landschaft.

Kurz vor Nürnberg brummte Anna Maria: »Es reicht, ich kann´s nicht mehr hören eure ewige Singerei!«

»Dieses eine Lied noch, Frau Mutter und dann machen wir Schluss. Wer weiß, wann ich wieder einmal mit dem Vater singen kann.«

»Also gut, eins noch.«

Sie stimmten ein Lied vom Abschiednehmen an und wurden alle sehr traurig dabei.

Hieß es doch morgen in aller Frühe auf unbestimmte Zeit Abschied nehmen.

Am späten Mittag erreichten sie Nürnberg und wurden freudig von der ganzen Familie Delsenbach begrüßt. Die Bartels bezogen im Hause des Kupferstechers, oberhalb des Wohngeschosses, eine kleine, aber saubere Kammer. Rosina entschuldigte sich immer wieder, dass sie nichts Besseres anzubieten habe. Aber es war halt im Moment nichts anderes frei.

»Ach, das macht doch nichts. Wir sind froh, wenn wir bei euch unterkommen können. Die Kammer ist bequem und ausreichend. Wir haben zu Danken, dass du uns aufnimmst«, meinte Anna Maria.

Für Lena und Helena, der jüngsten Tochter der Delsenbachs, beide waren gleich alt, sollte heute noch ein neuer Lebensabschnitt beginnen.

Gegen Abend fuhren sie zusammen mit ihren Eltern zu den drei Schwestern Kaulbacher in die Nürnberger Südstadt, gleich neben dem Dicken Turm. Hier stellte Meister Delsenbach die beiden Mädchen vor, und sie mussten sich dann in der Privatschule einschreiben. So nennt man das, wenn man sich auf so einer vornehmen Schule anmeldet, wurden sie belehrt.

Diese Schwestern hatten es sich zur Aufgabe gemacht, den Mädchen der besseren Familien etwas mehr als in der normalen Schule beizubringen. Hier sollte den Mädchen etwas französisch und italienisch, Musik und Kunst und vor allem alle Aufgaben einer guten Hausfrau beigebracht werden. Nach langem Hin und Her hatte vor einigen Jahren der Rat der Stadt Nürnberg diesem Vorhaben zugestimmt. Zwei Jahre sollte die Ausbildung dauern. Die jungen Damen schliefen allerdings zu Hause. Einem Internat, wie für die Buben, hatten die Ratsherren nicht zugestimmt. Mädchen waren dafür ungeeignet.

Viele der Bürger und Meister hielten diese Ausbildung für zwecklos. Mädchen konnte und sollte man, mit wenigen Ausnahmen, keine höhere Bildung beibringen. Wozu auch, wurden doch die Meisten mit 14 oder 15 Jahren bereits verheiratet.

Diese Schule war eine Errungenschaft der sogenannten Aufklärung. Freiheit und Gleichheit für jeden Christenmenschen und das Recht auf Bildung. Einige führenden Denker, die sich in Nürnberg aufhielten, meinten, dies sei auch für Frauen nützlich und angebracht.

Nachdem sich Anna Maria und Lena von Christoph tränenreich verabschiedet hatten, brach dieser am nächsten Tag frühmorgens schweren Herzens nach Altdorf auf.

»In zwei Tagen, auf der Heimreise, komme ich noch einmal kurz vorbei«, rief der Meister seinen Liebsten noch zu und flott ritt er mit seinem kleinen Trupp den Burgberg hinunter.

Fünf Tage später, sie hatten lange auf die Aushändigung der Schriften warten müssen, kamen die Windsheimer gerade zur Mittagszeit wieder zurück zum Delsenbachschen Anwesen.

Der Meister nahm sie in Empfang und erklärte Christoph: »Die Kinder sind leider noch in der Schule, aber deine Frau ist oben in ihrer Kammer. Geh schnell rauf, sie wartet schon seit einigen Tagen auf dich. Ihr könnt beide, glaube ich, dann auch gleich zum Mittag herunterkommen. Der Tisch ist schon gedeckt.«

Nach dem reichlichen Mittagessen trat Christoph mit seinen Männern nun endgültig die Heimreise nach Windsheim an.

Als sie in Merzbach eintrafen, kam ihnen der Wirt schon entgegen.

»Das ist ja ein Zufall, der Hauptmann Lederer, mein Schwager, ist mit seinen Leuten gerade von Windsheim gekommen. Tretet ein und stärkt euch.«

Dazu ließen sie sich nicht zweimal auffordern.

An diesem Abend ging es im Wirtshaus der Stelzenbacher hoch her. Die Wirtsleute fuhren alles, auf was Küche und Keller zu bieten hatten.

Erst am frühen Morgen legten sich die Männer schlafen.

Spät erwachten sie, die Sonne stand schon hoch am Himmel, wie sie vermuteten, den sehen konnte man sie nicht. Es war Herbst, ein richtig scheußlicher Herbsttag mit Regen und Nebel.

Christoph wechselte in die Kutsche und band sein Pferd hinten an. So konnte ihm der Regen nichts anhaben. Seine Soldaten zogen geölte Umhänge über. Diese schützten nur eine Zeit lang. Meist lief bereits nach kurzer Zeit irgendwo das Wasser herein. Im wilden Galopp ging es die Frankenhöhe hinunter.

Bereits zum Mittagsläuten erreichten sie die Stadt. So schnell war der Meister noch nie gefahren. Sie passierten das Seetor und zogen schnurstracks zum Marktplatz hinauf.

»Grüß Gott, Meister Bartel, mit euch haben wir heute noch nicht gerechnet. Der Herr Oberrichter ist schon zu Mittag gegangen, aber ihr könnt ja die Bücher auch oben beim Schreiber abgeben, der ist noch da«, begrüßte sie der Wachhabende in der Amtsstube des Rathauses.

Eilig lieferten sie die Schriften ab und verabschiedeten sich. Vor allem die Soldaten wollten flugs nach Hause, bevor der Wachoffizier sie noch bemerkte und vielleicht noch zu einem Dienst einteilte.

Meister Bartel fuhr in seinen Hof und rief die Knechte.

»Herbert, reib mir die Pferde schön trocken. Im Wagen sind einige Sachen, die ich aus Nürnberg mitgebracht habe. Schafft mir alles in die Werkstatt. Ihr könnt dann später weiter machen mit dem Mittag. Lisa, wo steckt denn Lisa nur?«

Die gerufene Magd erschien auf der Altane.

»Was gibt´ s, Meister?«

»Du brauchst für mich keine Mahlzeit herrichten, ich gehe zum Wirt rüber.«

195

Mit lautem Hallo wurde er ihm Wirtshaus begrüßt.

»Na, willst du auch wieder einmal was arbeiten? Oder lässt du´s dir jetzt so richtig gut geh´n, wenn du Strohwitwer bist?«

Das waren noch die milderen Spötteleien, die die Anwesenden für ihn hatten.

»Ihr mit eurem Geschmarre. Bring mir erst einmal einen Krug Bier und ein paar Bratwürste«, rief er zum Wirt. Hier in der Wirtsstube erfuhr er dann gleich die neusten Nachrichten.

Der Stadtmaurermeister war verunglückt. Beim Besichtigen der Baustelle der Kilianskirche hatte sich, aus einer Schalung für die Rundbögen, ein Balken gelöst und ist ihm auf Kopf und Schulter gefallen. Der herbeigerufene Stadtmedicus hatte ihn zwar gleich versorgt, aber es sah sehr schlimm aus. Immer noch ohne Bewusstsein lag er nun schon den zweiten Tag zu Hause im Bett.

Christoph nahm sich vor, gleich nach dem Essen hinüber zu gehen und die Frau seines Freundes zu fragen, ob er irgendwas helfen könne.

Die restlichen Neuigkeiten bestanden aus dem üblichen Tratsch, den man sich am Wirtshaustisch sonst auch erzählte. Schlimmer als Frauen, dachte der Meister bei sich. Über jeden ziehen sie her. Was reden die bloß über einen, wenn man nicht dabei ist?

Der Alltag in der Werkstatt verlief sehr eintönig. Niemand lenkte ihn ab, niemand rief zum Essen. Die Dienstmagd verrichtete nur das Nötigste, irgendwie war sie nicht bei der Sache. Es fehlte doch wohl die ordnende Hand der Hausfrau.

Nach drei Tagen wusste er dann allerdings warum. Kurz nach Feierabend, er setzte sich zu Tisch und wollte gerade der Magd rufen, dass sie das Abendbrot bringen könne, da erschien sein Geselle Willibald Krauß, der Zweitälteste vom Maurermeister, zusammen mit Lisa.

»Meister, wir haben etwas mit euch zu bereden«, stammelte Lisa leise.

»Herr Meister, wie soll ich sagen?«, druckste nun auch Willibald und setzte dann die Rede energisch fort: »Kurz um, ich und Lisa, wir wollen heiraten.«

So, nun war es raus, erleichtert atmeten beide auf.

Der ahnungslose Meister schaute von einem zum anderen und meinte verdutzt:

»Ja was soll ich dazu sagen? Was meinen eure Eltern denn? Und was soll ich meiner Frau erzählen?«

»Herr, gebt uns eure Einwilligung, mit meinen Eltern rede ich selbst noch«, bettelte Lisa.

»Das muss ich erst einmal mit meiner Frau besprechen. Wie ihr wisst, kommt die Meisterin erst in ein oder zwei Monaten wieder heim.«

»Aber Herr Meister, ich meine Herr, ihr seid doch ein Mann von Welt. Und - wie soll ich´s sagen, Herr, es gibt doch Dinge, die dulden keinen Aufschub.«

Der junge Krauß war offensichtlich sehr nervös. Meister Bartel schaute ihn und Lisa abwechselnd an und begriff nichts.

»Wie soll ich jetzt das verstehen?«

»Na ja, Herr Meister, ich bin halt schwanger! Ganz einfach«, warf Lisa ungeduldig dazwischen.

Christoph war im Moment sprachlos. Was soll das jetzt? Hatte seine Frau nicht auf das Gesinde aufgepasst? Ein Kind, bevor man verheiratet war. Welch eine Schande. Das gab es doch nur bei liederlichen Personen. Aber diese beiden? Er schüttelte immer nur den Kopf, er konnte einfach nicht glauben, was er gerade gehört hatte.

»Bitte helft uns, wenn wir jetzt gleich heiraten, merkt es keiner.«

»Und was sag ich deinem Vater? Ach, der kann ja jetzt nicht. Was sagt deine Mutter dazu?«

»Meister Bartel, wir hatten gedacht, dass ihr uns dabei helfen könnt. Bitte sprecht ihr mit meiner Frau Mutter«, bettelte Willibald.

Lisa schaute ihn dabei mit ihrem treuherzigsten Blick an.

Christoph war die ganze Angelegenheit unangenehm. Nun sollte er auch noch Entscheidungen treffen, die eigentlich Sache der Hausfrau waren. Anna Maria wusste in solch heiklen Angelegenheiten bestimmt das Richtige.

»Also gut, und wie habt ihr euch das vorgestellt?«

»Wir wollen so schnell wie möglich heiraten, bevor man etwas sieht. Ich arbeite weiter als Geselle bei euch und Lisa zieht zu mir in die Kammer. Bis eure Frau wieder da ist, kann sie ja weiter noch den Haushalt führen. Später, wenn die Meisterin wieder zurück ist, werde ich mit meinem Vater reden, ob wir nicht in das kleine Haus vorne am Rothenburger Tor ziehen können. Das steht im Moment leer, hier waren bisher einige Tagelöhner untergebracht. Ihr müsst euch dann um eine andere Dienstmagd bemühen.«

»Nun mal langsam Willibald, ich rede erst einmal mit deiner Mutter. Und auch mit deinen Eltern Lisa. Sag ihnen, sie sollen am nächsten Sonntag nach dem Gottesdienst zu mir kommen.«

Damit war das Gespräch für ihn heute beendet. Es war ihm auf den Magen geschlagen. Lisa brauchte nicht mehr aufzutischen. Völlig frustriert beschloss er erst einmal ins Wirtshaus zu gehen, und später wollte er dann noch einen Brief an seine Frau schreiben und ihr die Angelegenheit ausführlich schildern.

Auf dem Weg *Zur Sonne* traf er zufällig die Frau des Stadtmaurermeisters.

»Grüß Gott, Frau Barbara, wie geht´s denn eurem Mann?«

»Oh, grüß Gott, danke der Nachfrage. Gott sei Dank, seit gestern geht's ihm wieder besser. Er ist wieder bei Bewusstsein, aber noch sehr schwach. Nikolaus hat sogar ein wenig von der Suppe gegessen und auch wieder etwas Farbe bekommen. Ich glaube, das wird schon wieder.«

»Das freut mich zu hören. Habt ihr etwas Zeit? Nehmt doch bitte auf der Bank vorm Haus kurz Platz. Ich habe etwas Wichtiges mit euch zu besprechen.«

»Eigentlich, ihr wisst doch, mein Mann ...«

»Es geht um euren Sohn«

»Ja dann, aber nur einen Moment.«

Christoph setzte sich mit Barbara vor das Haus des Stadtmaurermeisters und erzählte ihr, was er heute Abend von den jungen Leuten erfahren hatte.

Barbara Krauß verzog keine Miene.

»Ich hab`s geahnt. In letzter Zeit sind die Beiden immer bei uns herumgeschlichen. Ich habe auch bemerkt, wie sie sich öfters an den Händen gehalten haben. Aber dass sie bereits so weit sind? Na und nun? Jetzt können wir es wahrscheinlich nicht mehr ändern. Vielleicht eine Engelmacherin? - Ach, das will ich dem Mädchen nicht antun. Angebrannt ist angebrannt!

Hört zu Christoph, wir machen es so: Die Hochzeit wird solange verschoben, bis mein Mann wieder auf der Höhe ist. Offiziell geben wir die Verlobung bekannt und alles andere bleibt wie bisher. Ich rede auch mit dem Herrn Dekan, der ist uns noch etwas schuldig.

Lisa soll euch noch so lange den Haushalt führen bis Anna Maria wieder da ist. Am Besten ihr schaut euch gleich nach einem Ersatz um.«

»Gut, so machen wir es, ich schreibe gleich heute noch meiner Frau.«

Erleichtert verabschiedete sich Christoph und ging ins Wirtshaus.

»Wo kommst denn du so spät her?«, riefen ihm die Meister entgegen, als er sich zu ihnen an den Tisch setzte.

Die Gemüter hatten sich schon erhitzt, wie fast jeden Abend in letzter Zeit. Heute debattierten sie über die neuen Beschlüsse des Rates. Dieser wollte die Rechte der Zünfte eindämmen. Am besten gleich abschaffen, wie der Oberrichter meinte. Auch der Kaiser wollte wieder einmal das Zunftwesen beseitigen.

Ein Brief von Anna Maria, in dem sie ihm mitteilte, dass seine Entscheidungen klug und richtig waren und dass sie in den nächsten Wochen heimkommen würde, versetzte Christoph wieder neuen Schwung. Mit viel Elan stürzte er sich in seine Arbeit.

Lediglich der Einzug der neuen Nachbarn, der Seifensieder Hütter aus dem Ostgau, unterbrachen seinen Arbeitsalltag. Endlich war der Exulanten-Familie, die Bartel zusammen mit seiner Frau in Langenzenn kennengelernt hatte, gestattet worden in die Stadt einzuziehen. Ihnen wurde das kleine, leer stehende Seifensiederhaus gegenüber von Bartels zugewiesen. Es war allerdings etwas eng für die Großfamilie. Die Familie bestand aus insgesamt 24 Personen: Herr Hütter mit seiner Frau Anna, seine drei Söhne mit ihren Frauen, zwei davon waren guter Hoffnung und insgesamt 16 Kinder.

Christoph holte noch frisches Heu und Stroh aus seiner Feldhütte hinter der Winterung. Damit half er den Hütters, auf dem Dachboden der Scheune und dem Wirtschaftsgebäude, Schlafplätze für die Kinder herzurichten.

Wie diese Familie hatten noch siebzehn Flüchtlingsfamilien vor der Stadt in leer stehenden Tagelöhnerhütten und in ihren Wagen auf eine Aufnahme in die Stadt gewartet.

Mit fünfzehn der Bewerber konnten sich der Stadtrat und die Zunftmeister schnell einigen. Lediglich die zwei Musikantenfamilien konnten erst, nachdem sie versichert hatten, dass sie einem anständigen Broterwerb nachgehen würden, Aufnahme in der Stadt finden. Ein Mann fing bei Stadtmaurermeister Krauß als Helfer und der Andere beim Apotheker als Pferdeknecht an.

Großzügigerweise wurde ihnen gestattet, an ihren freien Tagen Musik zu machen. Der Kantor hatte bestimmt Verwendung für sie, meinten zwei der Bürgermeister bei der Abstimmung im Rat.

Eines Tages, der Winter stand schon vor der Tür, und es wurde auch schon recht bald dunkel, klopfte es. Zitternd und frierend, das Licht mit der Hand abschirmend gegen den eisigen Wind, stand Marcella, die Tochter des Stuckateurgesellen Salvatore De Pachino, im Hof. Christoph bat sie in die Küche und wies mit der Hand auf einen Stuhl.

»Was hat euch der Albrecht geschrieben?«, stotterte sie verlegen, nachdem sie auf der Stuhlkante Platz genommen hatte.

»Wieso weißt du ...?«

»Der Postbote, ich habe ihn gesehen, mit dem fremdländischen Brief.«

»Naja, dass es ihm gut geht und er lässt dich grüßen. Was?«, erst jetzt fiel Christoph der ungewohnte Gruß seines Sohnes auf, »wieso lässt er dich grüßen?«

»Wir haben uns gern gesehen. Damals, im letzten Winter, in der Werkstatt «, flüsterte sie errötend.

»So, so!«

»Herr Meister, ich liebe Albrecht!«

»Also nun mal sachte, was willst du von ihm, er ist weit weg.«

Ihren ganzen Mut zusammennehmend bekannte sie: »Ich werde auf ihn warten, er kommt bestimmt wieder. Vielleicht könnt ihr mir hin und wieder Bescheid geben, wie´s ihm geht, wenn ihr Post von ihm bekommt.«

»Ist schon recht. Und wenn ich ihm schreibe werde, ich auch Grüße von dir ausrichten, oder?«, grinste sie Christoph verstehend an.

»Danke!«, schnell stand sie auf und hastete davon.

»Einen Moment!«, rief er ihr nach, als sie bereits aus der Küche war, »Hier, ich gebe dir seine Anschrift, dann kannst du ihm auch selber schreiben.« Christoph riss ihr das Eck vom Umschlag ab auf dem der Absender stand.

»Danke Herr«, sie nahm das Stück Papier und huschte wieder zur Tür hinaus.

»Stopp, warte noch einen Augenblick! Du bist doch fertig mit der Schule? Was machst du jetzt eigentlich?«

»Ich helfe meiner Mutter.«

»Hast du schon einmal daran gedacht eine Stellung anzunehmen? Bei uns wird bald eine frei. Überleg es dir. Red´ mit deinen Eltern, ich würde dich gerne nehmen.«

Nach einigem herumstottern, sie wisse noch nicht was sie wolle, verabschiedete sich Marcella und rannte davon.

Immer diese Liebesprobleme, noch dazu, wenn seine Frau nicht da war. Dieser Weiberkram! Sollen sich doch die Mütter darum kümmern.

Unzufrieden und brummend stieg der Meister in seine Werkstatt hinunter.

Ende November spannte Christoph die Pferde an und holte seine Frau nach Hause.

Am Vorabend des ersten Advent saßen die Bartels zusammen und überlegten, wie es weitergehen sollte. Vor fünf Tagen war Anna Maria wieder mit ihrem Mann nach Hause gekommen und seither war einiges geschehen.

Meister Krauß, dem es zwischenzeitlich schon besser gegangen war, erlitt einen Rückschlag und wurde nun mit einem Rollstuhl zu den Baustellen gefahren. Nach seinen Skizzen hatte der Schreiner einen festen und schweren Eichenstuhl mit hölzernen Schubkarrenrädern versehen. Nun musste immer einer der Lehrlinge dem Meister zur Verfügung stehen. Auch Michael wurde dadurch mehr gefordert. Sein Vater weihte ihn in die Geschäftsführung und Planung von Baumaßnahmen ein.

Marcella hatte als neue Dienstmagd bei Bartels angefangen. Bei Lisa sah man bereits ein kleines Bäuchlein.

Anna Maria stürzte sich in die Arbeit, das viele Rumsitzen in Nürnberg hatte ihr nicht gefallen.

Besonders um die neuen Nachbarn, dem Seifensieder Christoph Hieronymus Hütter, seiner Frau Anna Magdalena sowie den Kindern kümmerte sich die Meisterin. Die Kinder der Hütters waren zwischen zwei und fünfzehn Jahre alt. Da gab es viel zu tun. Viele Kleinigkeiten für den Hausstand fehlten noch. Das wenige, was sie auf dem Wagen mitnehmen konnten, war dazu noch in einem erbärmlichen Zustand. Anna Maria kramte auf dem Boden und in den Kammern in den Kleider- und Wäschetruhen herum und suchte alles Brauchbare an Kleidung für die Kinder heraus.

Christoph musste aufpassen, dass seine Frau nicht alles was nicht niet- und nagelfest war, zu den Flüchtlingen rüber trug.

Gott sei Lob, er konnte sich ja so einiges leisten. Aber zu viel brauchte man fremden Leuten auch nicht in den Rachen schmeißen, meinte er.

Seine Frau war in ihrem Element. Sie organisierte auch einiges für die anderen Flüchtlingsfamilien, die neu nach Windsheim gekommen waren. Bei ihren Freundinnen und bei den wohlhabenden Bürgern und Meistern startete sie regelrecht Hilfsprojekte zur Unterstützung. Vorübergehend, bis die Familien hier richtig Fuß gefasst haben, behauptete sie stets.

Diese Arbeit holte sie etwas aus ihrer Depression heraus. Dazu trugen auch die regelmäßigen Briefe ihrer Tochter aus Nürnberg und die Briefe ihres Sohnes, die ab und zu aus Amerika kamen, bei.

Ein Neubeginn

Sehr kalt und trocken endete das Jahr 1732. Bereits kurz nach der Jahreswende fing es aber rasch an zu tauen. Dann, Mitte Februar, war es bereits unangenehm warm, viel zu warm für diese Jahreszeit. Die Gefahr aus den Sümpfen meldete sich zurück. Tausende von Stechmücken schwirrten über den Tümpeln und Mooren vor der Stadt. Ein bestialischer Gestank nach Moder und Tod kroch in alle Winkel der Stadt.

Der Stadtrat verbot erneut das Ausschütten von Wasser und Fäkalien auf die Gassen. Schon vor einigen Jahren, als die Pest gewütet hatte, sprach der Rat dieses Verbot aus, aber es hielt sich nicht jeder daran. Viele Leute leerten ihr Nachtgeschirr einfach zum Fenster hinaus auf die Gasse. War doch einfacher. Nun stellte der Stadtrat das Ausleeren unter Strafe. Einen halben Gulden oder ersatzweise drei Tage Gefängnis, wenn man beim ersten Mal erwischt wurde. Der Nachtwächter und die Stadtwachen wurden angewiesen, hier sofort einzuschreiten.

Johann Michael Krauß, der nun viele Aufgaben in der Werkstatt seines Vaters übernommen hatte, ließ im Auftrag der Stadt die Weiher, Tümpel und Sümpfe vor der Stadt mit Kalk bestreuen. Der frische Kalk sollte die Brut der Stechmücken abtöten, wie der Stadtmediziner meinte.

Gleichzeitig wurden auf Geheiß des Rates alle Häuser mit Weihrauch ausgeräuchert. Jedermann wurde angewiesen seine Innenräume, wenn es nicht sowieso schon geschehen war, frisch auszukalken. Für die armen Leute und Tagelöhner, die in armseligen Hütten vor der Stadt hausten, wurde vom Stadtrat kostenlos Kalkschlämme ausgegeben.

Nun mischte sich zu dem Gestank von Moder und Tod auch noch der Geruch nach frischem Kalk und Weihrauch.

Auf den Gassen liefen die Menschen nur noch mit Tüchern vor der Nase, die mit wohlriechenden Essenzen oder Kräutern beträufelt waren, herum.

Einige reiche Bürger flohen nach Ansbach und verbrachten die Zeit bei Freunden oder Verwandten in der Markgrafenstadt. Auch Christoph überlegte, ob er mit seiner Frau nicht vielleicht nach Nürnberg flüchten sollte. Adam Delsenbach könnte ihm bestimmt eine Unterkunft besorgen. Aber nach reiflicher Überlegung beschloss er, doch da zu bleiben. Die viele Arbeit in der Werkstatt duldete keinen Aufschub. So hoffte man, diesmal verschont zu werden.

Alle Maßnahmen halfen leider nicht viel. Die trotzdem aufkommende Epidemie forderte 21 Tote und Hunderte von Kranken, die sich mit dem Fieber herumplagen mussten. Erst die trocknende Sonne Ende März beendete diese Plage.

»Hier muss endlich was geschehen! Legt die Sümpfe trocken!«, forderten Sprechchöre vor der Ratssitzung auf dem Marktplatz.

Der Rat beschloss, in einer allgemeinen Fron im Sommer nach der Getreideernte, aus den Sümpfen Wiesen und Äcker anzulegen.

Es wurde immer schwieriger für den Stadtmaurermeister auf seine Baustellen zu gelangen. Häufig musste er das Bett hüten und konnte sich nicht um seine Werkstatt kümmern. Nach dem Unfall des Stadtbaumeisters hatte zwar Michael viel in der Werkstatt übernommen, aber nun musste die Zunftversammlung noch beschließen, wie hier weiter zu verfahren sei. Laut Zunftordnung durfte nur ein Meister das Geschäft führen. Und Meister wurde nur einer, der seine vorgeschriebenen Gesellenjahre und die Wanderschaft abgedient, sowie sein Meisterstück angefertigt hatte.

Bei Michael waren zwar die fünf Gesellenjahre fast erfüllt, aber der Rest fehlte noch. Einige der Meister forderten, dass die Zunftordnung strikt eingehalten werden sollte. Andere, zu denen gehörte auch Meister Bartel, meinten, dass die Werkstatt Krauß dadurch in sehr große Not käme. Und das gerade jetzt, da noch soviel dringende Arbeit anstand.

Schließlich nahm man den Vorschlag des Obermeisters an. Man beschloss, neben Meister Krauß nun auch den Maurermeister Braunstein aus Ansbach, der zurzeit schon an dem Neubau der Kilianskirche beteiligt war, kommissarisch mit der Leitung der Firma Kraus zu beauftragen, um zusammen mit dem jungen Kraus die Arbeiten auszuführen. Sollte der Junge sich geschickt anstellen, so wollte man auf die Forderung der Wanderschaft verzichten und ein geeignetes Gebäude, an dem er mitgearbeitet hatte, als sein Meisterwerk anerkennen. Die Freisprechung sollte dann in zwei Jahren vollzogen werden.

Die beiden Meister waren damit einverstanden. Gemeinsam wollten sie nun die noch ausstehenden Arbeiten, insbesondere an der neuen Kirche St. Kilian, ausführen.

Eines Tages, es war ein warmer Apriltag kurz vor Mittag, Christoph saß auf der Bank zwischen Ladeneingang und Hoftor in der Sonne und nähte an einer Tasche, kam der Postreiter und überbrachte einen Brief von Albrecht aus Amerika.

»Ihr bringt eine freudige Nachricht, wie ich hoffe. Kommt herein und esst mit uns zu Mittag.«

Der Reiter ließ sich das nicht zweimal sagen. Das kam nicht oft vor, dass er eingeladen wurde. Meist musste er ins Wirtshaus gehen.

»Anna Maria, wir haben einen Gast«, rief der Meister nach hinten in den Hof zu seiner Frau, die dort gerade Abfälle auf den Misthaufen schüttete.

»Setzt euch einstweilen hier auf die Bank, das Essen dauert noch einen Moment.« Damit deutete Christoph neben sich und nutzte die Gelegenheit, sich die neuesten Nachrichten erzählen zu lassen.

Überall brach die Macht des Kaisers auseinander. Das Heilige Römische Reich Deutscher Nationen begann sich aufzulösen. Die einzelnen Könige, Fürsten und selbst kleine Reichsritter herrschten absolut in ihren Staaten. Sie wollten sich vom Kaiser nicht mehr reinreden lassen, sondern selbst bestimmen, was in ihren Ländern und Herrschaftsbereichen geschehen sollte. Für Alles wurden Zölle und Steuern erhoben. Schwer drückten die Lasten auf die kleinen Leute.

In Sachsen war der Kurfürst August I., der auch gleichzeitig König von Polen und Großherzog von Litauen war, gestorben und um die Erbfolge würde es nun wahrscheinlich Krieg mit Kaiser Karl VI. geben.

Der Kaiser forderte wieder einmal den *Römermonat* ein, jeweils fünf Monate von den Städten und drei von den anderen Ständen. Damit bezeichnete man eine Lehnsschuld, die alle Reichsritter und Reichsstädte zu leisten hatten. Der Name leitete sich von einer Sitte aus den Anfängen der Kaiserzeit ab, als der Kaiser zur Bestätigung seiner Wahl und zur Krönung nach Rom zum Papst ziehen musste. Hierbei sollten ihn Abordnungen aller Stände begleiten.

Es wurde genau festgelegt, wie viele Soldaten und Geld jeder zu stellen hatte. Ein Römermonat dauerte gewöhnlich 6 Wochen. Später legte man auf einem Reichstag hierfür eine bestimmte Summe fest, mit der sich die Städte oder die Ritter freikaufen konnten.

Für die Reichsstadt Windsheim war das zurzeit eine Summe von 168 Gulden pro *Römermonat*. Also insgesamt 840 Gulden sollten die Windsheimer berappen.

Vielerorts regte sich Widerstand. Einige Gelehrte und Freidenker forderten Bildungs- und Redefreiheit für jeden Menschen, wie zum Beispiel die Philosophen Gottfried Wilhelm Leibniz und Christian Freiherr von Wolf. Der Jesuit Nicasius Gramuatici forderte von der Kirche, aufgrund der Newton´schen Erkenntnisse, endlich das Weltbild des Kopernikus anzuerkennen.

Ausführlich schilderte der Postler dem Meister Bartel die Ereignisse aus aller Welt. Endlich wieder einmal jemand der ihm interessiert zuhörte.

Wissbegierig hakte Christoph nach: »Was bedeutete das Weltbild des Kopernikus?«

»Ganz einfach. Der Mathematiker Kopernikus hat bewiesen, dass sich die Erde, wie auch alle anderen Planeten, um die Sonne drehen, und nicht wie die Kirche behauptet es drehe sich alles um die Erde. Jedenfalls so ähnlich, glaube ich«, erklärte der Postreiter.

»Ist das nicht egal? Mir jedenfalls«, brummte Christoph.

»Ja, für uns kleinen und einfachen Leute spielt es keine Rolle, was sich worum dreht, aber für die Gelehrten und die Pfaffen ist es von großer Bedeutung«, schloss der weit gereiste Mann das Thema ab.

Hier in den Reichsstädten konnte man so etwas noch laut sagen, aber an den absolutistischen Fürstenhöfen fiel man damit schnell in Ungnade.

Bei immer mehr Menschen, zumindest in der gebildeten Oberschicht, nahm das Gedankengut der Aufklärung, wie man die Zeit nun auch offen nannte, Raum ein. In einem Traktat, das der Postler ihm zeigte, stand:

»Aufklärung ist der Ausgang des Menschen aus seiner selbst verschuldeten Unmündigkeit. Unmündigkeit ist das Unvermögen, sich seines Verstandes ohne Leitung eines anderen zu bedienen. Selbst verschuldet ist diese Unmündigkeit, wenn die Ursache derselben nicht am Mangel des Verstandes, sondern der Entschließung und des Mutes liegt, sich seiner ohne Leitung eines anderen zu bedienen. Habe Mut, dich deines eigenen Verstandes zu bedienen! An die Stelle der Religion muss die Überzeugung treten.«

Mit solchen Aussagen konnten sich die Obrigkeit und auch die Kirchen nicht anfreunden. Zusammenkünfte und Diskussionsrunden in den Universitäten und Hinterzimmern der Wirtshäuser wurden immer wieder mit Polizeieinsatz auseinandergetrieben.

»Ich glaube, das muss ich mir noch einmal vom Schulmeister erklären lassen«, meinte Christoph lachend und schwenkte den Zettel.

»Kommt rein, das Essen ist fertig. Und Schluss jetzt mit der Politik!«

Damit tischte die Hausfrau eine Leberknödelsuppe und anschließend Schweinsknöchle mit Kraut auf.

Das ist einer der reichen Meister, der kann sich auch Fleisch unter der Woche leisten, dachte der Postreiter bei sich und ließ sich das Essen schmecken.

Was er nicht wusste, war, dass er mit dem Brief der Hausfrau eine sehr große Freude bereitet hatte und deshalb bereits heute mit dem Sonntagsessen bewirtet wurde.

Als sich der Postreiter bedankt und verabschiedet hatte, setzten sich Bartels in ihre gute Stube und öffneten den Brief. Es war immer ein feierlicher Augenblick, wenn Christoph die Nachrichten aus der anderen Welt vorlas. Nach den ersten beiden Sätzen meinte Anna Maria:

»Sollten wir nicht Marcella dazu holen?«

»Ja, du hast recht. Marcella! Marcella!« rief er in die Küche, »komm her und setz´ dich zu uns an den Tisch.«

Verlegen drückte das Mädchen sich auf den freien Stuhl.

Der Meister fing noch einmal von vorne an.

Albrecht bat in dem Brief seinen Stiefvater und seine Mutter, sie mögen bei Salvatore De Pachino, stellvertretend für ihn, um die Hand von Marcella anhalten. Beide, Anna Maria und Christoph, waren sprachlos, was sollten sie dazu sagen, wie sollten sie darauf reagieren?

»Marcella hast du das gewusst?«, herrschte Christoph das Mädchen an.

Sie druckste herum.

»Nein Herr Meister, wir haben uns ein paarmal geschrieben, und ich habe Albrecht mitgeteilt, dass ich auf ihn warten werde, bis er zurückkommt. Wenn er will. Aber sonst noch nichts.«

Das Mädchen war ja ganz lieb und nett. Sie ist auch im Haushalt fleißig und geschickt. Aber sie ist doch katholisch! Das kann doch nicht gut gehen.

»Christoph, beruhige dich!«, Anna Maria legte ihre Hand auf den Arm ihres Mannes, »rede mit Salvatore. Um Albrechts Willen. Bitte!«

»Also gut, ich rede einmal mit deinem Vater darüber«, meinte Christoph nun schon milder gestimmt, »wir werden eine Lösung finden.«

Für den Meister waren ja grundsätzlich alle Menschen gleich, egal woher sie kamen und welchen Glauben sie hatten. Aber das redet sich natürlich leicht, wenn die Familie nicht selbst davon betroffen wird. Viele seiner Zeitgenossen waren da anderer Ansicht. Alle Menschen gleich? Das geht zu weit!

Aber auch Salvatore war ein Freigeist. Trotzdem bereitete ihm das jetzt Probleme. Seine Tochter wollte einen Franken heiraten. Un tedesco! Und noch dazu einen Evangelischen!

»Einer muss konvertieren. Dein Sohn muss werden katholisch. Die Padre verheiratet keine Paar mit die verschiedene Glauben.«

Salvatore überlegte kurz.

»Allora, ich noch einmal rede mit mia Tochter. Aber sie bettelt schon jedes Mal immer. Mama mia!«

»Ja wie lange geht das denn schon so?«, wollte Christoph wissen.

»Vor drei Wochen ist sich schon einmal kommen Brief, und seit dem liegt sie mir damit in die Ohr. Sie liebt nur Albrecht und will niente anderen.«

»Grundsätzlich sind meine Frau und ich ja einverstanden. Wir sind offen für alles. Sollen doch die Kinder selbst entscheiden.«

»Aber die Glauben ...«

»Ich weiß, ich weiß, Salvatore. Für einige mag dies ein großes Problem darstellen, aber nicht für uns«, unterbrach ihn Christoph.

»Da muss ich reden mit meine Frau.«

»Albrecht hat ja noch zwei Jahre zu dienen, da kann noch so viel geschehen. Ich werde ihm einmal schreiben und die Sache noch einmal genau erläutern.«

Damit beendete Christoph das Gespräch und verabschiedete sich von dem Italiener.

Immer offener redeten sie bei ihrem sonntäglichen Stammtisch in der Sonne von den gleichen Rechten für alle, den Freiheiten und den falschen Pfaffen. Besonders Christoph war ein Verfechter der Aufklärungsgedanken der Professoren Gottsched und Leibniz geworden. In Paris veröffentlichte der ehemalige Jesuit und Dichter Voltaire ein satirisches Stück mit dem Titel *»La pucelle d´Orléans«*, zu Deutsch: *»Die Jungfrau von Orleans«* welches sich gegen die Unterdrückung des Volkes durch die Fürsten und gegen den herrschenden Wunderglauben und Heiligenkult richtete.

Es gärte an allen Ecken und Enden. Je mehr die großen Herren das Volk unterdrückten, desto mehr begehrte dieses auf.

Sein Freund Strampfer, einer der Bürgermeister aus dem Äußeren Rat, ermahnte ihn eindringlich, sich zurückzuhalten. Der Oberrichter Merklein hatte ihn schon als Aufwiegler in Verdacht.

»Das ist doch ein Schmarrn. Merklein kennt mich doch. Ich bin kein Aufwiegler.«

»Ich sage dir, deine offenen Reden von den Freiheiten können dir noch zu einem Problem werden. Gib acht und behalte deine Meinung für dich«, damit legte Strampfer seinem Freund die Hand auf die Schulter, »Ich mein es ja nur gut mit dir. Wäre doch schade, wegen so ein paar Äußerungen Gefängnis oder gar Stadtausweisung zu riskieren.«

Obwohl der Boten- und Postdienst immer noch sehr teuer war, konnte ihn sich Christoph leisten. Die Auftragsbücher waren noch nie so prall gefüllt. Er schrieb sich regelmäßig mit seinem Freund Adam in Nürnberg. Auch an seine Eltern hatte er einen Brief geschrieben und von seinem ältesten Bruder Antwort erhalten. Vater und Mutter waren beide schon vor einiger Zeit gestorben. Sein Bruder freute sich, dass er es so gut getroffen hatte, und wünschte ihm alles Gute für die Zukunft. Die Eltern hätten sich bestimmt gefreut, wenn sie das noch zu Lebzeiten erfahren hätten. Dieser Vorwurf nagte noch lange an Christoph.

Er bedankte sich bei seinem Bruder und wünschte ihm auch alles Gute. Aber sonst hatte er nicht das Bedürfnis mit ihm weiterhin in Kontakt zu bleiben.

Dann traf wieder einmal Post von Albrecht ein. Er war Unteroffizier geworden. Sergeant im Dienst seiner Majestät, dem König von England, hieß das dort.

Er hatte sich ausgezeichnet durch besondere Tapferkeit im Kampf gegen die Franzosen und Indianer. Das seien die Ureinwohner in Amerika, wie er ihnen erklärte.

Viele der Soldaten holten jetzt ihre Frauen nach Amerika. Auch Verlobte konnten kommen. Ein Schiffskontor vermittelte Passagen zu den neuen Kolonien. Wenn er sich zwei weitere Jahre verpflichtete zu dienen, würde die Hälfte der Überfahrt vom König bezahlt werden.

»Bitte schickt mir Marcella«, bat er seine Eltern, »zahlt die Passage und eventuell noch ein kleines Handgeld für Marcella. Dafür verzichte ich auf mein Erbe.«

Beide Familien, die De Pachinos und die Bartels, beratschlagten sich miteinander. Vor allem die Mütter meldeten ihre Bedenken dagegen an. So eine große Reise. Ein 16-jähriges Mädchen - alleine. Wie soll das gehen. Nein niemals!

Meister Bartel und De Pachino aber waren sich einig. Wenn die Kinder das wollten, so wird sich eine Lösung finden. Christoph schrieb an seinen Freund Adam nach Nürnberg. Vielleicht wusste er jemanden der auch nach Amerika wollte.

Einige Tage später meldete sich ein älterer Mann bei Schneidermeister Bartel.

»Herr Meister Bartel, ich bin Max Bruckner, ein Halbbruder von Franz Daniel Pastorius. Wie ihr wisst, ist der vor nun fast fünfzig Jahren nach Amerika ausgewandert.

Ich bin ein altgedienter Soldat und habe hier keine Familie mehr, und ich möchte gerne nach Germantown zur Familie meines Bruders. Er war über zwanzig Jahre älter als ich und ist leider schon vor dreizehn Jahren gestorben. Aber ich möchte trotzdem meine letzten Verwandten gerne kennenlernen.

Ich habe von eurem Problem gehört und würde mich gerne als Reisebegleitung anbieten.«

»Oh, das ist ja sehr hilfsbereit. Aber ich kenne euch nicht und darum bitte ich, gebt mir ein paar Tage Zeit, damit ich Auskünfte über euch einholen kann.«

»Ihr werdet über mich nichts herausbekommen. Ich lebe seit einigen Jahren vor der Stadt alleine von meiner bescheidenen Soldatenpension und gelegentlichen Arbeiten. Auch habe ich nur ein wenig Erspartes. Daher müsstet ihr mir auch einen kleinen Zuschuss für die Fahrt geben.«

Über so viel Offenheit war der Meister erstaunt.

»Ich werde das einmal mit meiner Frau und der Familie De Pachino besprechen.« Damit verabschiedete der Meister Bartel den Fremden.

N ach einigen Wochen war es dann endlich soweit. Mit dem Maximilian Bruckner waren sie sich einig geworden. Beim Schiffskontor in Bremen wurden die Fahrkarten bestellt. Lieferung und Abrechnung erfolgte über den Goldhändler Großmann, der sich hierbei als sehr großzügig erwies.

Christoph zahlte für beide Reisenden die Karten. Für den Soldaten würde ein kleines Startdarlehen in Germantown hinterlegt sein, das dieser allerdings nur erhielt, wenn Marcella wohlbehalten bei Albrecht angekommen war.

Auch für die jungen Leute war ein stattliches Startkapital hinterlegt worden, welches am Tage der Hochzeit ausbezahlt werden sollte.

Der Meister und auch De Pachino hatten hier zusammengelegt und es war eine stolze Summe von fast siebenhundert Gulden zusammengekommen. Damit konnten die Kinder sich eine Existenz in der neuen Welt aufbauen.

Für Christoph war es allerdings immer noch ein Rätsel, wie die Geldgeschäfte funktionieren sollten. Samuel Großmann beruhigte ihn, alles gehe korrekt zu. Über weltweite Verbindungen konnten die jüdischen

Geldhändler oder Bankiers bargeldlos zahlen. Ein über tausend Jahre gewachsenes Netz an Verbindungen wurde dafür genutzt.

In etwa drei Wochen sollten sie am ersten Ziel, der Hafenstadt am Nordmeer, sein.

Nach zwei Wochen Aufenthalt in der Freien Hansestadt Bremen, hier hatte Herr Großmann schon für eine Unterkunft gesorgt, sollte dann die Einschiffung erfolgen und nach weiteren 6 - 8 Wochen war die Ankunft in New York geplant.

Dort hatte der Goldschmied aus Windsheim für Unterkunft und Weiterfahrt nach Baltimore, einer erst vor vier Jahren von einem Baron Baltimore gegründeten Stadt in der Kolonie Maryland, gesorgt.

In der Nähe dieser Stadt lag Ford Stanfield, der Militärstützpunkt, in dem Albrecht stationiert war.

Christoph staunte immer wieder über die Verbindungen, die der Goldschmied in alle Welt hatte. Er hoffte nur, dass dies alles so auch funktionieren würde, wie versprochen.

Mit Hochdruck ging es an die Fertigstellung der Kilianskirche. Es war schon ein großes Bauwerk, das sich hier die Windsheimer Gemeinde bauen ließ. Fast 1000 Menschen konnten später einmal hier den Gottesdienst feiern. Viel zu wenig, wie der Dekan meinte, aber eine größere Kirche konnten sich die Windsheimer im Moment nicht leisten. Groß genug, wie viele der Bürger und Meister meinten. Aber so gab es halt, wie für alles, immer mindestens zwei verschiedene Sichtweisen.

Auf die beiden Türme musste, aus finanziellen Überlegungen heraus, vorerst verzichtet werden.

Da aber der Südturm zum Teil noch erhalten und er mit dem Rathaus zusammengebaut war, beschloss der Rat der Stadt, die Kirchengemeinde zu unterstützen und die Finanzierung des einen Turmes zu übernehmen.

Die Gemeinde sollte dafür den Glöckner stellen und auch den Stundenschlag übernehmen.

Christoph sollte zusammen mit den übrigen Offizieren der Windsheimer Fähnlein im Auftrag der Stadt nach Nürnberg reisen. Die Quartier- und Zeugmeister des Fränkischen Kreises, einer Truppenverbindung, zu der auch die fränkischen Reichsstädte und die freien Reichsritter gehörten, trafen sich, um wieder einmal eine gemeinsame Armee aufzustellen. Hierzu sollten eine einheitliche Struktur und gleiche Uniformen für die verschiedenen Truppenteile gehören.

Auch den Windsheimern wurde nahegelegt, ihre Truppenstärke auszubauen, um ihren Verpflichtungen nachzukommen.

Fähnrich Bartel, wie er auf dieser Reise hieß, nahm seine Frau mit. So konnte Anna Maria ihre Tochter besuchen.

Leider kam es nicht so schnell zu einer Einigung und immer wieder saß man im großen Ratssaal von Nürnberg zusammen und beratschlagte, ob die Soldaten nun rote Westen und grüne Hosen tragen sollten, oder vielleicht umgekehrt. Bartel war dies alles zuwider. Hatte man denn keine anderen Sorgen als sich über Kleiderfarben zu streiten?

Nach mehr als vier Wochen löste man dann die Versammlung auf, und jeder konnte für seinen Truppenteil nun selbst entscheiden, welche Uniform die Soldaten zu tragen hatten. Lediglich den dreigezackten rot-weißen Wimpel sollten die Truppen als fränkisches Zeichen an ihrer Standarte befestigen.

Anna Maria hatte sich gefreut, durch die lange Verhandlungsdauer konnte sie sich so ausgiebig ihrer Tochter widmen.

Den Windsheimern stand eine schwere Zeit bevor. War nach kleineren Einquartierungen in den letzten Jahren doch beschlossen worden, dass für den kommenden Winter die gesamte fränkische Artillerie mit über 4000 Mann ihr Winterquartier in und um Windsheim nehmen sollte. Die Musterung der Truppen war dann für das Frühjahr geplant.

Hierfür mussten Vorbereitungen getroffen werden. Gemeinsam mit den Hauptleuten und den Fähnrichen, auch Meister Bartel mit seinem Kollegen Feuchtwanger, beide als Reservefähnriche und dem Stadtmajor Oberrichter Merklein, beschloss der Stadtrat einige notwendige Maßnahmen:

- *Die beiden Fähnriche des roten und blauen Haufens werden zu Hauptleuten ernannt.*
- *Die Truppe soll auf über 80 Mann je Fahne erweitert werden.*
- *Das vor dem dicken Turm gelegene Krautfeld und der Schießwasen werden zum Aufstellen des Feldlagers hergerichtet.*
- *Zwischen der ersten und der zweiten Stadtmauer im Wallgraben, der mittlerweile trocken gelegt worden ist, kann die Marketenderei eingerichtet werden.*

- *Die Stadtwachen werden verdoppelt. Außerdem erhalten die Wachen den Befehl, keine betrunkenen Soldaten in die Stadt zu lassen.*
- *Die Wirte dürfen den Soldaten nicht zu viel ausschenken.*
- *Betrunkene Soldaten werden sofort der Stadtwache übergeben.*
- *Nach dem Schließen der Tore zu Beginn der Dunkelheit dürfen sich keine Soldaten mehr in der Stadt aufhalten.*

Allerdings gab es in diesem Fall später natürlich einige Ausnahmen. Den höheren Offizieren wurde ja ihr Quartier in den leer stehenden Häusern zugewiesen und diese hatten auch einige Bedienstete und Burschen bei sich. Als die Truppen dann da waren, konnte keiner mehr so richtig kontrollieren, wer in die Stadt hinein durfte und wer nicht.

Nach der Ernte im Herbst wurde mit den Vorbereitungen begonnen, und bis zum Winter sollten die Truppen kommen.

Im Laufe des Jahres 1733 waren, mit Ausnahme des Nordturmes von St. Kilian, alle Brandschäden beseitigt. Immer noch gab es Streit und Ärger über die gerechte Verteilung der Spendengelder. Gerade auch, als im Sommer Teile der Stadtmauer ausgebessert wurden, kam immer wieder das Gerücht auf, die Stadt habe sich große Anteile der Spendengelder, die zum Wiederaufbau der Brandschäden vorgesehen waren, unter den Nagel gerissen.

In seinen nun über sieben Jahren, die er schon in der Stadt wohnte, hatte Christoph sich großes Ansehen verschafft.

Auch die Ausstattung der Wachen und der Bürgermiliz, die in den letzten Jahren immer wieder geändert
und erweitert worden war, ließen die Einnahmen für
die kleine Werkstatt sprudeln. Bartel konnte so manchen Gulden auf die hohe Kante legen.

Feierlich wurde der Schneidermeister und Fähnrich
Andreas Christoph Bartel als Ratsherr in den Äußeren
Rat gewählt.

In der Freien Reichsstadt Windsheim gab es, wie in
vielen anderen Reichsstädten auch, einen Inneren und
einen Äußeren Rat. Der Oberrichter, der auch als Alter
Bürgermeister bezeichnet wurde, war zugleich oberst-
ter Zivilrichter und Stadtmajor. Zum Inneren Rat gehörten neben dem Oberrichter noch vier sogenannte
Alte Bürgermeister und acht Ratsherren. Der Äußere
Rat bestand aus vier Jungen Bürgermeistern und ebenfalls acht Ratsherren, davon war einer der Blutrichter.
Zusammen ergab das ein 25-köpfiges Stadtregiment,
von dem alle öffentliche Gewalt ausging. Gewählt
wurden die Mitglieder zu den einzelnen Räten jeweils
vom Inneren Rat. In letzter Zeit nahmen die Bürger
mit einem akademischen Grad in beiden Gremien immer mehr zu.

Seit einigen Jahrzehnten hatten die Windsheimer
sich das Recht vom Kaiser ertrotzt, den Oberrichter,
der vorher immer ein vom Kaiser bestimmter Adeliger
war, selbst vorzuschlagen. Der Vorschlag brauchte allerdings immer noch die kaiserliche Zustimmung.

Im Haus und in der Werkstatt der Bartels stand es
gut. Anna Maria stürzte sich nach dem Verlust ihres
Jüngsten und der Abwesenheit ihrer anderen Kinder

in soziale Aufgaben. Sie betreute viele der Flüchtlingsfamilien. Es bedurfte großer Überredungskunst,
den Herrn Dekan zu überzeugen, dass die Exulanten
immer noch eigene Gottesdienste in der Seekapelle
abhalten durften. Der Hilfspfarrer Huber, er stamm-
te selbst aus dem bayerischen und war erst vor zehn
Jahren ins fränkische gekommen, sollte die kleine Gemeinde betreuen.

Nachdem Marcella bei Albrecht in Baltimore angekommen war, hatten die Beiden geheiratet. Im letzten
Brief hatten sie ein kleines Pastellbild von sich in Uniform und Hochzeitskleid beigelegt. Allerdings sahen
die beiden sich überhaupt nicht ähnlich. Blieb nur zu
Hoffen, dass der Maler wenigstens die Kleidung richtig getroffen hatte. Beiden ging es sehr gut.

Zu Bartels kam nun die jüngere Schwester von Marcella, Christina, in den Haushalt. Überhaupt hatten
sie sich mit der italienischen Familie De Pachino angefreundet. Besonders die beiden Frauen waren oft
zusammen und erzählten sich immer wieder die Geschichten aus den letzten Briefen ihrer Kinder.

Leider gab es nun hin und wieder einmal einige itali-
enische Speisen. Für Christoph, der die kräftige fränkische Küche bevorzugte, war das kein richtiges Essen.

Na ja, notfalls konnte er sich im Wirtshaus immer
noch etwas Anständiges bestellen.

Nach dem Erntedankgottesdienst saßen die
Meister wieder einmal beim Stammtisch zusammen.

Christoph hatte neue Traktate von seinem Freund Delsenbach zugesandt bekommen.

Besonders die Schriften von Gottschalk, Wolff und Leibnitz hatten es dem Schneider angetan:

Jeder Mensch war vor Gott und den Menschen gleich. Frei geboren. Keiner sollte seinen Mitmenschen unterdrücken. Keine Leibeigenschaft. Die Kirche sollte aufhören, den Leuten ein schlechtes Gewissen einzureden. Die Obrigkeit ist nicht unfehlbar und allmächtig.

»Meister Bartel, gerade ihr als angesehener Bürger, Ratsherr, Siebener und Fähnrich der Bürgermiliz solltet euch mit solchen Reden zurückhalten«, warnte ihn sein Freund Strampfer abermals, »der Stadtrat hört so etwas nicht gern. Oberrichter Merklein hat mich erst kürzlich erneut und eindringlich zu euch befragt.«

»Ist schon gut, ich weiß. Aber trotzdem, es ist Unrecht andere Menschen zu unterdrücken und auszubeuten. Und gerade die Herren Bürgermeister und auch der Oberrichter zahlen Hungerlöhne an die Tagelöhner. Die hausen meist mit großen Familien in einfachen Hütten vor der Stadtmauer und haben keinerlei Rechte. Auch die ganze Kriegstreiberei - was soll dass? Lasst doch den anderen Menschen ihren Glauben und ihr Land. Der Krieg im letzten Jahrhundert hat doch gezeigt, dass man damit nichts erreichen kann. Es geht nur um Macht und Geld, und das für ein paar Fürsten, Könige und Pfaffen. Selbst hier bei uns, in den sogenannten Freien Reichsstädten regiert nur die reiche Oberschicht. Den Kaiser hat es noch nie interessiert, wie es uns geht. Hauptsache er bekommt immer mehr Gold in seine Kasse, damit er wieder Kriege führen kann.«

Christoph hatte sich in Rage geredet. Alle schauten ihn verdutzt an und rückten etwas von ihm ab.

»Bist du von Sinnen! So etwas in der Öffentlichkeit auszusprechen! - Ich habe es ja nur gut mit dir gemeint. Aber so kann ich dir auch nicht mehr helfen.«

Damit sprang Strampfer vom Tisch auf und verließ das Wirtshaus.

Auch einige der anderen Meister verabschiedeten sich eiligst.

»Du kannst doch hier nicht einfach sagen, was du denkst«, lenkte Meister Hirschfeld noch ein.

Aber zu spät. Christoph hatte sich heiß geredet und war nicht mehr zu bremsen. Vielleicht lag es auch an den zwei Maß Bier, die er getrunken hatte.

»Ist es gerecht, wenn Familien wie die De Pachinos immer noch keine Bürger in unserer Stadt sein dürfen nur, weil sie aus dem Welschenland stammen? Das gehört doch auch zum Heiligen Römischen Reich Deutscher Nationen! Ist es gerecht das drei, vier Familien das ganze Geld aus dem Gipsabbau einstecken und die armen Schlucker die dort arbeiten Hungerlöhne verdienen?«

»Sei froh, dass du schon so weit gekommen bist. Was kümmern dich die Anderen.«

»Alle Menschen sind Brüder und jeder ist dein Nächster, steht doch schon in der Bibel. Oder wollt ihr behaupten die Worte unseres Herrn Jesus Christus wären falsch!«

»Aufhören, Schluss jetzt! Prost!«, rief der Bäckermeister in die Runde.

Am nächsten Morgen klopften zwei Männer von der Stadtwache an der Tür.

»Guten Morgen Herr Fähnrich Bartel. Entschuldigung! Wir sollen euch abholen und zum Bürgermeister Korneffer geleiten.«

»Einen Moment, ich ziehe mich schnell um.«

Rasch schlüpfte Christoph in seine Uniform, so fiel es niemanden auf, dass er zum Rat beordert wurde. Dann ging er mit den beiden zum Apotheker, Ratsherrn und Altbürgermeister Sigismund Korneffer. Ein besonnener und weißer Mann, wie allgemein bekannt war.

»Meister Bartel, ich habe euch rufen lassen, weil ich euch eindringlich verwarnen muss. Eure Reden in der Öffentlichkeit geziemen sich nicht für einen Mann in eurer Stellung. Ihr habt es in sehr kurzer Zeit bei uns zu hohem Ansehen gebracht. Ihr habt viel erreicht. Seid euch bewusst, dass ihr, gerade für die jungen Leute, ein Vorbild seid. Setzt das nicht aufs Spiel! Mäßigt eure Reden! Ihr könnt ganz schnell steil wieder abstürzen! Gebt eine großzügige Spende für das Spital, um euren guten Willen und eure Verbundenheit mit der Stadt zu zeigen. Fürs Erste will es dann der Rat bei einer eindringlichen Verwarnung belassen. Solltet ihr damit nicht aufhören, werden wir euch von euren Ehrenämtern entbinden. Wir schrecken auch nicht von einer Ausweisung aus der Stadt zurück!«

Christoph stand stocksteif da, der Schreck war ihm in die Glieder gefahren.

»Wir meinen es gut mit euch. Aber wir können Störenfriede und Aufwiegler hier bei uns nicht dulden!«

Damit reichte Korneffer ihm die Hand und verabschiedete sich.

Sprachlos und still schlich der Meister nach Hause.

Nach einer sehr ernsten und eindringlichen Unterredung mit seiner Frau beschloss er, dass er sich nicht mehr zu solchen Äußerungen hinreißen lassen würde.

»Ich gehe nicht mehr ins Wirtshaus. Wer etwas von mir will, soll in die Werkstatt kommen.«

Die ersten Wochen waren schwer. Aber nach einiger Zeit kamen immer mehr der alte Freunde und setzten sich im Hinterzimmer der Schneider- und Zeugmacherwerkstatt zusammen und diskutierten heimlich die Schriften und Traktate der Aufklärung. Selbstverständlich lieferte der Wirt dazu einige Krüge vom guten fränkischen Bier.

Im November 1733 weihte man feierlich die neue Stadtkirche St. Kilian ein. Die Glocken waren zwar seit einiger Zeit schon oben im Turm eingebaut, aber es fehlte trotzdem noch an allen Ecken und Enden.

Der Windsheimer Schreinermeister Maucher arbeitete mit Hochdruck an der Fertigstellung von Kanzel, Altar und Gestühl. Wird aber Frühjahr werden, meinte er beim Weihefest. Auch die Bemalung und sonstige Ausstattung fehlte teilweise noch.

Leider tat der Herr Dekan das Seine dazu, dass sich die Ausstattung der Kirche immer wieder verzögerte. Einmal passte ihm die Wandfarbe nicht, das nächste Mal waren die Bänke zu hell, dann wieder zu dunkel gestrichen. Ständig nörgelte er an den Leistungen der Handwerker herum. Wären nicht die Baumeister mit ihren beschwichtigenden Reden gewesen, so hätte der Eine oder Andere die Arbeit hingeschmissen. Immerhin hatte man doch bis jetzt fast zwölftausend Gulden verbaut. Es wurde höchste Zeit, dass man fertig wurde.

Das Winterquartier der fränkischen Artillerie verzögerte sich. Ende Januar sollten nun die Truppen kommen. Gott sei Dank, meinten viele Bürger, je später desto besser. So konnten die Adventszeit, das Christfest und der Jahreswechsel noch in Ruhe gefeiert werden.

Anno 1734

Lena in Nürnberg

Die fremden Sprachen, Italienisch und Französisch, welche die Mädchen bei den Schwestern Kaulbacher lernen mussten, fielen Lena am Leichtesten. Sie träumte davon, einmal fremde Länder zu bereisen. Doch wozu sollte sie diese Sprachen überhaupt erlernen? Sie kam doch bestimmt nicht aus Windsheim heraus. Da brauchte man keine Fremdsprachen - höchstens mal Unterfränkisch oder Schwäbisch.

Oder vielleicht doch? Sollte sie in Nürnberg bleiben und eine Stellung in einem vornehmen Haus annehmen? Etwa gar sich einen der reichen jungen Händler angeln? Was würde die Mutter dazu sagen?

In einer Stadt wie Nürnberg war das schon etwas anderes. Die Patrizier hatten zum Einen sehr viele Geschäftsbeziehungen nach Venedig, Genua und anderen italienischen Handelsstädten, zum Anderen war Französisch im Moment die Modesprache für alle vornehmen Leute. Viele ihrer Mitschülerinnen wollten ja in einem größeren Haushalt oder zu einem Handelsherrn in Stellung gehen. Dafür hätten sie nun die besten Voraussetzungen, erklärten ihnen ihre Lehrerinnen.

Allerdings ließen in letzter Zeit die Geschäfte mit Italien kräftig nach. Seit Entdeckung der neuen Welt zogen viele Handelszüge nach Norden und Westen an die Küsten. Die Seehandelszentren Venedig, Genua und Triest verloren immer mehr an Bedeutung. So mussten sich auch die Nürnberger Händler umstellen.

Heute wurden die beiden Mädchen, Lena und Helena, vom Meister Delsenbach nach Schulschluss persönlich bei den Kaulbachs abgeholt.

»Ich muss noch kurz zum Justiziar Knörr vorbeigehen, der wohnt gleich hinter eurer Schule. Ihr könnt so lange im Wagen warten.«

Nach einer knappen Fahrt bogen sie um die Ecke und hielten vor einem sehr schönen, neuen, palastähnlichen Haus. Ganz im neuzeitlichen Barockstil erbaut. Man hatte hier nicht gespart, überall Schmuckwerk an der Fassade.

»Seid willkommen, Meister Delsenbach«, rief ihnen ein etwa 35-jähriger, gut aussehender Mann entgegen, der gerade die breite, in leichtem Bogen geschwungene, große Freitreppe herunter kam.

»Wen habt ihr denn da mitgebracht? Sind das eure Töchter? Meine Verehrung die Damen. Kommt doch herein!«

Als Damen hatte sie noch nie ein vornehmer Herr bezeichnet. Beide erröteten bis hinter beide Ohren.

»Herr Knörr, darf ich vorstellen, meine Tochter Helena und die Tochter meines Freundes, Magdalene Bartel. Sie kommt übrigens, genau wie ihr, aus Windsheim. Und das«, damit wandte er sich an die jungen Damen, »das ist Johann Sebastian Knörr, ein Advokat, für den ich einige Kupferstiche anfertigen soll.«

»Grüß Gott, Herr Knörr«, begrüßten die Mädchen mit einem Knicks den fremden, vornehm gekleideten jungen Mann.

»So, genug der Förmlichkeiten, kommt herein. Die Damen gehen bitte in den kleinen Salon. Ich schicke euch die Hausdame, damit sie euch mit Limonade und Spezereien versorgt. Und ihr, werter Meister, kommt mit mir.«

Damit öffnete er eine Tür und ließ die beiden Mädchen eintreten. Die Herren entfernten sich ins Arbeitszimmer.

Kurze Zeit später servierte ihnen eine Bedienstete Süßigkeiten und Limonade. Beide schauten die Gläser an. Was war das? Ein milchig weißes Getränk?

»Trinkt nur, das ist eine Spezialität aus dem südlichen Italien. Kaltes, prickelndes Wasser mit Zitrone und Zucker vermischt. Sehr gut gegen den Durst.«

»Etwas klebrig, aber ungemein erfrischend«, meinte Helena, nachdem sie an dem Glas genippt hatte.

Sie schauten sich neugierig um. Alle Sitzmöbel waren mit feinen Stoffen überzogen. Auch an den Wänden edelste Seidenstoffe. So etwas Vornehmes hatten die Beiden noch nicht gesehen.

Sie unterhielten sich nur im Flüsterton.

»Der sieht gut aus, hast du das gesehen?«

»Vielleicht ein bisschen zu alt für uns«, warf Helena ein.

»Ach was, Jüngere werden wir eh nicht bekommen. Uns verheiraten die Eltern doch nur zu ihrem Vorteil. Da kannst du bloß hoffen, dass die Kerle nicht schon alte Tattergreise sind.«

»Mm!«, brummte Helena, die offensichtlich keinen Gefallen an dem jungen Rechtsanwalt gefunden hatte, »Mit uns machen sie sowieso, was sie wollen. Hier geht es nur ums Geschäft, ob in finanzieller Hinsicht oder wegen der Beziehungen.«

»Der Knörr ist noch einigermaßen jung und knackig. Und schönes Haar hat er. Ein Körper - hast du den gesehen? So athletisch«, schwärmte Lena träumerisch vor sich hin.

»Aber wie ist es dann mit der Liebe?«, fragte die Freundin.

»Die Liebe kommt vielleicht mit der Zeit, sagt meine Mutter immer. Du kannst froh sein, wenn dein Mann dich einmal respektiert«, ahmte Lena ihre Mutter nach.

»Für was haben wir denn dann auf der Schule selbstständig Denken gelernt?«, echauffierte sich Helena.

»Na, na, die Damen, aufrührerische Reden, in eurem Alter.«

Erschrocken fuhren sie in ihren Sesseln herum und wurden vor Verlegenheit ganz rot im Gesicht. Wie lange hatte Sebastian Knörr schon zugehört?

»Meister Delsenbach bleibt noch zum Abendessen, wir haben noch etwas länger zu tun. Ich kann euch im Wagen mit einem Diener nach Hause bringen lassen, oder ihr bleibt ebenfalls hier, und erweist mir die Ehre, meine Gäste zu sein.«

Beide nickten freudig. Gerne würden sie bleiben, so etwas Aufregendes geschah nicht alle Tage.

»Aber was sagt Mutter, wenn wir nicht rechtzeitig heimkommen?«

»Keine Sorge, mein Knecht wird zu eurem Haus reiten und Bescheid geben.«

Er reichte beiden einen Arm und geleitete sie in den Speiseraum, der in seiner Ausstattung den kleinen Salon noch übertraf. Nur gut, dass sie gerade vor einem Monat die Sitten und Benimmregeln an so einer fast fürstlich anmutenden Tafel gelernt hatten.

Vor dem Servieren wurden sie den beiden ebenfalls anwesenden älteren Herrschaften vorgestellt.

Die herrlichsten Speisen, viele, die sie gar nicht oder nur vom Hörensagen kannten, wurden aufgetragen. Der Hausherr war bestimmt sehr reich, vermutete Lena.

Zu sechst saßen sie um den ovalen Tisch. Außer den drei Delsenbachs, waren noch der junge Knörr und der Patrizier und Kaufmann, Abraham Levi Rosenzweig, ein konvertierter Jude, mit seiner Frau dabei. Beide waren reiche Gönner und Förderer von Sebastian Knörr, den sie wie an Kindes statt angenommen hatten. Frau Rosenzweig, eine geborene Freifrau von Engelsbacher, war eine Base zur Mutter von Knörr. Als der junge Windsheimer nach Nürnberg zum Studieren kam, und später dann in den kaiserlichen Dienst eintrat, hatten ihn die beiden entfernten Verwandten bei sich aufgenommen und lieb gewonnen.

Die beiden alten Leute, wahrscheinlich Ende Sechzig, waren so, wie sich Lena immer Großeltern vorgestellt hatte. Rüstig, fast weißhaarig und sehr gepflegt, immer mit einem Lächeln um die Mundwinkel.

Sie hatte ja ihre eigenen Großeltern nie kennengelernt, oder diese wollten, wie im Fall der Lenkersheimer, nichts von ihr wissen.

Es wurde ein sehr fröhlicher und unterhaltsamer Abend. Besonders Sebastian Knörr verstand es mit allerlei Anekdoten die Tischrunde zu unterhalten. Auch Herr Rosenzweig wusste viele heitere Geschichten von seinen Handelsreisen zu erzählen.

Als sie sich verabschiedeten, war die Nacht schon angebrochen. Knörr gab ihnen noch zwei bewaffnete

Begleiter mit. Sie mussten fest versprechen bald wiederzukommen. Besonders Frau Rosenzweig hatte großen Gefallen an den beiden Mädchen gefunden.

So junge Leute waren schon lange nicht mehr in ihrem Haus zu Gast gewesen.

Die Macht der Zünfte und Bürger war immer mehr im Schwinden begriffen. Gerade hier in Nürnberg nahmen selbst die Pfarrer das Gedankengut der Aufklärung an. Dazu trugen auch die verschiedensten Wissenschaften bei. Es war schon länger eine Tatsache, dass sich die Erde und die anderen Planeten um die Sonne drehten. Dafür wurde man heutzutage nicht mehr auf dem Scheiterhaufen verbrannt. Selbst die katholische Kirche konnte nicht länger die Lehren und Erkenntnisse eines Kepler, Newton, Kopernikus oder Galilei leugnen.

Ein reicher Förderer der Wissenschaften hatte am Stadtrand von Nürnberg ein Teleskop errichten lassen. Mit diesem Fernrohr konnte man den Sternenhimmel betrachten. Die Menschen standen Schlange, um gegen eine geringe Gebühr einmal durchschauen zu dürfen.

Die Nürnberger Zeitung, die seit 1620 wöchentlich herausgegeben wurde, fand durchwegs regen Zuspruch. Konnten hier doch die neuesten Meldungen und Gedanken weiter verbreitet werden. Lena war begeistert, wenn sie abends die Gazette lesen durfte. Nachdem Meister Adam Delsenbach die, von ihm sehr geachteten Schriften gelesen hatte, wurden diese reihum im Familienkreis weitergereicht und anschließend diskutiert. Gerne unterhielt sich der Meister mit seinen Kindern und Lena über die einzelnen Artikel und schulte so das bewusste und selbstständige Denken der jungen Leute.

Besonders die Gedanken der Gleichheit und Brüderlichkeit hatten es Lena angetan.

Genau wie dein Vater, meinte Adam dann immer zu ihr. Helena war von den Berichten über neueste wissenschaftliche Errungenschaften begeistert, und so war es dann auch kein Wunder, dass sie unbedingt einmal zur neuen Sternwarte schauen wollte.

Allerdings beteiligten sich die Buben, und auch Frau Rosina, kaum an der Unterhaltung. Nach einem arbeitsreichen Tag waren sie meistens dazu zu müde.

Hier in der Freien Reichsstadt Nürnberg stand auch schon manchmal ein Bericht über ein politisch brisantes Thema in der Zeitung. Des Öfteren wurde der Stadtrat öffentlich angegriffen, weil man meinte, dass alles nur Vetterleswirtschaft sei, und jeder in die eigene Tasche wirtschaftete.

Die absolut herrschenden Fürsten und Markgrafen der umliegenden Lande griffen da schon strenger durch. Vielerorts wurden die Zeitungen zensiert, oder die Redakteure aufgefordert sich in ihren Äußerungen zurückzuhalten. Manchmal wurden auch die Verfasser bestraft und sogar ausgewiesen.

Vor über einem Jahr hatten bereits einige Gelehrte und Geistliche vor *dem unnützem, eitlem, unzeitigem und daher arbeitsstörendem, mit unersättlicher Begierde getriebenem Zeitunglesen* gewarnt. Der Dekan von Rothenburg bezeichnete diese neue Zeitungssucht sogar als Sünde und hielt sonntags feurige Predigten gegen diesen neumodischen Quatsch. Einige Ärzte warnten vor den Gesundheitsschäden, die von diesem Zeitungsgeschmiere ausgehen könnten.

Das Gezeter der kulturbeflissenen und frömmelnden Kritiker, konnte die weitere Verbreitung der Zeitung jedoch nicht aufhalten. Selbst in kleineren Städten entstanden neue Verlage. In den großen Ballungsräumen, wie Frankfurt und Hamburg, überlegte man sich bereits, ob die Zeitungen nicht täglich erscheinen sollten.

»Warum schreibt niemand etwas für Frauen?«, fragte Helena eines Abends in der allgemeinen Lesestunde des Hauses Delsenbach.

»Ja, genau!«, stimmte ihr ihre Freundin Lena zu.

»Wieso, es steht doch genug in der Zeitung was Frauen auch lesen können.«

Völlig unverständlich schaute der Hausherr in die Runde, seine Frau nickte zustimmend.

»Schon, aber Frauen interessiert nun manchmal auch noch etwas anderes. Nicht nur die Politik aus der Stadt und die aus dem Kaiserreich schon gleich gar nicht.«

»Still Mädchen, das ist Männersache!«, wies Anna Rosina die Beiden zurecht.

Nach der vorherrschenden Meinung waren Frauen zu dumm zum Schreiben. Nur ganz wenige Schriftstellerinnen schafften es, in diese Männerdomäne vorzudringen.

»Nein Frau, lass nur, wir können gerne darüber reden.«

Der Meister wandte sich an seine Jüngste und deren Freundin:

»Was soll denn eurer Meinung nach für Frauen darin stehen?«

»Vielleicht etwas über die neueste Mode.«

»Oder Kuchenrezepte.«

»Wer soll denn so etwas schreiben? Die Redakteure kennen sich damit doch nicht aus«, bemerkte der Hausherr.

»Na, Frauen müssten das machen, wer denn sonst«, riefen beide Mädchen wie aus einem Munde.

Entsetzt schaute sie die Hausfrau an:

»Jetzt macht ihr aber Scherze! Frauen, die schreiben können, gibt es nicht. Wir machen jetzt am besten Schluss für heute, sonst kommt noch mehr Unsinn heraus. Gute Nacht Kinder! Ab ins Bett!«

Energisch beendete Frau Delsenbach den Abend.

Zwei Wochen später gab es viel Aufregung um die neueste Ausgabe der Nürnberger Zeitung. Stand doch auf der letzten Seite ein Bericht und eine Anleitung über die Schnürbrust, die jetzt auch bei den Damen der besseren städtischen Gesellschaft üblich war. Über das richtige Schnüren, damit die Brüste nicht zu eingeengt würden, sodass den Trägerinnen noch genügend Luft zum Atmen verblieb. Sogar ein kleiner Kupferstich über die Kreuzschnürung war mit abgebildet.

Ein Schreiberling namens Johann Bäumer, der allerdings auf Nachfrage des Rates bei der Zeitungsredaktion unbekannt war, soll diesen Artikel geschrieben haben.

Nach der Abendlektüre der Delsenbachs blieb die Diskussion darüber eher zurückhaltend. Am Tage hatte der Meister bei einigen Ratsherren und im Wirtshaus schon viel darüber gehört. Er verstand die Aufregung nicht, das interessierte ihn nun nicht wirklich.

Plötzlich stutze er: »Moment mal, Lena, hieß dein richtiger Vater nicht so?«

»Ja!«, antwortete die 15-jährige kleinlaut.

»Steckt ihr dahinter?«, wollte der Meister von den beiden Mädchen wissen.

»Ja, wir wollten doch nur beweisen, dass Frauen auch richtig schreiben können.« Lena wurde ganz verlegen.

Erstaunt sah der Kupferstecher sie abwechselnd an, und dann lachte er, lachte aus vollem Halse und klatschte sich dabei immer wieder auf die Schenkel.

»Ha, ha, ha, wenn ich an die dummen Gesichter heute im Rat und im Wirtshaus denke. Ha, ha, ha.«

Der Meister konnte sich überhaupt nicht mehr beruhigen.

»Ich gebe ja zu, dass ich da vorschnell anderer Meinung war. Aber warum gerade dieses Thema?«

»Weil wir das gerade in der Schule hatten«, antwortete seine Tochter erleichtert über die Reaktion ihres Vaters.

»Und wie habt ihr das angestellt?«

»Wir haben den Artikel gemeinsam verfasst, und Lena hat dann die Kupferplatte gestochen. Dann haben wir den Lehrling Karl zur Redaktion geschickt und ihm aufgetragen, er soll sagen, dass er hier etwas gegen die vielen Ohnmachtsanfälle der Damen geschrieben habe. Die haben es dann gelesen und ihm zwei Kreutzer dafür bezahlt und gesagt, er könne gerne wieder etwas bringen. Sie meinten ja, dass das Geschriebene von ihm sei.«

Wieder schüttelte sich Adam vor lauter Lachen und die ganze Familie stimmte nun erleichtert mit ein.

»Also, zu niemanden ein Wort! Das bleibt unser Geheimnis!

Und wenn ihr wieder einmal Lust verspürt etwas zu schreiben, so sagt es mir. Ich werde euch dann weiter helfen. Es muss ja nicht gerade ein so delikates Thema sein.«

Er nahm die beiden Mädchen in den Arm und es wurde nun noch ein entspannter, fröhlicher Abend.

Am Ostersonntag nach dem Gottesdienst war die Familie Delsenbach beim Advokat Knörr und der Familie Rosenzweig zum Festessen eingeladen.

Allerdings konnten nur die beiden jüngsten Mädchen Helena und Barbara mitgehen. Die anderen Kinder waren entweder schon verheiratet und hatten ihren eigenen Hausstand oder sie hatten bereits andere Verpflichtungen.

Und so machten sich die vier Delsenbachs und Lena auf den Weg zu ihrer Einladung.

Es gab Lammbraten, süße Nachtische und vieles mehr. Einige der angebotenen Speisen kannten die jungen Leute noch nicht und ließen die Finger davon, oder sie probierten nur eine Kleinigkeit.

Nach dem Essen flanierten sie im großen, herrlich angelegten Garten hinter dem Haus.

Hesperidengärten nannte man das jetzt, und das Anlegen solcher Barockgärten, in denen unter anderem Zitrusfrüchte angebaut wurden, war auch hier in Nürnberg zur großen Mode geworden. Ihren Namen verdankten sie der griechischen Mythologie. Da hatten die Hesperiden, die Töchter des Hesperos, die Aufgabe, die im gleichnamigen Garten wachsenden, goldenen Früchte zu bewachen, welche als Eigentum der Götter galten, und die dann Herakles raubte.

In Nürnberg wohnten einige wohlhabende Bürger, die sich einen Hauch von südländischer Kultur in den heimischen Garten holen wollten. Sie nahmen sich die prachtvollen Lustgärten der Adeligen zum Vorbild und ließen sich kleine barocke Ziergärten anlegen, die mit einer Vielzahl von Statuen und Brunnen ausgestattet waren.

»Lasst doch Lena die letzten drei Monate bei uns wohnen. Die Schule ist nicht so weit weg, und die Mädchen können sich auch immer wieder treffen. Meine Frau würde sich sehr darüber freuen. Ihr wisst doch, Meister Delsenbach, wir hatten leider nicht das Glück eigene Kinder zu bekommen.«

»Was sagt denn Lena dazu?«, wollte der Meister vom Kaufmann Rosenzweig wissen, mit dem er alleine im hinteren Teil des Gartens spazierte.

»Wir haben sie noch nicht gefragt. Ich wollte erst einmal mit euch sprechen.«

»Von mir aus gerne. Allerdings muss ich erst meinem Freund Christoph Bartel schreiben und seine Zustimmung einholen. Und Lena muss auch damit einverstanden sein.«

»Gut, abgemacht. Ihr schreibt eurem Freund und redet mit Lena, oder vielleicht überlasst ihr das besser den Frauen. Wir haben keine Eile.«

Die Frau des angesehenen Patriziers Rosenzweig, ging Arm in Arm mit Lena in der Schatten spendenden Allee zurück zum Haus. Jetzt im April war es schon sehr warm geworden und sie bekam schlecht Luft. Immer wieder blieb sie stehen und schnaufte schwer.

»Das Mieder ist schuld daran, es schnürt mich fest ein, zu fest. Der Journalist, in der Zeitung letzte Woche, hatte recht. Ich sollte meiner Dienerin einmal das Schnüren richtig zeigen lassen. Immer wieder falle ich in Ohnmacht und brauche dann mein Riechfläschchen.« Frau Rosenzweig stöhnte und schnappte wieder nach Luft.

»Es ist genauso, wie wir bei eurem letzten Besuch darüber gesprochen haben, Lena. Als ob der Mann dabei gewesen wäre.«

Lena lief dabei dunkelrot an.

»Na, na, Mädchen, so peinlich ist das Thema nun auch wieder nicht.«

»Frau Rosenzweig, ich muss euch etwas gestehen«, stotterte Lena verlegen: »Ich habe den Artikel geschrieben und unter falschem Namen an die Zeitung gegeben.«

Überrascht schaute sie die Dame an: »Das ist ja - ich muss schon sagen, du hast Mut Mädchen.«

Lena berichtete ihr, wie es dazu gekommen war. Frau Rosenzweig amüsierte sich köstlich, genauso wie Adam Delsenbach fing sie laut zu lachen an, allerdings mit den Einschränkungen, die ein zu festgeschnürtes Mieder eben verursachte.

Endlich im Zimmer der Hausfrau angekommen befreite Lena sie aus der Einschnürung.

»Danke Mädchen.« Und wieder lachte die Kaufmannsfrau herzhaft.

»Bitte sehr Frau Rosenzweig.«

»Ich hätte deinen Artikel vorher lesen sollen, dann hätte ich heute nicht solche Probleme gehabt. So ist es jetzt schon viel besser.«

Beide begaben sich wieder hinunter in den Garten.

»Sag doch einfach Tante Eleonore zu mir, Lena. Ich würde mich freuen.«

»Ja, danke.«

»Sag einmal, was hältst du davon, wenn du die restlichen Wochen bis zum Ende deiner Schulzeit bei uns wohnen würdest? Ich könnte dir noch einiges für einen modernen und vornehmen Haushalt beibringen lassen.«

Lena überlegte, sie würde dann noch einige Wochen mit dem Sebastian Knörr zusammen verbringen können. Und Helena? Ach was, sie würden sich ja jeden Tag in der Schule sehen.

240

»Du musst nicht gleich darauf antworten, überleg es dir in Ruhe.«

»Ja, ich meine, ja ich würde gerne zu euch kommen. Aber was sagen die Delsenbachs dazu?«

»Lass das mal meine Sorge sein. Mein Mann und ich, wir werden das schon regeln.«

Zum Pfingstfest war es dann soweit. Wieder einmal waren die Delsenbachs zum Essen eingeladen. Nur sollte dieses mal Lena nicht wieder mit zurückfahren. Es blieben noch etwa zwei Monate bis zum Schulende, und die würde die Windsheimerin bei den Rosenzweigs verbringen.

Die Zeit verging wie im Fluge. Der Advokat Johann Sebastian Knörr hatte seine Berufung zum Bürgermeister in den Inneren Rat der Stadt Windsheim bekommen. Seit einiger Zeit war es auch in der kleinen Reichsstadt üblich geworden, die frei werdenden Posten mit Bürgern zu besetzen, die eine akademische Ausbildung vorzuweisen hatten.

Er reiste bereits im Juni ab. Gerne hätte er die Reise länger hinausgeschoben, um gemeinsam mit Lena nach Windsheim fahren zu können. Aber die Pflicht ging vor. Sie würden sich im Sommer ja dann wieder Zuhause in Windsheim treffen.

Die Rosenzweigs lehrten sie einen Haushalt zu führen und verwöhnten sie. Endlich hatten sie einmal Gelegenheit, ein junges Mädchen so richtig kennenzulernen. Sehr schnell war ihnen Lena wie ein eigenes Kind ans Herz gewachsen, wie sie immer wieder beteuerten.

Gleich nach Ankunft des Mädchens, hatten sie den Schneidermeister Böck bestellt, der ihr eine komplette Garderobe, wie für eine junge Dame von Stand, anfertigen musste. Alle Versuche von Lena sich dagegen zu wehren, blieben erfolglos.

»Ich habe genug Sachen zum Anziehen. Mein Vater ist doch auch ein Schneidermeister und er hat mir immer Kleidung nach der neuesten Mode genäht. Das kostet doch viel zu viel Geld.«

»Lass uns doch, wir machen das gerne. Du weißt, dass wir keine eigenen Kinder haben, wir sind die Letzten aus unserer Familie. Irgendeine entfernte Verwandtschaft wird einmal unser ganzes Vermögen erben. Warum sollen wir es aufsparen.«

Lena gab sich geschlagen. Und so wurde aus der Tochter eines Schneidermeisters, eine Dame aus der besseren Gesellschaft, zumindest ihrer Garderobe nach. Kleider machen eben doch Leute.

Außerdem bereitete es ihr auch sehr viel Freude als Dame durch die Stadt kutschiert zu werden. Immer wenn sie zu den Delsenbachs wollte, fuhr sie der Kutscherknecht mit der wappengeschmückten, geschlossenen Kutsche hin, und brachte sie anschließend auch wieder zurück.

Anfang August wurde nun die Heimreise von Kunigunde Magdalena Bartel vorbereitet. Dieses Mal jedoch nicht mit einem einfachen Wagen. Nein, die Prachtkarosse der Rosenzweigs sollte genommen werden. Ein zweiter Wagen war für die vielen Kleider und sonstigen Sachen der Dame notwendig. Einige Geschenke, die Lena in den letzten Wochen mit Tante

Eleonore zusammen gekauft hatte, mussten auch noch Platz finden.

Zwei Dienstmägde und acht Berittene sollten den Zug begleiten.

Rosenzweigs scheuten keine Mühen und Kosten. Adam meinte, das Ganze sei sehr übertrieben. Lena komme wie eine feine Dame in Windsheim an. Was sollen die Leute da denken?

»Ach was soll´s. Das Mädchen soll nur die Nase hochtragen, dann wagt keiner, irgendetwas zu sagen«, widersprach ihm Eleonore Rosenzweig.

Adam schüttelte den Kopf, die beiden Alten waren schon etwas verrückt. Aber ausreden konnte er ihnen das auch nicht.

»Lass nur Onkel Adam, wenn wir aus der Stadt sind werde ich mich wieder normal anziehen«, flüsterte sie dem Meister ins Ohr. Allerdings vergaß sie diesen Vorsatz sehr schnell. Sichtlich genoss sie die anerkennenden Blicke der Leute am Straßenrand. Einmal sich wie eine Prinzessin fühlen. War das nicht der Traum eines jeden jungen Mädchens?

Im wilden Galopp ging es raus aus der Stadt. Dieses Mal gab Lena die Befehle. Und so war ihre erste Anweisung an die Eskorte und die Kutscher, dass sie die erste Etappe bis Langenzenn schaffen sollten um dort zu übernachten. Am nächsten Tag sollten sie dann so schnell wie möglich nach Merzbach fahren. Hier bei den Wirtsleuten Stelzenbach wollte sie eine längere Mittagsrast einlegen.

Es war bereits kurz vor Mittag, als sie am Wirtshaus in Merzbach anhielten. Eilig kamen die Wirtsleute herbei und verbeugten sich tief vor der vornehmen Kutsche.

Als jedoch die Dame, die dem schwarzen eleganten Wagen mit Wappen auf den Türen entstieg, fröhlich und verschmitzt lächelnd auf sie zukam, trauten sie ihren Augen kaum.

»Das ist doch die Lena«, rief Frau Stelzenbach, »oder soll ich nun vielleicht besser Fräulein Bartel sagen?«

»Nein, ich bin immer noch die Lena.«

»Wo kommst denn du her? Und so vornehm? Was ist passiert?«

»Nun lasst mich erst einmal in eure Gaststube. Ich und meine Leute wir haben Hunger und Durst. Wir unterhalten uns später.«

Wie eine feine Dame, als wäre sie es gewohnt, erteilte sie Befehle und stolzierte an allen vorbei ins Wirtshaus.

Nach dem reichlichen und guten Essen erzählte ihnen Lena ihre Geschichte, und dass sie nun mit der Kutsche der Familie Rosenzweig, einer reichen Nürnberger Patrizierfamilie, nach Hause gefahren wurde.

Es wurde Zeit zum Aufbruch.

»Lena, es ist im Moment zu gefährlich durch den Wald zu fahren«, warnte die Wirtin, »der Reitzenstein hat seine Leute nicht mehr richtig im Griff. In letzter Zeit kommen immer häufiger Überfälle vor, besonders hier im Windsheimer Schußbachwald. Fahrt lieber einen Umweg und setzt eure Reise über Obernzenn fort.«

»Ach, Quatsch, das kostet euch nur Maut und länger dauert es auch. Ich reite mit und sage den Leuten, wer ihr seid. Mich kennen sie, und der Name Bartel ist doch auch ein Begriff. Schließlich hat doch dein Vater freies Geleit durch alle Besitzungen des Amtmannes von Reitzenstein zugesichert bekommen«, wandte Stelzenbach ein.

Der Wirt holte sein Pferd aus dem Stall, schwang sich in den Sattel, und ritt los.

Schnell folgten ihm die Anderen mit den beiden Wagen. Etwa eine viertel Stunde waren sie bereits unterwegs. Da, auf der Höhe zum langen Hirteneinschlag, krachte und knackte es im Walddickicht. Ängstlich schloss die kleine Reisegruppe enger auf. Plötzlich, fast am Ende des Waldweges, dort wo der Weg nach rechts abschwenkt in Richtung Hoheneck, gerieten sie in einen Hinterhalt.

Alles ging sehr schnell, die Männer konnten nicht einmal zu ihren Waffen greifen. Wildes Geschrei, ein einziges Durcheinander, und schon wurde Lena mit ihren zwei Frauen aus der Kutsche gezogen und ins Gras geworfen.

»O lala, was haben wir den da für ein feines Täubchen?«

»Eckehard, lass das Mädchen, es ist anders, als du denkst, das ist keine vornehme Dame«, versuchte der Wirt einzugreifen. Er erklärte dem Rechtlosen um, wenn es sich hier handelte.

»Seit wann mischst du dich in unsere Geschäfte? Halunke von einem Wirt. Halte dich gefälligst da raus! Uns immer übers Ohr hauen, wenn wir betrunken sind und glauben wir merken es nicht.«

Der Anführer drängte den Wirt zur Seite und befahl, dass alle Truhen gelehrt werde sollten.

»Wo habt ihr euer Silber?«, rief der Räuberhauptmann.

»Ich habe nichts, Herr«, stotterte Lena ängstlich.

»Ekki, da ist nichts, nur lauter Weiberkram, nicht einmal eine Kupfermünze.«, völlig enttäuscht rief der kleine Kerl, der alle Truhen und Kisten durchwühlt hatte, von weiter hinten herüber.

Eine herankläffende Hundemeute und das Galoppieren von Pferden ließ die Räuber zusammenfahren. Sie griffen nach ihren Waffen.

Da tauchte hinter dem nächsten Waldeck der Reitzenstein mit einem kleinen Trupp Soldaten auf.

»Halt, was ist hier los«, schrie er, »was für eine fette Sau haben da die Hunde aufgespürt.«

Schnell erkannte Stelzenbach seine Chance: »Euer Hochwohlgeboren, dies hier ist die Tochter des Fähnrichs und Schneidermeisters Bartel aus Windsheim, ihr hattet ihm und seiner Familie stets freies Geleit zugesagt.«

»Stimmt das?«, wollte er von Lena wissen.

»Ja!«, hauchte das Mädchen ängstlich.

Hin und her gerissen zwischen seiner früheren Zusage und seinen Leuten, jetzt bloß nicht das Gesicht verlieren, überlegte er fieberhaft wie er sich geschickt aus dieser Situation retten konnte.

»Leider steht es nicht in meiner Macht euch aus den Klauen dieses Gesindels zu befreien. Wie ihr seht, sind meine Leute in der Minderheit. Aber vielleicht kann ich vermitteln.« Mit einer Handbewegung wies er in die Runde der kampfbereiten Räuber.

Er nickte mit dem Kopf und bedeutete dem Räuberhauptmann, ihn ein Stück des Weges zu begleiten. Mit wilden Gesten besprachen die Beiden offensichtlich die Angelegenheit.

Reitzenstein flüsterte: »Seid ihr von Sinnen? Ich habe euch doch schon oft genug gesagt, keine Kutsche mit einem Wappen daran!«

»Aber ...«

»Nichts da, kein aber! Noch dazu die Kutsche eines Nürnberger Patriziers! Die hetzen uns ihre ganze Meute von Soldaten auf den Hals.« Reitzenstein steigerte sich immer mehr in Rage.

»Aber ich hab´s doch zu spät gesehen. Meine Männer haben mir nur gesagt, dass zwei Wagen mit Weibern und ein paar Mann Begleitung kommen. Ein leichtes Spiel dachte ich«, versuchte sich der Räuberhauptmann zu verteidigen.

»Scht .., nicht so laut!«, schnauzte ihn der Burgherr an, »Dachte ich! Dachte ich! Wenn du schon einmal denkst! Schau zu, dass du die Angelegenheit jetzt auf die Reihe kriegst! Schick die Weiber mit ihren Begleitern unversehrt weiter!«

Grinsend setzte Reitzenstein noch hinzu: »Von mir aus verlangt noch ein kleines Lösegeld für eure Unkosten. Damit ist es dann genug. Los jetzt!«

Damit drehte sich der Freiherr um, und ritt, so schnell wie er gekommen war, mit seinem kleinen Jagdtrupp davon.

»Soviel sind eure Geleitbriefe wert. Nichts!« Damit warf der Wirt dem Reitzenstein noch eine Handvoll Dreck nach.

»Halts Maul! Saukerl! Das ist unsere Sache!«, brüllte ihn einer der Räuber an.

»Zahlt ein Lösegeld von Einhundert Gulden und ihr könnt weiter fahren. Schickt einen eurer Diener nach Windsheim zu eurem Vater, der soll das Geld bringen, wenn ihr nicht so viel dabei habt«, kam die Forderung vom Anführer der Gesetzlosen.

»Das ist doch unerhört«, schrie Stelzenbach und sprang mit gezogenem Messer auf den Räuberhauptmann Ekkehard Kramer zu.

Sinnlos, zwei Räuber stachen kaltblütig auf den Wirt mit ihren Degen ein, bevor er in die Nähe des Anführers kommen konnte. Ungläubig drehte sich Stelzenbach zu Lena um, und starrte sie mit aufgerissenen, glasigen Augen an. Als er den Mund öffnete, um etwas zu sagen, quoll nur ein Schwall Blut heraus. Dann fiel er, wie ein gefällter Baum, tot um.

Auch zwei Begleiter aus der Eskorte hatten leichtsinnigerweise ihre Hand an den Degen gelegt, und wurden von Pfeilen aus Armbrüsten in die Brust tödlich getroffen.

»Nein, Hilfe! Aufhören«, schrie Lena entsetzt, »ihr sollt das Geld haben.« Sie wollte zu den am Boden liegenden Männern laufen, aber ein großer stinkender Kerl packte sie um die Hüfte und presste sie an sich.

»Nicht so schnell, mein Vögelchen.«

»Loslassen, lass mich du widerlicher Kerl!«, wehrte sich Lena. Vergebens. Lachend warf er sie zwischen die toten Männer. Das Mädchen schrie auf und fing dann zu heulen an.

Sie musste hilflos mit ansehen wie ihre restlichen Begleiter gefesselt und auf den Planwagen verstaut wurden.

Zusammen mit den Frauen, und dem stinkenden Kerl als Bewachung, sperrte man sie in die Kutsche.

»So Mädchen, seid schön brav, sonst werde ich euch Manieren beibringen!« Sein höhnisch grinsendes, zahnloses Maul entblößte der Mann zu einem dröhnenden Lachen.

Ängstlich und schluchzend klammerten sich die drei jungen Frauen zusammen.

Immer tiefer gelangten sie in den Wald, Richtung Steinbach. Hier, unweit der Mühle in einem befestigten Feldlager, war das Räuberhauptquartier.

»So, wer von euch reitet nach Windsheim?«

»Na los, ihr feige Bande, meldet sich keiner freiwillig?«

Langes Schweigen, keiner wollte gehen.

»Was seid ihr für ehrlose Feiglinge!«, schrie eine der

Dienstmägde zu den Männern hinüber, »soll das vielleicht eine von uns Frauen übernehmen?«

»Nein, ich werde reiten«, rief zaghaft der junge Kutscher des Planwagens.

Den Frauen wurde ein Erdloch zugewiesen. Da mussten sie hineinkriechen, davor platzierte sich eine Wache. Die Männer ließ man gefesselt auf dem Wagen liegen.

Langsam kroch die Zeit dahin, es dunkelte bereits als von ferne Reiter zu hören waren. Vorsichtig schlichen einige der Schußbachräuber in Richtung Steinbacher Mühle. Dort war der verabredete Treffpunkt.

»Es sind nur drei Mann. Der Eine ist scheinbar der Meister und die anderen sind seine Diener«, meldete einer der Halunken seinem Hauptmann.

»Ihr umstellt die Mühle!«, rief der zu seinen Männern, »Los jetzt, alle mitkommen! Treibt sie alle vorwärts!«

Damit gab er den Wachen den Befehl die Gefangenen zur Mühle zu treiben.

»Habt ihr das Geld?«, wurde Christoph angerufen.

»Ja, wo ist meine Tochter?«

»Nun mal langsam, eins nach dem anderen. Legt das Geld in die Mitte auf den Stein. Einer meiner Männer wird es dann holen.«

»Erst meine Tochter und ...«

»Schnauze! Ihr könnt keine Forderungen stellen! Hier bestimme ich, was gemacht wird! Wir sind mehr als 40 Mann, und da wagt ihr es etwas zu fordern!«

Unwirsch schrie der Hauptmann den Meister an.

»Also gut«, gab sich dieser geschlagen.

Allein schon die Tatsache, dass sich die Banditen nicht einmal im Wald verstecken mussten, zeigte ihre Macht. Im Lager waren schätzungsweise nochmals 150 Männer geblieben. Der Räuberhauptmann Eckehard verfügte damit über eine Streitmacht, die fast so groß war, wie die der Stadt Windsheim. Und diese hier waren dazu noch rücksichtslose, zu jeder Gewalttat bereite Männer, die von dem lebten was sie erbeuteten.

Einer der Räuber griff sich den Beutel mit den Münzen und zählte diese seinem Anführer vor.

»Einhundert Gulden, stimmt! Nehmt eure Tochter und eure Leute und verschwindet«, wurde Christoph aufgefordert.

»Und was ist mit den Wagen, den Kisten und den Pferden.«

»Schon wieder Forderungen! Ihr wollt nicht hören!«

Einer der Unterführer redete leise auf den Hauptmann ein.

»Also gut, weil ihr einen Freibrief vom Reitzenstein habt. Die Kutsche mit zwei Pferden könnt ihr mitnehmen, die ist zu auffällig, die können wir nicht gebrauchen«, rief der Räuber den Windsheimern zu. »Und du Mädchen, nimm deinen vornehmen Plunder auch mit. Den kann man schlecht zu Geld machen, ohne dass es auffällt.«

Schnell wurde ein Teil der Kisten aus dem zweiten Wagen in die Kutsche verladen. Dann kletterten die Frauen und ein paar Männer hinein. Auch hinten darauf, und auf dem Kutschbock, fanden noch Einige Platz. Mittlerweile war es bereits stockdunkel. Christoph ritt voraus und zwei der Männer führten die Zugpferde. Bis zum Bauernhof vom Georg Berger in Steinbach kamen sie gut voran, da brach ein Rad am Wagen.

Nach einigem hin und her, einigten sie sich mit dem Bauer, dass sie die Nacht in der Scheune verbringen durften.

Am nächsten Morgen wurde das Rad notdürftig repariert und sie zogen über Schußbach und Weimersheim nach Windsheim. Nur die Frauen und der Kutscher durften fahren. Alle anderen mussten laufen, und so war es schon später Nachmittag, als sie vor dem Tor der Stadt ankamen.

Es hatte sich bereits herumgesprochen, dass die Tochter vom Schneidermeister Bartel als feine Dame zurückkäme, und dass sie in die Fänge der Schußbachräuber gefallen war.

Böse Zungen flüsterten hinter vorgehaltener Hand:
»Das g´schieht ihr g´scheit Recht, die wollte sowieso immer etwas Besseres sein. Die Bartels tragen ihre Nase immer sehr hoch. Schon der Bäumer meinte etwas Besonderes zu sein. Und dann erst der Bartel! Wo kam der überhaupt her? Irgendwo aus dem Preußenland, jedenfalls kein Franke. Ein Fremder! Ein Zugereister!«
Die lästerlichen Reden wollten überhaupt nicht mehr aufhören.
»Bsssst! Jetzt seid aber still! Ihr seid doch Christenleute! Hört auf zum Lästern!« Die mahnenden Worte des Kaplans waren aber vergebens.

Viele Neugierige standen am Straßenrand und glotzten die Reisegruppe an. Lena winkte Einigen, die sie kannte, zu. Kaum hielt die Kutsche vor dem Haus, sprang das Mädchen vom Wagen, lief zu ihrer Mutter, und fiel ihr herzlich um den Hals. Fast zwei Jahre hatten sie sich, mit Ausnahme zweier kurzer Besuche der Mutter in Nürnberg, nicht gesehen.

»So kommt, wir wollen erst einmal Ausladen. Die Geschenke haben leider alle die Räuber requiriert. Aber die Geheimverstecke im Kasten haben sie nicht gefunden.«

Lena zeigte ihrem Vater wie man die Verstecke öffnen konnte, und zum Vorschein kamen eine Schatulle mit Schmuck und eine Geldkatze mit über 300 Gulden.

»Geschenke der Familie Rosenzweig für mich. Ich soll das für meine Aussteuer verwenden, haben sie gesagt«, erklärte sie stolz.

Es wurde ein langer Abend und es brannten viele Kerzen nieder. Gegen Mitternacht klopfte der Nachtwächter an das Tor und forderte sie auf, endlich das Licht zu löschen.

Am nächsten Tag fuhren die Kutscher und Knechte der Rosenzweigs mit der reparierten Kutsche zurück nach Nürnberg. Sie fuhren über Obernzenn und schlossen sich einer Gruppe Tuchhändler an.

Lena sandte noch einen Brief für Eleonore Rosenzweig mit, in dem sie ihr alle Begebenheiten und Gefahren der Heimreise schilderte.

Christoph Bartel begleitete sie mit drei Soldaten bis Merzbach. Er wollte bei den Wirtsleuten Stelzenbach nach dem Rechten sehen. Es war ein Elend.

Der Wirtin hatten die Räuber die toten Männer vor das Haus geworfen und waren gleich wieder verschwunden.

Der Räuberhauptmann Eckehard schrie noch, dass die Männer selber dran schuld gewesen seien, hätten halt nicht zur Waffe greifen dürfen.

Zufälligerweise traf fast zur gleichen Zeit mit Christoph, Hieronymus Lederer ein. Vor Jahren noch Hauptmann der Nürnberger Stadtwache und nun Obrist in den Diensten des Fränkischen Heeres.

»Mit dieser Räuberei muss es ein Ende haben. Ich werde einmal mit dem Markgrafen darüber sprechen. Lasst uns den Hans Georg Stelzenbach und die anderen beiden Toten gemeinsam in Trautskirchen beerdigen. Anschließend werde ich meine Schwester mit ihren Kindern mit zu mir nach Hause nehmen.«

Wochen später erfuhr man in Windsheim von einer Säuberungsaktion im Schußbachwald. 28 Räuber wurden hingerichtet, viele bei der Festnahme schon getötet, der Rest konnte fliehen. Der Freiherr von Reitzenstein wurde bei Strafe aufgefordert, endlich für ein sicheres Geleit, durch die Markgräflichen und Windsheimer Wälder, zu sorgen.

Zeit der Aufklärung

Einige Tage nach ihrer Ankunft hatte Lena schon fast alle Neuigkeiten erfahren, die sich in letzter Zeit in Windsheim ereignet hatten.

An der Kilianskirche gingen die Arbeiten zügig voran. Ein Sebastian Schiedel war bereits dabei, die Kirche schön auszumalen. Auch der Schreiner Maucher hatte seine Arbeiten fast abgeschlossen.

Von ihren ehemaligen Mitschülerinnen waren die Meisten schon verheiratet worden, oder kamen in einer guten Stellung unter.

Im Januar waren die ersten Truppen des Obristen Maximilian von Strehlendorff eingetroffen. Alles recht wilde Kerle. Jedes Mal, wenn sie in die Stadt gekommen waren, hatten sie fürchterlich gehaust.

Der Rat schrieb daraufhin einen Beschwerdebrief an den Feldmarschall des Fränkischen Bundes, Markgraf Friedrich von Brandenburg-Bayreuth, und bat um Abhilfe.

Daraufhin, und vor allem als noch mehr Truppen eintrafen, wurde es besser. Die Offiziere wohnten in der Stadt und die Soldaten lagerten östlich vor der Stadtmauer auf dem Schießwasen und in den Krautfeldern im Winterquartier.

Die kleinen Felder, die hier hauptsächlich von den Tagelöhnern angelegt worden waren, wurden kurzerhand platt gemacht. Wer es schaffte, holte zumindest noch die Krautreste vom Acker.

Bis April war die Truppenstärke bis auf über 4.000 Mann angewachsen, meist fränkische Artillerie.

Dann, als der Frost vorbei und die Wege wieder passierbar waren, wurde die gesamte Mannschaft gemustert und große Teile zogen in Richtung Rhein ins Feld.

Am Rande des Feldlagers hatte sich sehr viel Gesindel breitgemacht. Für die Hübschlerinnen waren, vor der Stadtmauer, kleine Häuser zusammengezimmert worden.

Der Herr Dekan wetterte jeden Sonntag von der Kanzel herunter über diesen Abschaum der Menschheit. Höllenbrut! Sodom und Gomorrha!

Aber der Rat der Stadt meinte, die Soldaten sollten sich lieber vor der Stadt austoben, bevor sie sich über anständige Frauen und Mädchen hermachten.

Trotzdem hatten aber einige der »ehrbaren« Frauen, mehr als sonst üblich im Sommer, einen dicken Bauch.

Es wurden auch zwei Soldaten verurteilt. Sie hatten die Bürgerin Marta Keller und ihre 12-jährige Tochter Klara, auf dem Feld vor dem Seetor, am helllichten Tage überfallen und vergewaltigt. Der jüngere Sohn Gotthilf hörte von Weitem seine Mutter und Schwester schreien, und rannte so schnell er konnte den beiden zu Hilfe. Mutig warf er sich auf die zwei Kerle und schlug mit seinen Fäusten auf die Soldaten ein. Die lachten nur und schüttelten ihn wie eine lästige Fliege ab. Aber Gotthilf sprang die Männer sofort wieder an, da zückten sie ihre langen Messer und stachen in nieder. Er überlebte schwer verletzt und sollte sein Leben lang ein Krüppel bleiben.

Das Kriegsgericht, unter General Christoffel de Monteblanch, verhängte die Todesstrafe. Der Galgen wurde an den noch vorhandenen Stützen auf dem Hügel östlich vor der Stadt, dem Galgenbuck, aufgerichtet.

Am zweiten Sonntag nach Trinitatis, nach der Kirche, zogen alle zu dem Ereignis. Volksfestähnlicher Trubel herrschte. Fliegende Händler boten Spezereien und Bier an. Wann gab es schon einmal eine Hinrichtung. Vor über 40 Jahren waren hier die Letzten gehängt worden.

Viel Volk begleitete den Gefangenenkarren unter lautem Gegröle den Hügel hinauf, um dem Spektakel beizuwohnen.

Der Henker verstand sein Handwerk. In kürzester Zeit waren die Schlingen um die Hälse gelegt und der Fußbalken weggestoßen, sodass die Zwei am Galgen baumelten. Die Körper zuckten und die blaue Zunge quoll heraus. Die Menge schrie und klatschte vor Vergnügen.

Plötzlich drängten sich zwei mit Kopftüchern verhüllte Frauen vor, rissen den Gehängten die Hose herunter, und schnitten ihnen mit einem Messer ihre Schwänze ab. Das Blut spritze im hohen Bogen über die Bluse und den Rock einer der Frauen auf den Boden. Bis die Soldaten und Wachen einschreiten konnten, waren die Beiden, es waren Mutter und Tochter

Keller, die von den Gehängten vergewaltigt worden waren, in der Menge mit ihren blutenden Trophäen untergetaucht.

Die Volksmenge johlte und schrie: »Schlagt alle Soldaten tot!«

Gefährlich grölend drängten die hinteren Leute nach vorne zum Galgen, einige der Vorderen fielen hin und wurden überrannt.

»Vor dem Aufhängen sollte man das mit allen Soldaten machen.«

»Schwänze ab, Schwänze ab!«, schrie der Pöbel.

»Zieht euch zurück!«, befahl der Stadthauptmann seinen Leuten.

»Halt! Versündigt euch nicht! Was geschehen ist, kann man nicht mehr rückgängig machen. Aber was ihr jetzt vorhabt, ist falsch!«, rief der Dekan in die vordrängende Volksmasse, und hielt ihnen das Kruzifix entgegen, als müsste er den Teufel abwehren. Es half, Gott sei Dank, die aufgebrachte Menschenmenge kam zum Stoppen.

Auch Oberrichter Merklein, mehrere Bürgermeister, und einige Handwerksmeister stellten sich der Bevölkerung entgegen.

Nur das gemeinsame Auftreten der Soldaten und Honoratioren der Stadt verhinderte hier, dass sich der Volkszorn entladen konnte.

Langsam beruhigten sich die Stadtbewohner. Einige kehrten bereits um und schlenderten in Richtung Stadt. Noch einmal ein triumphierendes Aufheulen, als den Bluthunden der Wache am Seetor die abgeschnittenen Gliedteile hingeworfen wurden.

Endlich normalisierten sich die Leute. Das Spektakel war vorbei und alle begaben sich nach Hause.

Es war bereits Ende August, als ein kaiserlicher Herold mit einem neuen Befehl eintraf. Die Reichs-Operations-Cassa war leer, und Kaiser Karl der VI. forderte von allen Reichsstädten und Reichsfürsten zusätzlich hohe Beträge.

Bei der Sitzung des Stadtrates kam es zum Tumult. Viele der Stadträte, und auch einige der Bürgermeister, forderten den Oberrichter Merklein auf, er solle eine Eingabe an den Kaiser schreiben. Von der Brandkatastrophe vor drei Jahren hatte sich, trotz reichlicher Spenden aus dem ganzen Land, die Stadt noch nicht erholt. Hoch verschuldet war die kleine Reichsstadt nicht in der Lage diese Sondersteuer aufzubringen.

Nach einigen Eingaben und zähen Verhandlungen, auch mithilfe der Städte Nürnberg und Rothenburg, konnten die Windsheimer erreichen, dass der Kaiser einer Prüfung der städtischen Finanzen zustimmte.

Joseph Wilhelm Ernst Fürst zu Fürstenberg, ein Freund und Vertrauter des Kaisers, erstellte dann ein Reichsgutachten. Das war jedoch nicht billig. Der adelige Herr musste mit seinen Begleitern und Bediensteten standesgemäß untergebracht und bewirtet werden. Auch kleinere Geschenke sollten das Wohlwollen des hohen Herrn beeinflussen. Aber es lohnte sich. In einem kaiserlichen Dekret wurde festgelegt, dass die Stadt Windsheim für 25 Jahre, gerechnet ab dem Brand, von allen Reichssteuern befreit war.

Als der Fürst mit seinem Gefolge abgezogen war, feierten die Windsheimer ein kleines Fest.

Die Ernte fiel heuer reichlich aus. Haus und Scheuer waren übervoll. Allerdings war die Auftragslage für Christoph Bartel stark zurückgegangen. Der Rat und die Zunft hatten vor knapp einem Jahr einen weiteren Schneidermeister zugelassen. Zu dieser Zeit gab es noch sehr viel zu tun. Die Windsheimer Fähnlein wurden stark aufgerüstet, und auch die vor der Stadt liegenden Truppen benötigten eine Menge an Zeugs und Uniformen.

Aber jetzt, nachdem die Truppen abgezogen waren, gab es immer weniger Arbeit, und Bartels Beziehungen zum Stadtrat standen auch nicht zum Besten. Man hatte ihn nicht wieder in den Rat gewählt. Auch bekam er immer weniger Aufträge zugeteilt, keiner wollte sich offiziell mehr als unbedingt nötig mit ihm einlassen. Zwar gingen seine Privatgeschäfte immer noch recht gut, er war ein hervorragender Schneidermeister und konnte aus den einfachsten Sachen vornehme Kleidung herstellen, aber er musste trotzdem einen seiner Gesellen entlassen.

»Das kommt von deiner ewigen Rechthaberei und Diskutiererei! Gib endlich Ruhe. Uns geht es gut, was kümmern dich die Anderen. Halt dich aus der Politik heraus!«, schimpfte seine Frau Anna Maria immer wieder mit ihm.

Mit Lena war auch nicht gerade viel anzufangen. Im Haushalt gab es nicht so viel zu tun, außerdem hatte sie sich die Manieren einer feinen Dame zugelegt und wollte sich die Hände nicht mehr schmutzig machen.

»Wir sollten uns um eine Anstellung oder noch besser um einen Mann für das Mädchen kümmern.«

»Da hab ich auch schon daran gedacht. Vielleicht sollte ich einmal mit dem jungen Knörr reden, der kennt Lena doch von Nürnberg. Jetzt als Bürgermeister braucht der vielleicht jemand für seinen Haushalt«, brummte Christoph.

»Soweit ist der noch nicht. Der wohnt doch bei seiner Mutter und sucht erst ein Haus für sich.«

»Ich rede trotzdem einmal bei nächster Gelegenheit mit ihm.«

Jedoch ergab sich in den kommenden Wochen keine Gelegenheit, und so schob es der Meister immer wieder auf die lange Bank.

Lena hatte daher viel Zeit und so ging sie oft, sonntags nach der Kirche, mit Christina als Begleitung, in der neuen Allee vor der Stadt spazieren.

Einige Neider nörgelten: »Schau dir die an, bildet sich ein, eine feine Dame zu sein. Wie die stolziert mit ihrem Seidenschirm. Wahrscheinlich, damit sie keinen Sonnenstich bekommt.«

Dabei traf die Schneiderstochter eines Tages den Sebastian Knörr wieder, der mit seiner Mutter und Schwester, ebenfalls diesem neumodischen Sonntagsvergnügen frönte, und in der Allee auf und ab promenierte.

»Mutter darf ich dir Fräulein Magdalena Bartel vorstellen. Wir haben uns in Nürnberg kennengelernt«, damit stellte er das Mädchen vor.

»Ja, ja, ich weiß, du hast ja oft genug von dem Kind geschwärmt. Allerdings hast du mir nicht erzählt, dass es sich um eine sehr hübsche junge Frau handelt.«

Mit dem Zeigefinger fuchtelte sie ihm schelmisch vor der Nase herum.

Sie bot Lena ihren Arm an: »Komm wir müssen uns einmal etwas unterhalten.«

Lena war rot angelaufen und brachte noch immer kein Wort heraus.

Über eine Stunde spazierten sie in der Kastanienallee auf und ab und unterhielten sich.

»So, wir gehen jetzt nach Hause und werden euch noch bis zum Marktplatz begleiten. Sebastian biete der jungen Dame deinen Arm, damit sie nicht strauchelt, und benimm dich als Kavalier!«

Die Knörrin war es gewohnt, Befehle auszuteilen.

»Richte deinem Vater aus, dass ich am nächsten Sonntag nach dem Essen bei euch vorbeikomme.« Damit verabschiedete sich die Witwe Knörr von Lena.

Am nächsten Sonntag kam allerdings nicht die Frau Knörr, sondern der Johann Sebastian Knörr zu den Bartels.

»Meister Bartel, mich schickt meine Mutter, die leider nicht selbst kommen kann, da sie unpässlich ist. Ich soll euch meine Aufwartung machen und euch um die Hand eurer Tochter bitten.«

Damit stürmte er auf den Meister zu und ratterte den Satz in einem Stück herunter. Offensichtlich war er sehr aufgeregt.

Christoph starrte ihn nur mit offenem Mund an, er wollte etwas erwidern, aber es hatte ihm die Sprache verschlagen.

»Sagt, ist es euch nicht recht?«, setzte der junge Knörr nach.

»Aber ja! Es ist mir eine Ehre. Ich bin nur etwas sprachlos, damit hatte ich jetzt wirklich nicht gerechnet. Habt ihr euch das gut überlegt? Warum unsere Lena?«

»Herr Meister, da gibt es nichts mehr zu überlegen!

Seit ich eure Tochter in Nürnberg kennengelernt habe, denke ich nur noch an sie. Ich wusste nicht, wie ich es anfangen sollte. Aber am letzten Sonntag traf ich zusammen mit meiner Mutter eure Tochter im Park wieder, und da reifte in mir der Entschluss, mit euch zu reden.«

»Jetzt kommt erst einmal nach oben in die gute Stube.« Mit einer Handbewegung wies er dem Bürgermeister den Weg.

»Setzt euch, ich hole meine Frau dazu und wir können darüber reden.«

»Grüß Gott, Herr Knörr. Da höre ich ja schöne Sachen. Aber sagen sie, was meint die Lena dazu? Meine Tochter kann das nämlich selbst entscheiden, wir haben sie frei erzogen.«

Damit reichte sie dem frischgebackenen Bürgermeister die Hand.

»Also ... Ich, ich habe sie noch gar nicht gefragt«, stotterte Sebastian.

»Dann wird es aber Zeit! - Lena, Lena«, schrie sie nach oben, »komm mal herunter, der Herr Knörr ist da.«

Schnell gab sie Christina noch einige Anweisungen den Gast zu bewirten.

Das Mädchen stürmte herein, blieb abrupt stehen, und bekam wieder einmal einen knallroten Kopf.

Verlegen knickste sie und begrüßte den Gast.

»Der Herr Knörr hat mich gerade um deine Hand gebeten«, platzte Christoph heraus.

»Was?«, rief das Mädchen freudig überrascht.

»Ja Lena, ich möchte dich heiraten. Was sagst du dazu?«, richtete Sebastian die Frage an die Tochter des Hauses.

Verlegen schaute sie auf den Boden.

»Ich weiß nicht?«, fragend blicke Lena von einem zum anderen.

»Was heißt hier ich weiß nicht? Sag entweder Ja oder Nein!«, brummte Christoph ungeduldig dazwischen.

»Moment, Herr Meister«, lenkte der Knörr ein, »Lena soll sich das in Ruhe überlegen. - Gebt mir eure Antwort am nächsten Sonntag.« Damit wandte sich Sebastian an Lena.

»Wenn ihr meint?«, setzte Anna Maria fragend nach.

»Nein! Ich meine nicht nein, ich meine, nicht nächste Woche. Ich will damit sagen ja, ich möchte eure Frau werden«, stotterte des Mädchen.

Lena löste damit überraschend die allgemeine Spannung auf.

»Hast du dir das gut überlegt?«, wollte ihre Mutter wissen.

»Ja! Das heißt, da brauch ich nicht erst zu überlegen.«

»Also gut, dann lassen wir die Männer jetzt allein. Komm wir gehen in die Küche und bereiten das Abendessen vor.«

Anna Maria scheuchte ihre Tochter vor sich her.

»Und ihr handelt derweil die Sache aus und werdet euch einig«, rief sie den Männern im Hinausgehen noch zu.

»Was sagt denn eure Mutter dazu? Wir sind eine einfache Handwerkerfamilie und ihr stammt aus einer der führenden und angesehensten Familien von Windsheim. Außerdem seid ihr ein Mann in den besten Jahren, wie man so sagt, fast 20 Jahre älter als unsere Lena.«

»Das macht nichts, auch wenn eure Tochter noch sehr jung ist, ist sie doch schon sehr vernünftig, und ich kann sie mir gut als meine Ehefrau vorstellen.

Auch meine Frau Mutter ist mehr als einverstanden mit ihr. Ich habe ihr von Lena erzählt, wie ich sie kennengelernt habe in Nürnberg. Meine Mutter wurde verheiratet, wie das ja so üblich ist. Aber, seit Vaters Tod, denkt sie viel darüber nach, was eine gute Ehe ausmachen sollte. Sie meint, und das gilt nicht nur für mich, sondern auch für meinen Bruder und meine Schwester, als Erstes muss es eine Zuneigung der Ehepartner geben, damit dann später auch Liebe daraus werden kann. Deshalb wird sie uns in unserer Partnerwahl nicht hineinreden. Nachdem ich auch der Zweitgeborene bin, und das Familienerbe und die Tradition schon durch meinen Bruder gesichert ist, wäre mein Vater, Gott hab in selig, mit meiner Wahl bestimmt auch einverstanden. Am Geld soll es jedenfalls nicht liegen. Ich habe genug geerbt und werde auch von dem Erbe mütterlicherseits noch einiges abbekommen.

In unserer Familie hat man sich schon immer über die Konventionen hinweggesetzt. Auch meine Tante in Nürnberg hat, wie ihr wisst, einen konvertierten Juden geheiratet, und nicht den von ihren Eltern ausgesuchten, standesgemäßen Ehemann genommen. Also ihr seht, wir scheren uns nichts um die Meinung der Anderen. Außerdem habe ich eine gute Stellung hier in der Stadt und meine Kanzlei läuft auch recht gut an. Lena hat durch ihre Ausbildung in Nürnberg die besten Voraussetzungen einen gutbürgerlichen Haushalt zu führen. Das genügt mir.«

Die kleine Rede hatte er in einem Fluss gesprochen, ohne Punkt und Komma, wie man so sagt. Man merkte ihm an, dass er das Reden wohl gewohnt war, aber er schien doch auch etwas aufgeregt zu sein.

»Na, ganz ohne Mittel lasse ich meine Tochter nun auch nicht gehen. Neben einer durchaus standesgemäßen Aussteuer wird sie auch noch einiges mehr mitbringen, ich lasse mich doch nicht lumpen. Ihr dürft mir glauben, ihr werdet keine arme Frau heiraten.«

»Dann sind wir uns ja einig?«

»Ja, hier meine Hand drauf.«

Sie reichten sich die Hände und besiegelten das Ganze gleich noch mit einigen Stamperl roten Zwetschgenschnaps.

»Ich werde in meiner Kanzlei einen Ehevertrag aufsetzen, und den werden wir dann vom Notar beglaubigen lassen.«

»Ist doch nicht nötig, mir genügt der Handschlag.«

»Nein, alles soll seine Ordnung haben. Und außerdem macht man das so in heutiger Zeit. Vor allem wenn so einiges an Vermögen mit im Spiel ist.«

Anna Maria kam neugierig herein: »So, wie weit sind die Herren?«

»Wir sind uns einig!«, riefen die Beiden wie aus einem Munde.

»Das ist gut. Dann lasst uns gemeinsam essen. Vielleicht können wir dabei noch das Eine oder Andere besprechen. Wie zum Beispiel den Hochzeitstermin?«

Es wurde ein sehr unterhaltsamer und gemütlicher Abend. Übers Jahr, zur Sommersonnenwende, sollte die Hochzeit sein. Da haben die beiden Brautleute noch genug Gelegenheit sich näher kennenzulernen.

Christoph erklärte seinem zukünftigen Schwiegersohn das zu erwartende Erbe von Lena. Sie würde einmal alles bekommen, über 60 Morgen Land, teilweise verpachtet, eine ansehnliche Summe an Silber- und Goldmünzen, einiges an wertvollem Schmuck, das

Haus hier und noch zwei Kleinere in der langen Spitalgasse. Allerdings einen Erbanteil von 500 Gulden müsste sie noch an ihren Bruder in Amerika auszahlen. Der hatte zwar schon sein Erbe bekommen, aber diese Summe sollte er noch dazu erhalten.

»Das ist ja alles Recht und Gut, aber ihr müsst mir eure Tochter doch nicht mehr vergolden«, meinte der Sebastian Knörr mit einem spitzbübischen Lächeln, »ich habe Lena in Nürnberg bei den Rosenzweigs kennengelernt. Über beide Ohren habe ich mich in sie verliebt, mit dem nötigen Respekt versteht sich, ohne zu wissen, wie viel sie einmal erben wird. Ich nehme sie auch so, ohne Mitgift.«

Lena strahlte ihren Zukünftigen über den Tisch hinweg an. Na, das kann ja in Zukunft was geben, dachte sich Anna Maria.

Kurz vor dem Nachtläuten verließ der verliebte junge Bürgermeister fröhlich und leicht beschwipst das Haus der Bartels.

Schadenfreude herrschte in der Stadt. Man lachte offen an den Wirtshaustischen über einige der angesehenen Bürger und Ratsherren.

Die vor der Schwedenschanze gelegenen Hurenhäuser waren nicht alle mit der abziehenden Truppe verschwunden. Ein kleiner Teil der Soldaten blieb da und hielt das Feldlager bis zum kommenden Winter in Ordnung. Die Frankenartillerie sollte ja wieder kommen.

Dies hatten einige der Huren zum Anlass genommen, nicht mit der Marketenderei weiter zu ziehen, sondern hier auf die nächsten Truppen zu warten.

In der Zwischenzeit boten sie ihre Dienste Jedem der vorbeikam an.

Einige der gut betuchten Männer aus der Stadt waren heimlich zu den Häusern mit den roten Lichtern und gelben Tüchern geschlichen und hatten sich mit dem losen Weibsvolk vergnügt.

Leider hatten sie nicht nur das Vergnügen bekommen, sondern auch die sogenannte Franzosenkrankheit.

Der Stadtmedicus und der Apotheker hatten alle Hände voll zu tun, damit sich die Krankheit nicht weiter ausbreitete.

Es gab mehrere Behandlungsmethoden. Während der Apotheker die seit der Antike überlieferte Form der Quecksilberbehandlung als die effektivste ansah, meinte der Arzt dies sei zu radikal. Beim Bestreichen des Körpers mit einer Paste aus Quecksilbersalzen verlor der Patient zusätzlich die Haare am ganzen Körper. Seiner Meinung nach hatte die Methode des Reichsritters Ulrich von Hutten, ein Zeitgenosse von Luther, weit mehr Chancen auf Erfolg. Dieser hatte in einem Selbstversuch mit Heißbedampfung der äußeren Genitalien in Schwitzbädern große Erfolge erzielt. Bereits 1519 hatte er dies in einem Büchlein zusammengefasst.

Der Bader errichtete, auf Anweisung vom Stadtmedicus und Rat, neben seinem Geschäft in den umliegenden Scheunen zusätzliche Schwitzbäder.

Einige der Bürgerdamen, und auch manche Dienstmagd, waren schon von den Männern angesteckt worden.

Das ist die Strafe des Teufels, wetterte der Dekan nicht nur einmal von der Kanzel. Er war schon immer dafür, dass diese Häuser verboten werden sollten.

Als dann auch noch einer der Pfarrer krank wurde, war es auch dem Rat zu viel.

Es wurde allen Bürgern bei Strafe verboten, die Häuser am Schwedenwall aufzusuchen.

Zwei der liederlichen Mädchen, sie sollen die Hauptverursacherinnen gewesen sein, wurden am Martinimarkt im strömenden Regen fast nackt, lediglich mit einem hauchdünnem Schandhemd bekleidet, an den Pranger gestellt. Zwar schlugen und bespuckten die Leute sie, aber ein Teil, besonders die Männer, ergötzten sich an den erotischen Frauenkörpern, die unter den nassen, am Körper klebenden Leinentüchern, zu sehen waren. Die Eine war blond, vollbusig, mit wohlgeformten Rundungen, die Andere gertenschlank, dunkelhaarig, mit kleinen knospenhaften Brüsten.

Der Herr Dekan stellte sich nach der Kirche höchstpersönlich neben dem Pranger und gab acht, dass niemand zu lange hier vor den fast nackten Körpern stehen blieb.

Christoph hatte an diesem Tag im Wirtshaus wieder einmal große Reden geführt. Auch das zur Schaustellen der nackten Frauen verstoße gegen die Würde und Freiheit des Menschen.

»Was heißt hier Würde? Der Dekan hat doch extra aufgepasst, dass nichts passiert und keiner zu lange hinschaut«, rief einer der Meister zu Bartel rüber.

»Ja, aber er, er hatte sich den ganzen Tag danebengestellt und ...« Christoph kam nicht weiter.

»Wenn wundert's, bei dem was der daheim hat.«

Irgendeiner hatte das von hinten geschrien und das ganze Volk im Wirtshaus fing zu Lachen und zu Grölen an. Hauptsache man konnte sich über andere lustig machen. Gut solange das nicht einen selbst betraf.

»Ach, mit euch kann man nicht diskutieren«, damit verließ der Schneidermeister verärgert das Wirtshaus.

Am nächsten Tag bekam Christoph die Rechnung serviert. Zwei Wachen erschienen bei ihm und überbrachten eine sofortige Vorladung zum Rat. Unverzüglich sollte er sich dort einfinden. Die Beiden begleiteten ihn bis ins Rathaus.

Ihm wurde sofort die Ehre als Siebener aberkannt. Außerdem sollte er 100 Gulden an das Spital stiften.

»Dass du auch immer wieder anfangen musst«, zederte seine Frau, als er zurückkam und ihr berichtete. »Muss das sein. Unser Haus hat so viel gekostet, wie du jetzt als Strafe zahlen musst.«

»Jeder Mensch sollte die Freiheit haben, das zu sagen, was er denkt! Aber die Ratsherrenbrut will das ja nicht hören. Überall im Lande gärt es. Einmal wird es so weit sein, dass man seine Meinung offen kundtun darf.

Wie schon der große Philosoph Gottfried Wilhelm Leibniz und der Christian Freiherr von Wolf gesagt haben ...«

»Schluss jetzt! Ich will nichts mehr davon hören. Das kostet dich noch Kopf und Kragen!«

Leise begann er zu singen:
»Die Gedanken sind frei, wer kann sie erraten,
sie ziehen vorbei, wie nächtliche Schatten ...«

Wutentbrannt stürmte seine Frau nach oben, knallte die Kammertüre zu, und schob den Riegel davor. Alles rütteln und betteln half nichts. Der Meister musste diese Nacht in der Werkstatt schlafen.

Endlich, wahrscheinlich als Wiedergutmachung, gab Christoph dem Wunsch seiner Frau nach und entschloss sich das Haus zu renovieren.

Über 150 Jahre hatte ihr Haus nun auf dem Buckel, und es wurde Zeit hier Einiges zu erneuern.

Wie es jetzt Mode war, sollte das gesamte Fachwerk überputzt werden. Es würde dann fast so vornehm wirken, wie ein richtiges Steinhaus.

Stadtmaurermeister Michael Krauß ließ die Arbeiten von seiner Putzerkolonne unter dem Capo De Pachino ausführen. Zuerst wurden die Fachwerkbalken mit einem Beil eingeschlagen, sodass ein gleichmäßiges Muster von aufstehenden Holzspänen die Balken überzog. Daran konnte sich dann der Putz so richtig verkrallen. In der Zwischenzeit hoben andere Bauhelfer im Hof eine Grube von etwa vier Ellen Länge und Breite und einer Tiefe von zwei Ellen aus. Den Aushub schütteten sie als kleinen Damm rings um die Grube auf, sodass das Loch dann insgesamt etwa drei Ellen tief war. Da hinein schaufelten sie dann abwechselnd eine Lage Sand und eine Lage Stückkalk, etwa faustgroße, noch nicht gelöschte Kalkbrocken. Jeweils fünf Lagen aus dem verschiedenen Material. Anschließend gossen die Männer einige Fässer Wasser dazu, bis es aus allen Ritzen und Löchern dampfte. In der Grube wurde es sehr heiß, und die Reaktion des Wassers mit dem ungelöschten Kalk setzte ein.

Warum man das ganze »Trocken Löschen« nannte, blieb Christoph ein Rätsel. Schließlich wurde hier doch auch eine ganze Menge an Wasser dazu geschüttet.

Eine Woche später mischten die Helfer das Ganze noch einmal kräftig durch, und die Verputzer warfen

den Mörtel an die Fassade und rieben mit einem Rei-
bebrett die Flächen glatt.

Ein kräftiges, leuchtendes Türkisgrün mit hellgrü-
nen Fensterfaschen wünschte sich Anna Maria.

»Von mir aus, macht, was ihr wollt«, brummte Christoph nur dazu. Er wusste, dass er in diesem Punkt sowieso kein Mitspracherecht hatte. Ihm war egal wie
das Haus getüncht wurde. Das Fachwerk hatte ihm
sowieso besser gefallen. Immer dieses neumodische
Zeugs da.

Also strich Salvatore De Pachino das Gebäude nach
den Wünschen der Hausherrin an.

Anno 1735

Freud und Leid

Nach der Christmette 1734 setzte ein Schneesturm ein, wie ihn noch keiner erlebt hatte. Es schneite und stürmte ohne Unterbrechung bis Ende Januar. Alle Arbeit kam zum Erliegen. Man tat nur das Nötigste. Ständig mussten die Türen und Wege freigeschaufelt werden. In den Gassen lag der Schnee meterhoch. Einige Bürger fingen an die »weiße Pracht« mit Schlitten und Fuhrwerken vor die Stadtmauern zu karren. An solche Schneemengen konnten sich nicht einmal mehr die Alten erinnern.

Kalt, bitterkalt wurde es danach. Einige der vor der Stadt wohnenden Familien, meist Tagelöhner, hatten nichts mehr zu essen und zu heizen. Als die ersten Kinder verhungert und erfroren waren, rottete sich eine große Menschenmenge zusammen, und wollte in die Stadt. Sie schrien laut um Hilfe für sich und ihre Kinder. Eilig schlossen die Wachen die Tore.

Einige Bürger, Meister und viele Frauen, protestierten beim Rat, man könne doch die armen Leute nicht verhungern und erfrieren lassen! Hier müsste etwas getan werden!

Die Bartels waren wieder einmal mit Vorne dabei, jedoch auf unterschiedliche Weise.

Anna Maria wieder mit ihrem großen sozialen Engagement. Hatte sie sich doch schon im letzten Jahr mit den Frauen der Meister und Händler für die Flüchtlinge eingesetzt. Nun verteilten die Frauen Brot, Mehl, Kartoffeln, Decken und Brennholz vor der Stadt.

Christoph zog mit einigen Gleichgesinnten, vor Sitzungsbeginn des Stadtrates, in den Sitzungssaal. Hier wollten sie gegen das Elend protestieren. Allerdings wurden sie von den Stadtwachen schneller aus dem Rathaus getrieben, als sie hineingekommen waren.

Eine Protestnote konnten sie einigen der Bürgermeister gerade noch zustecken.

Darin stand zu lesen, dass die reichen Grubenbesitzer und Kaufleute die Tagelöhner nur ausbeuten würden. Sie bezahlten viel zu wenig, viel weniger als die Handwerksmeister ihren Gesellen und Helfern. Deshalb mussten nun so viele Hunger leiden und sterben.

Auch das Holzsammeln in den umliegenden Wäldern war gefährlicher geworden. Herumziehende Soldatenhorden überfielen immer wieder die Menschen, die ohne Schutz waren. Die Leute wagten sich fast nicht mehr hinaus in die Wälder. Auch Verbote des Markgrafen, der in den Wäldern mit seinen Jagdgenossen ungestört reiten und jagen wollte, hielten die armen Menschen davon ab, diese zu betreten. Aus diesem Grund hatten die Menschen einfach nicht genug Holz zum Heizen.

Aufgrund der vielen Beschwerden entschloss sich der Stadtrat, mehrere Fuhren Brennholz auf dem Marktplatz an Bedürftige zu verteilen.

Einige der Bürgersfrauen gaben in der Schule eine warme Suppe aus. Gespendet von den wohlhabenden Bürgern und im Spital gekocht.

»Zu deiner Gleichheit und Brüderlichkeit gehört auch, dass Niemand verhungern darf!«, griff der

Korbmachermeister Wenzel den Meister Bartel an, als sie beim allsonntäglichen Frühschoppen im Wirtshaus saßen.

»Das brauchst du nicht mir zu erzählen! Den reichen Gips- und Grubenbesitzer und den Geldsäcken von Händlern musst du das sagen. Die müssten halt ihren Leuten mehr bezahlen!«

Der Unmut in der Bevölkerung wurde immer lauter. Berichte in der Zeitung prangerten die skandalösen Machenschaften der oberen Schichten an. Auch Christoph schrieb einige anklagende Artikel, allerdings unter dem Pseudonym Dr. Simplizissimus Recht.

Endlich zog sich der strenge Frost zurück und niemand musste mehr erfrieren. Der aufgeflammte Protest sank mit steigender Temperatur. Die Menschen hatten jetzt Wichtigeres zu tun. Das Frühjahr kam in schnellen Schritten. Die Felder mussten bestellt werden.

Zu dieser Zeit entstand Bewegung in der Kunst. Auch die Baustile wechselten. Verschwenderische Bauten waren in Barockbauweise begonnen worden, und wurden nun teilweise im Rokokostil beendet.

»Das Barock bezeichnete den runden, absonderlich übertriebenen Stil, der sich vom italienischen barocco, das heißt, schiefrund, ableitet. Seit etwa Mitte des letzten Jahrhunderts, von Italien über Frankreich kommend, hat sich dieser Baustil besonders in Süddeutschland und auch hier in Franken ausgebreitet«, erklärte Christina ihrer Freundin Lena.

»Das Rokoko ist lediglich eine verspielte Weiterent-
wicklung.«

»Was du nicht so alles weißt.«

»Na ja, mein Vater erzählt immer viel zu Hause. Als
altgelernter Stuckateur schwärmt er natürlich immer
noch vom Barock.«

Große Residenzen, Schlösser und Kirchen wurden,
angeblich zum Ruhme des Allerhöchsten, in Licht
und Farbe geschaffen. Die Fürsten und Fürstbischöfe versuchten sich gegenseitig zu übertrumpfen. Immer größer und prunkvoller mussten die Bauwerke
werden. Sogar kleine Städte, Patrizier und Kaufleute
versuchten dies nachzuahmen. Beste Beispiele waren
das Windsheimer Rathaus und die Kilianskirche sowie
Wohn- und Geschäftshäuser. Auch das Haus vom ehemaligen Oberrichter von Keget und das vom Apotheker Korneffer gehörten dazu.

Wer keine Arbeit fand, oder wenn, dann vielleicht
nur als Tagelöhner, blieb am Rande der Gesellschaft
und wurde ausgegrenzt.

Mit leidenschaftlicher Begeisterung frönten die absolutistischen Fürsten dem Schlösserplanen, -errich-
ten und -erweitern.

Hier stimmten die beiden Mädchen mit den Meinungen ihrer Väter überein. Auch einige der, in die
Diskussion eingeworfenen, Sätze stammten von dem
einen oder anderen Vater.

»Das Bauen ist ein Teufelsding; wenn man angefangen hat, kann man nicht mehr aufhören!«, zitierte Lena
einen hohen fränkischen Herrn.

Aber des einen Leid ist ja bekanntlich des anderen
Freud und so brachte diese Bauwut große Gewinne

nach Windsheim. Seit Jahren war der Windsheimer Gips ein sehr begehrter Baustoff. Auch die Familie Knörr verdiente daran sehr gut.

Lena hörte Christina gerne zu, wenn sie solche Geschichten erzählte. Mittlerweile war die Dienstmagd, die nur ein knappes halbes Jahr älter war als sie, zu ihrer persönlichen Zofe und Freundin aufgestiegen. Im Haushalt beteiligten sich die beiden Mädchen nicht mehr viel. Es gab jetzt genug für die Aussteuer und Hochzeit vorzubereiten. Und so saßen die beiden oft beim Nähen und Sticken zusammen und unterhielten sich.

Im Frühjahr standen dann plötzlich 6000 russische Soldaten vor den Toren der Stadt. Einquartierung auf Befehl seiner kaiserlichen Majestät. Waren die fränkischen Truppen schon eine Plage, so waren die Russen nun wie eine Geisel Gottes. Sie machten sich über alles her, was nicht niet- und nagelfest war. Alles konnten sie gebrauchen.

Frauen und Mädchen, gleich welchen Alters, waren nicht mehr sicher. Überall wurden sie überfallen und vergewaltigt. Keine der Frauen traute sich mehr ohne männliche Begleitung aus dem Haus.

Der Stadtrat hatte zwar die gleichen Bedingungen wie mit den Franken ausgehandelt, aber die Soldateska hielt sich nicht daran. Diese raue und ungebändigte Söldnertruppe bekam meist keinen, oder nur einen geringen Sold. Sie nahmen sich ihren Teil, wo sie ihn kriegen konnten, ob das nun Feind oder Freund war.

Das Verständigungsproblem war noch das Geringste. Besonders die Überfälle und Plünderungen mussten aufhören. Diese angeblich befreundete Truppe benahm sich schlimmer als jeder Feind, der je vor den Toren Windsheims gelegen hatte. Selbst drastische Strafen schreckten die Soldaten nicht ab.

Der Rat hatte genug von den vielen Beschwerden. Hier musste etwas geschehen!

Die Stadt und die Kommandantur der Truppe vereinbarten strenger durchzugreifen. Die Windsheimer Miliz und die Stadtwachen waren voll beschäftigt in diesen Wochen. Ständig standen sie in Bereitschaft, um die Übergriffe abzuwehren.

Christoph, der nun in ständigem Dienst stand, patrouillierte mit seinen Männern durch die Stadt. Die Tore wurden nun auch am Tage teilweise geschlossen und waren doppelt besetzt.

Die Stadtwachen und die Bürgermiliz waren den kampferprobten Kosaken und Russen völlig unterlegen. Immer wieder gelangten kleinere Trupps in die Stadt und plünderten. Bis endlich Hilfe herbeieilte, waren die Soldaten meist schon wieder verschwunden. Gott sei Dank, zog die Truppe dann Ende April weiter in den Erbfolgekrieg um Polen, den der Kaiser zusammen mit Russland gegen Preußen und Frankreich führte.

In weitem Umkreis von Windsheim war viel Elend zurückgeblieben. Viele Gehöfte, ja teilweise ganze Dörfer zerstört. Manche Bewohner erschlagen, Frauen vergewaltigt und keinerlei Vorräte mehr vorhanden. Selbst das Saatgut hatte die Truppe mitgenommen. Beschwerden vom Markgrafen und den Städten an den Kaiser blieben unbeantwortet.

Nach einiger Zeit kam zwar ein Herold, der verkündete, man solle den armen Leuten helfen und die Unkosten von der Reichssondersteuer abziehen, aber den Windsheimern half das wenig, sie waren ja ohnehin von der Steuer befreit.

Manche Stadträte forderten, dass die Stadtmauern erweitert werden sollten, damit die vor der Stadt gelegenen Häuser der einfachen Leute und Tagelöhner auch mit geschützt werden könnten, wenn wieder solche Horden einbrechen würden. Aber dazu hatte die Stadt nun wirklich kein Geld. Im Gegenteil, man konnte sich die dringend notwendigen Reparaturen, der teilweise einsturzgefährdeten Mauern, nicht einmal leisten.

Wieder einmal wurde lauthals in den Wirtshäusern diskutiert. Und Christoph war wie immer mit dabei. Schnell war man sich einig, die hohen Herren und der Rat sind an allem Schuld!
Besonders Christoph war dieser Meinung, und als die Verhältnisse immer unerträglicher wurden, verkündete er dies lautstark in den Wirtshäusern und auf den Gassen.

Auf der einen Seite war die absolut herrschende Schicht. Kaiser, Könige, Fürsten, Reichsritter oder wie hier in der kleinen Stadt, der sogenannte Stadtadel, wohlhabende Patrizier und Handelsherren, Kaufleute und einige der reichen Meister.
Dem gegenüber der Liberalismus, vom lateinischen liberal abgeleitet, das heißt freiheitlich, vorurteilslos, nach Freiheit strebend. Eine Weltanschauung, welche

die Freiheit des einzelnen Menschen über alles stellt.

Die immer wieder durchziehenden Soldatenhorden, die räubernd und plündernd nur die Macht der Mächtigen mehrten, welche nichts von der Freiheit des Individuums wissen wollten, trugen nicht gerade zum besseren Verständnis für den Staat oder die Stadt bei.

Nun reicht es, immer lauter rief Christoph seinen Protest, und schrieb dazu flammende Artikel in der Windsheimer Zeitung und auf Traktaten, die er verteilte.

»Dem müssen wir das Maul stopfen. Der wiegelt uns die ganzen Leute auf«, eiferte sich sein früherer Freund und Bürgermeister Franz Jakob Merklein in der Ratssitzung, »red du noch einmal mit ihm!«

Mit einem Kopfnicken deutete er in Richtung Knörr. »Ich hab´s doch schon oft genug versucht. Aber er hört auf niemand mehr. Vielleicht am ehesten noch auf seine Tochter? Ich probiere es noch einmal«, antwortete Sebastian Knörr bedrückt.

Was hatte er nicht schon alles versucht, auch seine zukünftige Frau und deren Mutter. Immer wieder beschworen sie den Meister, er möge aufhören, gegen die Stadt und den Rat zu wettern.

»Ich kann dir nicht mehr helfen, wenn du nicht aufhörst mit deinen aufwieglerischen Reden. Der Rat wird dich bestrafen. Halt dich doch einfach zurück. Hat es dir nicht gereicht, dass man dir den Bürgermeister und den Siebener aberkannt hat? Und dann noch die hohe Strafe?«, mahnte ihn Sebastian, als er abends nach der Sitzung zu den Bartels kam.

»Vater! Hör endlich auf damit. Du schadest auch Sebastian und mir damit«, mischte sich Lena ein.

»Es tut mir leid. Aber ich kann dem Unrecht nicht

zuschauen. Oder soll ich die Augen davor verschließen, wenn die Kinder verhungern?«, erregte sich Christoph.

»Dann tu es mir zuliebe und der Kinder wegen«, bat Anna Maria ihren Mann, »halte dich wenigstens hier in Windsheim auf den Gassen und im Wirtshaus zurück.«

»Also gut, ich werde es versuchen!«

»Nicht versuchen! Den Mund halten sollst du! Sie wollen dir die Bürgerrechte aberkennen. Dann fällt dein gesamter Besitz an die Stadt!«, erregt war sein zukünftiger Schwiegersohn aufgesprungen und schrie das Letzte über den Tisch zu ihm hinüber.

»Nur keine Aufregung! Da habe ich schon vorgesorgt. Uns passiert nichts! Den größten Teil unseres Geldes habe ich durch den Juden Samuel Großmann außer Landes auf eine Bank bringen lassen.

»Was? Das ist strafbar! Du weißt, dass du ohne Genehmigung des Rates kein Geld aus der Stadt schaffen darfst«, unterbrach Knörr in hitzig.

»Warum nicht! Willst du mich anschwärzen? Es weiß doch keiner, wie viel Geld ich besitze«, erregte sich Christoph immer mehr, »ein paar Gulden habe ich schon noch da gelassen. Zusätzlich habe ich einen Teil für Lena und Anna Maria bei Großmann hinterlegt. Auch das Haus und alle meine Besitzungen und Grundstücke habe ich auf Lena überschreiben lassen. Wir haben lediglich das Wohnrecht auf Lebenszeit. Beim Notar ließ ich da auch einige Klauseln mit in euren Ehevertrag aufnehmen, den er euch übrigens nächste Woche bringen will.«

»Wie kommst du auf so eine verrückte Idee? Ich verrate dich nicht! Trotzdem finde ich, du hättest das besser offiziell gemacht«, versuchte ihn Sebastian zu beruhigen.

»Damit die mir von meinem sauer verdienten Geld noch Steuern aufbrummen. Kommt überhaupt nicht infrage!« Christoph schlug mit der Faust auf den Tisch.

»Na ja, jetzt ist es sowieso zu spät. Aber halte dich trotzdem in Zukunft zurück. Es nützt auch nichts, wenn du nichts mehr besitzt und sie dich ins Gefängnis werfen. Ich kann dir nicht immer helfen. Auch meine Macht ist begrenzt«, damit wandte sich Sebastian ab und verließ mit Lena die Wohnstube.

Anna Maria hielt Christoph am Arm fest:

»Er hat recht! Gib endlich Ruhe! Was soll sonst aus uns werden?«

Sie begaben sich beide ins Esszimmer zu Lena und Sebastian an den reich gedeckten Tisch zum Nachtmahl.

»Nun schau dir das an. So eine Fülle und da regst du dich über die Politik auf. Uns geht es doch gut«, hakte Anna Maria noch einmal nach.

Hitze und die herrlichsten Düfte drangen aus der Küche. In einigen Tagen war Sommersonnenwende, der Hochzeitstermin von Lena und Sebastian. Die Frauen und eine ganze Reihe von Helferinnen waren seit Tagen mit den Vorbereitungen beschäftigt.

Der Hochzeitslader brauchte die Bündel, das sind kleine Stofftücher, in denen verschiedene Kuchen- oder Gebäckstücke eingeschlagen wurden. Er musste endlich mit dem Einladen der Gäste und dem Verteilen der Bündel anfangen. Die Verwandtschaft war groß und es würde eine ganze Weile dauern, bis er überall herumkäme.

Man wollte sich nicht lumpen lassen und bereitete eine der größten Hochzeiten der letzten Jahre vor.

Unmengen von Zimtrollen, Küchle und Schneeballen wurden gebacken.

Lena, Christina und noch drei Nachbarstöchter waren für die Schneeballen zuständig. Der Knetteig wurde sorgfältig ausgerollt, und dann mit einem Teigrädchen, in gleichmäßige, fingerbreite Streifen eingeschnitten. Beim abwechselnden Aufnehmen der Teigstreifen fiel Lena immer wieder einer der Streifen herunter. Auch das anschließende Einlegen in die Blechform wollte und wollte ihr meist nicht gelingen. Die Freundinnen amüsierten sich darüber und führten es ihr immer wieder vor. Vergebens.

»Am Besten, du bäckst die Schneeballen im heißem Fett heraus, da kannst du nichts verkehrt machen«, meinte Christina lächelnd zu ihr.

Anna Maria hatte Christoph nach Nürnberg gesandt. Er sollte die Delsenbachs, einige frühere Bekannte und die Familie Rosenzweig einladen. Er war bereits vor Pfingsten gefahren, damit er das Hochamt in der Nürnberger Lorenzkirche mit feiern konnte.

»Bleib ruhig länger, es reicht, wenn du zwei Tage vor der Hochzeit wiederkommst. Oder am Besten du bringst die Gäste gleich mit!«

Schlau hatte das Anna Maria eingefädelt. Christoph war aus dem Weg und konnte so vor der Hochzeit nicht noch mit seiner ewigen Stänkerei Schaden anrichten. Bereits vor Wochen hatte sie an die Delsenbachs und Rosenzweigs geschrieben, und das Kommen von Christoph vereinbart.

Die Mutter von Sebastian hatte, und das nicht nur weil die beiden den gleichen Vornamen hatten, an Mag-

dalene, wie sie von jetzt an gerufen werden wollte, Gefallen gefunden. Die junge Frau verbrachte nun auch
vermehrt Zeit im Hause ihrer zukünftigen Schwieger-
mutter. Vieles hatten sich die beiden zu erzählen.

Schwer beladen quälte sich der Tross von der
Frankenhöhe herunter nach Windsheim. Die Bewohner staunten nicht schlecht, als sie gewahr wurden,
dass das die Hochzeitsgäste der Familien Bartel und
Knörr waren. Zwölf Gespanne und eine Menge Reiter zwängten sich durch das Seetor. Christoph hatte es
fertiggebracht, dass alle geladenen Gäste gemeinsam
reisen konnten. Wohin mit soviel Gästen, fragte sich
mancher der Zuschauer. Aber da kam auch schon der
Bräutigam Sebastian Knörr angeritten und geleitete
die Gäste zum Gasthaus *Zum Storchen,* eine der ältesten und größten Herberge in Windsheim. Man hatte
sie für die Hochzeit komplett gemietet.

»Schaut euch die Leute an. Reich und vornehm. Und
die vielen Truhen und Kasten. Da soll der Bartel noch
einmal von Gleichheit und Brüderlichkeit reden! Wie
ein Pfau herausgeputzt hockt der mit stolzgeschwellter Brust auf seinem Pferd. Der gehört selber zu den
reichen Meistern, und nun heiratet seine Tochter auch
noch in die Patrizierfamilie der Knörr ein. Wir armen
Schlucker sind da bestimmt nicht eingeladen!«
Ein Murren und Staunen ging durch die Reihen der
Zuschauer. Für viele war das ein Widerspruch zu den
Reden, die der Schneidermeister Bartel sonst im Wirtshaus hielt.

Seit Tagen schon ließ der Bräutigam die Wiesen am *Gänsbrunnen,* draußen vor dem Rothenburger Tor, herrichten. Hier sollte das Fest stattfinden. Etwas erhöht, direkt vor der Stadtmauer, wurden Podeste für die Honoratioren und besonderen Gäste aufgebaut. Ein Tanzpodium, in der Mitte davor, nagelte der Zimmerermeister Holzschuh zusammen. Der angesehene Bürgermeister hatte eine allgemeine Tanzgenehmigung beim Stadtrat durchsetzen können.

Der Wallgraben wurde planiert, Löcher mit Sand aufgefüllt. Zwei alte Tagelöhnerhütten, die im Weg gestanden waren, hatte der Bürgermeister abreißen lassen, und den Familien ein frei stehendes Haus in der Stadt geschenkt.

Hatte man so was schon einmal gesehen? Was sollte das werden? Viel zu bestaunen gab es da. Die Menschenmenge wurde immer größer. Viele Gaffer standen im Weg herum. Dienstboten scheuchten die Leute immer wieder fort. Vergebens!

Als Letztes wurde im hinteren Bereich des hergerichteten Wallgrabens ein großer Holzstoß aufgeschichtet. Fünf Fuhren aus seinem Gräfforst hatte der Knörr bringen lassen.

Endlich waren die Vorbereitungen beendet.

»Heute am Sonntag gehen wir alle noch einmal ganz entspannt zur Kirche«, meinte Anna Maria.

Aber daraus wurde nichts! Die Brautleute wurden in der Kirche ganz unruhig und bedrückt. Der Pfarrer predigte von Zurückhaltung und maßhalten. Jegliche Völlerei sei Teufelswerk. War das eine Anspielung auf das morgige Hochzeitsfest?

Montagmorgen. Ein blauer Montag. Alle hatten frei. Endlich war es Sommersonnenwende, 16 helle und 8 dunkle Stunden, nach Windsheimer Zeit. Genug Zeit zum Feiern. Sogar das Wetter war in bester Feierlaune und schenkte seit Tagen schon den herrlichsten Sonnenschein.

Feierlich zog das frisch vermählte Paar aus der Kirche. Er mit Wams und Hose aus dunkelblauem Samtstoff, ganz nach der neusten Mode und sie in einem schwarzen Brokatbrautkleid mit Seidentuch und langer Schleppe. So eine Angeberin flüsterten sich einige Neider zu. Dahinter der lange Zug der geladenen Gäste. Die Schützen standen stramm Spalier, und die Schulkinder sangen ein Lied. Stolz hielt der Bürgermeister Johann Sebastian Knörr seine junge Frau Kunigunde Magdalena am Arm.

Viele der Ratsherren, Meister und Kaufleute reihten sich in die lange Schlange der Gratulanten ein. Einige aus der oberen Windsheimer Gesellschaft fanden allerdings irgendwelche Gründe, warum sie nicht an der anschließenden Hochzeitsfeier teilnehmen konnten.

Der Knörr war schon recht, aber er hatte unter seinem Stand geheiratet. Gehörten doch die Knörr zu den vermögendsten und einflussreichsten Familien der Stadt. Schon der Großvater war ein Patrizier gewesen. Reich geworden durch Gips, Wolle und Handel. Nun, Sebastian selbst war zwar der Zweitgeborene, aber trotzdem, so etwas gehörte sich einfach nicht. Und dann auch noch die Tochter von einem Meister, mit dem man sich zurzeit lieber nicht in der Öffentlichkeit zeigte.

So war es dann kein Wunder, dass die geladene Gesellschaft immer kleiner wurde. Sebastian Knörr, innerlich kochend vor Wut wegen dieses Affronts, ließ sich nichts anmerken.

Euch werd´ ich´s zeigen, dachte Knörr bei sich. Spontan lud er alle ein, die in den Gassen standen und dem Brautpaar zuwinkten. Am Festplatz angekommen war es dann eine große, recht gemischte Gesellschaft. Neben einem Teil der Honoratioren und der Verwandtschaft war ein bunter Haufen aus der Bevölkerung dabei.

Fanfaren erschallten, und der Hochzeitslader stampfte mit seinem bunt geschmückten Stock laut auf die Bretter des Tanzbodens.

Der Brautvater erhob sich und trat auf die Bühne.

»Liebes Brautpaar, meine liebe Tochter, werte Gäste und Freunde. Ich danke euch, dass ihr zu diesem festlichen Ereignis erschienen seid, und bitte euch nun euer Glas zu erheben, und mit mir auf das Brautpaar anzustoßen. - Hoch sollen sie leben! -Prost! Prost!«, damit hob Christoph seinen Becher nach allen Seiten.

Nach einem kräftigen Schluck wandte er sich an das Brautpaar und fuhr fort:

»Ich will es kurz machen mit meiner Rede. Ich wünsche euch, liebe Lena und lieber Sebastian, alles Gute für eure Zukunft. Möge Gott euch immer auf euren Wegen begleiten und euch segnen. Wie ihr wisst, gibt es im Moment einige Differenzen zwischen dem Rat und mir. Ich will eurem Glück nicht im Wege stehen, und so haben wir, meine liebe Frau und ich, beschlossen, von Windsheim wegzuziehen. Allerdings braucht es dazu noch einige Vorbereitungszeit und deshalb werden wir in unser kleines Haus in der langen Spitalgasse ziehen, und möchten euch das Bürgerhaus in der Rothenburger Beigasse zur Hochzeit schenken.«

Lena wollte ihren Vater unterbrechen.

»Halt, lass mich ausreden.«

Bartel nahm einen kräftigen Schluck, wischte sich den Schaum vom Mund, und fuhr fort:

»Ich habe hier ein Schreiben, in dem ich den Rat der Stadt um meine Entlassung aus allen meinen öffentlichen Ämtern und Aufgaben bitte. Und der wird sicher sehr gerne zustimmen. Ich werde nur noch eine kleine Schneiderwerkstatt betreiben. Alles Weitere wird sich schon finden. Und nun lasst uns feiern. Prost!«, und wieder hielt er den, nun bereits zum dritten Mal nachgeschenkten, Becher in die Höhe, »trinkt und esst! So ein Fest gibt es nicht so schnell wieder.«

»Prost« »Vivat, auf das Leben«

Alle tranken sich und dem Brautpaar zu. Erstaunt über diese Ankündigungen begann ein Geflüster und Geraune unter den Gästen.

Anna Maria hatte Tränen in den Augen, aber sie bestätigte immer wieder die Aussagen ihres Mannes.

Christoph hatte eine Zusage der kaiserlich Ostindischen Kompanie, einer 1722 gegründeten Handelsgesellschaft, erhalten. Die suchten Männer, die bereit waren, die Interessen des Kaisers im fernen Indien zu vertreten. Gerade er als Schneidermeister und Fähnrich rechnete sich da gute Zukunftsaussichten aus. Allerdings konnte sich die Abreise noch einige Monate hinziehen, hatte man ihm mitgeteilt, der Kaiser war im Moment knapp bei Kasse. Aber wann war er das nicht?

»Und nun Musikanten spielt auf!«, schrie Christoph Bartel den Musikern der Bruderschaft der *Menestreuns de la Lorraine* zu. Hatte er doch lange nach dieser Gruppe gesucht, um Lena eine besondere Freude zu bereiten.

Sie hatte diese Musikanten das erste Mal hier in Windsheim, und dann noch einmal auf ihrer Reise nach Nürnberg, in Langenzenn gehört. Sie schwärmte immer wieder von diesen Musikanten.

Es wurde ein rauschendes Fest, von dem man noch Jahre später erzählen sollte. Das ganze Volk feierte ungeniert mit der Obrigkeit, zumindest mit denen, die trotzdem gekommen waren. Alle tanzten durcheinander. Ob Bürgermeister, Tagelöhner, Handwerker oder Jude, alle waren fröhlich dabei. So etwas hatte es in der alten Reichsstadt noch nie gegeben. An diesem Abend ging Christophs Traum von der Gleichheit der Menschen in Erfüllung. Als es dunkel wurde, zündeten sie das Sonnwendfeuer an.

»Ihr immer mit euren heidnischen Bräuchen«, wetterte Dekan Seyboth noch.

Aber niemand hörte auf ihn. Immer ausgelassener und fröhlicher wurde die Gesellschaft. Man sprang über das niedergebrannte Feuer. Besonderes für die Liebespaare sollte dies Glück für die Zukunft verheißen.

Drei Tage dauerte das Fest. Sebastian hatte den Rat überzeugt, sodass dieser die Genehmigung dafür erteilte. Schließlich heiratete nicht so oft ein Bürgermeister des Inneren Rates. Die meisten der Gesellen und Tagelöhner mussten zwar am nächsten Morgen wieder arbeiten, kamen aber abends wieder und feierten eifrig weiter mit.

Am zweiten Abend gab es Scherereien. Stritten sich doch einige Betrunkene um die besten Bissen vom Ochsen, der am Spieß briet. Aber die Stadtwachen griffen schnell ein und führten die Unruhestifter ab.

Ein paar Kinder und Tagelöhner quälten sich mit Magenkrämpfen herum. Sie waren das viele Fleisch und fette Essen nicht gewöhnt.

Allerdings bekam die bessere Gesellschaft auf den erhöhten Podesten und Tribünen davon nichts mit. Letztendlich saß doch jeder Stand für sich. Mehrmals fing Christoph an, dagegen zu protestieren und murmelte etwas von Gleichheit und Brüderlichkeit. Aber seine Frau passte auf, und stieß ihn jedes Mal in die Seite, sobald er davon anfing. Nur heute keinen Ärger beschwor sie ihn. Notgedrungen ergab er sich diesem Schicksal und verzichtete darauf, seine Meinung lautstark zu verkünden.

In einer ruhigen Minute, und nur im Familienkreis, sorgten die Gäste aus Nürnberg, Abraham Levi und Eleonore Rosenzweig, für eine Überraschung. Sie überreichten Lena eine notariell beglaubigte Urkunde. In der war festgelegt, dass Kunigunde Magdalena Bartel, verheiratete Knörr, ihr Leben lang eine Apanage von 200 Gulden jährlich erhalten sollte. Eine unglaubliche Summe. Das war mehr als ein ehrlicher Meister im Jahr verdienen konnte. Lena wurde damit eine der reichsten Frauen hier in der Stadt.

Meist besaßen die Frauen überhaupt kein eigenes Geld, auch die Mitgift, die sie mit in die Ehe gebracht hatten, gehörte dem Mann.

Die Verfügung über diese jährlichen Einnahmen sollten Lena alleine gehören, nicht ihrem Mann und nicht ihren Eltern. Auch durfte das Geld nicht zum Familienvermögen dazu geschlagen werden.

»Liebe Lena wir möchten, dass du dein Leben lang deine Unabhängigkeit bewahren kannst.«

»Mit was habe ich so viel Glück verdient? Wie kann ich euch das jemals danken?«

Lena fiel den beiden alten Leuten um den Hals und bedankte sich unter Tränen. Sie konnte es gar nicht fassen. Soviel Glück auf einmal, Liebe und Reichtum.

Der Rat war doch etwas pikiert. Entlassung aus allen Ämtern hatte noch niemand beantragt. Rausgeschmissen hatte man zwar schon mehrmals einige Unbequeme, aber freiwillig? Nach einer hitzigen Debatte stimmten sie dem dann aber zu. Wurde man doch so vielleicht einen ungeliebten Störenfried und Aufwiegler elegant los.

Feierlich wurde der Schneidermeister und Fähnrich von seinen Verpflichtungen aus der Windsheimer Bürgerwehr entbunden. Er behielt lediglich die Verantwortung, die jeder Bürger auch hatte.

Endlich wagten sich einige der früheren Freunde aus dem Rat und der Zunft, wieder mit Christoph zu reden. Er war jetzt nicht mehr der Gefährliche, der Unruhestifter. Was für kleinliche Spießer, dachte sich Christoph.

Anfang August war es dann so weit. Bartels zogen in das kleinere Haus in der Spitalgasse. Der Umzug ging sehr schnell vonstatten, hatten sie doch im Laufe des Jahres bereits alles vorbereitet. Die junge Familie richtete sich nun im Elternhaus von Lena gemütlich ein.

Es sollte noch einige Zeit vergehen, bis die Bartels abreisen konnten. Auf alle Schreiben von Christoph kam immer wieder die Antwort, dass es noch etwas dauere. Einmal war gerade kein Posten frei, das nächste Mal fehlten dem Kaiser wieder die finanziellen Mittel.

»Ich glaube es wird das Beste sein, wenn du dich gleich nach etwas Anderem umschaust oder wir bleiben einfach da«, meinte Anna Maria zu ihrem Mann.

Christoph brummte nur. Geduld war nicht gerade seine Stärke.

Leider konnte Christoph sich nicht zurückhalten. Jetzt zwar nicht mehr in der Öffentlichkeit, aber immer wenn er mit einigen Freunden und Bekannten zusammentraf, erhitzte er sich. Lautstark forderte er, dass alle Menschen gleichbehandelt werden sollten. Die Zölle und Steuern von den Ärmsten sollten erlassen werden, und die reichen Geldsäcke sollten ihren Tagelöhnern endlich den gerechten Lohn bezahlen.

Daraufhin kehrten sich immer mehr der sogenannten guten Freunde von ihm ab. Bartel wurde zum Außenseiter. Wenn sein Schwiegersohn nicht ein reicher und angesehener Bürgermeister und kaiserlicher Beirichter gewesen wäre, hätte man ihn bestimmt schon aus der Stadt ausgewiesen.

Mit Geld konnte man schließlich fast alles kaufen, auch eine gewisse Zurückhaltung des Rates der Stadt.

Von allen seinen Posten entbunden, ohne Aufträge aus der feinen Gesellschaft, am Rande der Stadt wohnend, da waren die Reden nicht mehr ganz so durchgreifend wie vorher. In gewisser Weise hatte sich der Meister selbst ins Abseits gestellt.

Zwar hielt er immer noch seine aufklärerischen Reden und schrieb für die Zeitung, aber mit viel weniger Erfolg. Hoffentlich geht er bald, dachten sich viele vom Rat, dann sind wir den Unruhestifter endlich los.

Wieder zogen Truppen des Fränkischen Kreises vor die Stadt und nahmen hier Quartier. Und wieder gab es viel Ärger. Soldaten waren einfach keine normalen Menschen, nur Raufbolde und Säufer, meinten viele Einwohner. Wieder wurde alles teuerer. Die Vorräte wurden knapp. Eine so große Truppe, fast 3000 Mann waren es diesmal, wollte versorgt werden. Was half es, wenn der Kaiser zusagte, dass er alles bezahlen würde und dann kam kein Geld, nur Schuldscheine, die nichts wert waren.

Zu dieser ständigen Belastung durch die durchziehenden Truppen wollte der Rat der Stadt, nun von seinen Bürgern wieder eine zusätzliche Steuer. Jeder, ob arm oder reich, gab der Rat bekannt, sollte zwei Gulden Pflastersteuer bezahlen. Damit sollten die restlichen Gassen gepflastert werden, damit endlich der Schmutz und Unrat verschwinde. Der Stadtmediziner und der Apotheker hatten den Stadtrat überzeugt, dass dadurch viele der Krankheiten und Seuchen entstanden.

Aber niemand glaubte dies. Die wollen nur wieder ihre Kasse füllen.

Proteste, auch in der Zeitung, gegen die Gleichsetzung aller Bürger halfen nichts. Der Rat meinte, dass jeder Mensch hier gleichermaßen von einer Seuche getroffen werden könnte, und so sollte auch jeder die gleiche Summe bezahlen.

Christophs Temperament schwappte wieder einmal über. Er hielt am Kirchweihsonntag auf dem Markt eine feurige Rede.

Beim Bezahlen sind auf einmal alle Menschen gleich, wetterte er gegen diesen Beschluss. Warum dann nicht beim Verdienen. Jeder sollte wenigstens auch von seiner Hände Arbeit leben können.

Mit scharfer Kritik wandte er sich gegen die absolutistischen Herrscher, die auch in den Reihen der freien Städte nicht haltmachten. Die Zeiten, in denen ein Bürgermeister oder ein sonstiger hoher Beamter von allen Ratsherren auf eine bestimmte Zeit frei gewählt wurde, waren schon lange vorbei. Wer genügend Geld besaß, hatte die Macht, und bestimmte die Geschicke der Stadt.

Wenige wohlhabende Familien teilten sich die lukrativen Posten. Geld regiert die Welt!

Das natürliche Recht auf gleiche Lebensbedingungen stehe jedem Menschen zu, sagte er. Alle hätten einen Anspruch darauf, sicher, friedlich und glücklich zu leben. Die Möglichkeit dafür zu schaffen sei die Aufgabe der Stadt und des Staates.

Weiter zitierte er John Locke, einen englischen Philosophen, der das so erklärte:

Politische Gewalt hat jeder Mensch im Naturzustand gehabt und diese zugunsten der Gesellschaft und in dieser wiederum zugunsten einer Regierung aufgegeben, mit dem ausdrücklichen und stillschweigenden Vertrauen, dass sie zu seinem Besten und zur Erhaltung seines Eigentums gebraucht werde.

»Darum fordere ich den Stadtrat auf, weg mit so einer ungerechten Steuer. Gleichheit und Freiheit für Jedermann. Gerechte Bezahlung für Alle. Jeder soll von seiner Hände Arbeit leben können. Einen Mindestlohn auch für die Tagelöhner in den Gipsgruben. Gerechte Verteilung der enormen Gewinne!«

Viele der umstehenden Menschen applaudierten und jubelten ihm zu.

»Recht so! Sag´s ihnen!«, schrie die Volksmenge.

Aber als die Stadtwachen kamen und Christoph verhafteten, verdrückten sich die Meisten, die ihm gerade zugejubelt hatten, sehr schnell in alle Richtungen. Die Wachen führten ihn ab und warfen ihn in die Fronveste, einem Gebäude neben der Seekapelle.

Storchennest, so nannte der Volksmund das Gefängnis in Windsheim, weil auf dem Kamin, schon seit der Erbauung immer wieder Störche in dem Nest brüteten.

Nass, kalt und fensterlos war das Verlies. Früher war hier auch das Blutgefängnis mit Folterraum untergebracht. Aber die Räume waren recht selten benutzt worden. Die hohen Strafen schreckten die meisten Menschen ab. Wer zum Beispiel beim Diebstahl auf dem Markt, was hin und wieder einmal vorkam, erwischt wurde, dem wurde die Hand abgehackt. Das Schwören eines Meineides kostete den Schwurfinger. Verrutschen von Grenzsteinen wurde mit Enteignung des betroffenen Grundstückes bestraft.

Und so war Christoph im Moment der einzige »Gast« in dem Gebäude. Es stank fürchterlich in dem dunklen Raum. Das nasse Stroh lag bestimmt schon mehrere Jahre auf dem Boden. Die Ratten stoben auseinander, als die Stadtknechte ihn hineinwarfen. Als sie ihn dann noch an die von der Wand hängenden Ringe ketteten, fing Christoph an zu zittern und zu schreien.

»Ich bin unschuldig! Holt sofort meinen Schwiegersohn. Ich will hier raus.«

»Halts Maul!«, einer der Stadtbüttel schlug ihm mit einem Riemen über das Gesicht, »das hättest du dir vorher überlegen sollen!«

Mit einem lauten Krachen fiel die Türe zu.

Nach langen Verhandlungen und Zahlung von 200 Gulden Kaution konnte Sebastian Knörr seinen Schwiegervater endlich freikaufen.

Drei Tage ohne Essen und Trinken. Die Tür wurde kein einziges Mal geöffnet. Dunkel, feucht, immer wieder Ratten, die über ihn hinweg rannten. Er konnte sie nicht verscheuchen. Mit den schmerzenden Händen hing er an der Wand. Anfangs hielt er sich noch zurück, bestimmt käme bald jemand. Später schrie er, aber niemand hörte ihn oder wollte ihn hören. Als er das erste Mal Wasser lassen musste, war`s noch unangenehm. Aber später dann schiss er in die Hose und der Harn lief ihm an seinen Beinen herunter. Ekel überkam ihn.

Als sich endlich die Tür öffnete, war es Gott sei Dank dunkel. So konnte wenigstens niemand sehen, wie er aussah. Zitternd, frierend, voller Schmutz vom eigenen Dreck und mit Bissspuren der frechen Ratten, warfen die Wachen ihn aus dem Gefängnis. Der einstige stolze Bürger und Meister kroch an den Wänden entlang nach Hause. Er konnte sich nicht mehr auf den Beinen halten.

Dem Meister Bartel wurde verboten die Stadt zu verlassen, und er sollte sich dem Gericht pünktlich zur Verfügung stellen.

Einen Monat später wurde das Urteil verkündet:
Mit sofortiger Wirkung wird der Meister aus der Zunft ausgeschlossen, er darf seinen Beruf in Windsheim nicht mehr ausüben. Weiter muss er eine Summe von 300 Gulden an das Spital »spenden«. Die Kaution behält die Stadt und das Gericht zur Deckung der Unkosten. Außerdem ist es ihm bei

*Strafe und sofortiger Stadtausweisung verboten, öffentlich zu
reden. Das schließt alle Plätze, Gassen und Wirtshäuser mit
ein.*

Auf Ersuchen von Sebastian Knörr wurde die Strafe
allerdings abgemildert, die Ausweisung sollte nun innerhalb einer Frist von drei Monaten gelten.

»Wohl gemerkt, Bartel, das Urteil fiel nur so gnädig
aus, weil ihr euch in der Vergangenheit so große Verdienste um die Stadt gemacht habt«, meinte sein ehe-
maliger Freund und Ratsherr Strampfer zu ihm.

Bei der Geldstrafe, die sofort zu zahlen war, musste
ihm Sebastian aushelfen. Soviel Bares hatte Christoph
nicht mehr.

Am Abend kam der Dekan Georg Philipp Seyboth, ein Freund der Familie, zu Besuch und redete
nochmals eindringlich auf Christoph ein.

»Es ist eine Schande, wie weit abwärts es mit dir
gekommen ist, Christoph! So reiß dich doch zusammen und sei endlich ruhig. Es bringt nichts! Du redest
gegen eine Wand aus mächtigen Bürgermeistern und
Ratsherren. Das Beste wird sein, du suchst dir einen
neuen Lebensraum. Hier in Windsheim hast du keine
Zukunftsaussichten mehr. Der Rat wird dir immer auf
die Finger schauen, und bei der nächsten Kleinigkeit
wirst du sofort ausgewiesen.«

»Aber ich sage doch nur die Wahrheit.«

»So begreif´s doch endlich, unsere Stadtväter wollen davon nichts hören. Du redest dich um Kopf und
Kragen!«

Resigniert nickte Christoph.

»Ich habe einen Studienkollegen, der stammt aus

Hanau, das ist oben im Hessischen, dem werde ich einmal schreiben und deinen Fall schildern, vielleicht ergibt sich eine Lösung. Mein Freund ist der Hofkaplan beim Landgrafen Wilhelm VIII. von Hessen-Kassel, und der hat wiederum ausgezeichnete Verbindungen zum König von England. Wie ich gehört habe, sucht der immer wieder Leute für seine Handelskompanien in den neuen Kolonien.

Dort glaube ich, wärst du endlich frei. Da interessiert es keinen, was du denkst und redest, Hauptsache du machst deine Arbeit gut.«

»Christoph! Das wäre doch eine Chance«, nahm Anna Maria das Gespräch erleichtert auf. Sie machte sich schon große Sorgen um die Zukunft. Was sollte aus ihnen werden? Freilich mussten sie bestimmt keinen Hunger leiden, dafür hatte ihr Mann schon vorgesorgt. Aber ausgewiesen und ohne Heimat. Oder noch schlimmer, ihr Mann im Gefängnis.

»Daran habe ich auch schon gedacht. Nachdem mich die Ostindienkompanie vom Kaiser immer wieder vertröstet.

Ich habe damals in Nürnberg einen Artikel über die Hudsons Bay Company gelesen. Diese wurde bereits 1670 gegründet. Der Hauptstützpunkt ist Fort Nelson, oder wie es heute heißt York Factory. Dort soll es vor allem recht kalt sein, aber was soll´s, kälter als die Herzen der hier Regierenden kann es auch nicht werden ...«

»Christoph! Hör auf!«, schrie Anna Maria.

»Jetzt hör doch mal auf deine Frau! Gib Ruhe! Ich werde morgen gleich meinem Freund schreiben. Und solange hältst du dich einfach einmal etwas zurück!«, damit verabschiedete sich Seyboth.

Nachdem ihr Besuch gegangen war, saßen die beiden Eheleute noch ein ganze Weile zusammen und beratschlagten, wie es weiter gehen sollte.

»Ich werde dem Albrecht schreiben und ihn fragen, was er dazu meint. Vielleicht gibt es auch bei ihm eine Möglichkeit für uns?«

»Gut, Anna Maria, mach das«, schon etwas zuversichtlicher stimmte Christoph zu. Sie gingen zu Bett, er löschte das Licht und schlief gleich darauf ein.

Anna Maria lag noch lange grübelnd wach. Die Kinder waren versorgt. Lena hatte hier in Windsheim und Albrecht in Amerika, das Glück gefunden.

Hoffnungsvoll konnte auch sie nun wieder von einer Zukunft träumen. Hauptsache sie waren zusammen und in Freiheit.

Ob in Amerika oder ...?

Anmerkungen und Dank des Autors:

Bei der vorliegenden Geschichte handelt es sich um einen frei erfundenen Roman. Manche Personen und Handlungen sind real aus der Geschichte, der ehemaligen freien Reichsstadt Windsheim, entnommen worden. Zum Beispiel das Ersuchen des Andreas Christoph Bartel auf Aufnahme als Bürger in der Stadt und seine Heirat mit Anna Maria Bäumer. Sowie die Ereignisse der Hagelkatastrophe, des Spitalbrandes und des großen Stadtbrandes. Auch die Bettelbriefe und die Kupferstiche von Johann Adam Delsenbach sind historisch belegt. Die vielen Spenden und der Wiederaufbau des Rathauses und der Kirche sind im Stadtarchiv nachzulesen.

Ich erhebe aber keinen Anspruch auf detailgetreue Wiedergabe der geschichtlichen Ereignisse. Einige Ereignisse und Personen sind für den Roman verändert worden, andere wiederum frei erfunden.

Mir ging es darum, dem Leser das Leben in einer so kleinen Stadt verständlich zu beschreiben.

Die Bezeichnungen Barock und Rokoko wurden erst seit dem 19. Jahrhundert verwendet, aber des besseren Verständnisses wegen, habe ich sie zur Erklärung benutzt.

Bedanken möchte ich mich bei meiner Frau, die immer wieder das Buch gelesen und korrigiert hat, und bei meinem Sohn Denny für Korrektur, Tipps und Anregungen. Dank auch an Peter Hägele, Ekkehard Cramer und dem Archivar der Stadt Bad Windsheim Michael Schlosser.

Personen

Kursiv frei erfunden oder verändert

Windsheimer Personen:

Andreas Christoph Bartel (1)
> *12.10.1695 in Quedlinburg, +18.10.1763,
> Schneidermeister und Zeugmacher, *später auch
> Zeugmeister, Fähnrich*,
> heiratet am 23.06.1727 die Witwe

Anna Maria Bäumer, (2) geb. Gümpelin,
> *18.05.1683 *in Lenkersheim*, + 19.08.1764
ihre Kinder:
> *Kunigunde Magdalena Bartel, geb. Bäumer,*
> > **26.01.1719, Tochter, genannt Lena*
> *Johann Albrecht Bartel, geb. Bäumer,*
> > **23.03.1712, Sohn, Maurerlehrling, Soldat*
> *Christoph Adam Bartel,*
> > **03.12.1730, +1732, Sohn von 1+2*

Johann Georg Bäumer,
> *Schneider- und* Zeugmachermeister, + *1725*

Johann Nikolaus Krauß, (3)
> *1677, +13.12.1737, seit 1709 Stadtmaurer-
> meister

Johann Michael Krauß, Sohn von 3,
> *1708, +1788, ab 1726 Geselle,
> ab 1738 Bürger und Stadtmaurermeister

Johann Willibald Krauß, Sohn von 3
> **1719, Schneiderlehrling bei Bartel,*
> *ehelicht 1733*
Lisa Scheitacker, Magd bei Bartels, *1712

Franz Jakob Merklein,
> *Schneider-, Zunft-* und später Bürgermeister
> von 1718 bis 1730

Franz Jakob Merklein,
> Namengleicher Neffe
> zu vorg., Oberrichter 1732 - 1743

Johann Sebastian Knörr
> *12.09.1699, 08.02.1780, *Advokat,*
> ab 1734 Bürgermeister im Inneren Rat,
> 1755 - 1780 Oberrichter
> *ehelicht 1734 Kunigunde Magdalene Bartel*

Georg Strampfer,
> *Wagnermeister*, Bürgermeister ab 1730

Georg Wilhelm von Keget,
> Bürgermeister und Oberrichter, 1668 - 1732

Samuel Großmann, Goldschmied in Windsheim
> *Noah Lewis und Isaak Rosenzweig,*
> *seine Lehrlinge*

Hubert Eckard, Steinmetzmeister

Johannes Phillipus Eckard, * *1704*

Xaver Andreas Hellmuth, *Tuchhändler*

Hans Georg Lenkersheimer, Capo beim Stadtmauerermeister

Johann Jakob Steller, Organist und Kantor

Georg Wilhelm Steller, Sohn von vorher
> * 10.03.1709, + 12.11.1746
> berühmter Arzt , Biologe und Naturforscher,

Georg Wilhelm Dietz
> *1710, +1786, ab 1735 Rektor,

Giacomo Minetto
> Kaminfeger und erster italienischer
> Gastarbeiter in Windsheim

Salvatore De Pachino,
> *Stuckateurmeister aus Noto auf Sizilien, Italien*
> *Francesca Maria, seine Frau*
> *Marcella *1717 und Christina *1719, Töchter der beiden*

Joseph Seeg, Braumeister und Wirt im Gasthaus »Zur Sonne«

Georg Philipp Seyboth
> *1682 +1740, ab 1735 Dekan

Auswärtige Personen:

Johann Adam Delsenbach,
> Maler und Kupferstecher, (1687- 1765),
> Nürnberg

Anna Rosina seine Frau

Geraldino von Brück,
> *Prinzipal einer reisenden Schauspieltruppe,*
> *Heidelberg*

Freiherr Johann Albrecht **von Reitzenstein**
> *Amtmann auf Hoheneck in Dienste des*
> *Markgrafen von Brandenburg-Bayreuth*

Abraham Levi Rosenzweig,
> *reicher Patrizier und Kaufmann in Nürnberg,*
> *jüdischer Abstammung, konvertiert zum*
> *Evang. Luth. Glauben*

Eleonore Rosenzweig seine Frau

Hans Georg Brunner, Zeugmachermeister, Nürnberg

Gabriel de Gabrieli, Baumeister in Ansbach
Balthasar Neumann, Baumeister in Würzburg

Maße und Gewichte:
*je nach Gegend waren damals Schwankungen üblich, nachfolgend
die etwa in Windsheim gültigen*

1 Eimer = 60 Maß = 128 Seidla = 64 Liter

1 Schoppen = 1/4 Maß = 1/4 Liter

1 Scheffel = 2,3 hl = 230 l bzw. 60 kg als Maß für Getreide

1 Nürnberger Elle = 66,10 cm

1 Gulden = 21 Groschen = 60 Kreutzer = eine Kaufkraft von 40-50 Euro

1 Tagesreise = ca. 27-36 km

1 Tagewerk = 2 Morgen = 1 1/2 Hufe = ca. 36 a = 360 qm

1 Zentner = 100 Pfund

1 Pfund = 30 Lot = 16 Unzen

Preise und Verdienst
für 1 Tagewerk (etwa 13 Stunden):

Handwerker / Geselle	6 Groschen/Tag	~	85 Gulden / Jahr
einfacher Meister /Altgeselle	8 Groschen/Tag	~	115 Gulden / Jahr
Baumeister/größerer Betrieb	12 Groschen/Tag	~	170 Gulden / Jahr
Tagelöhner/Helfer	3 Groschen/Tag	~	42 Gulden / Jahr

1 Scheffel Weizen kostete etwa 30 Groschen

1 Scheffel Roggen kostete etwa 23 Groschen

1 Scheffel Gerste kostete etwa 14 Groschen

1 Maß Bier kostete etwa 2 Kreutzer

1 einfacher weißer Teller kostete etwa 1 Gulden